FLORET
READING

小花阅读

我们只写有爱的故事

青春阅读　　幸得相见

大鱼

有爱的青春陪伴者

"你是不是有点喜欢我？"

"不是有点喜欢你，而是，很喜欢你。"

喜欢甜甜的你呀

Tiantiande Niya

艾拟 著

中国致公出版社

作者简介

艾 拟

一只正在减肥的异地恋爱狗。

梦想成为女神，却莫名多出了个"经"。

有一个狗血体质，生活常常比小说还要精彩。

热爱文学音乐，喜欢弹贝斯和钢琴。

希望可以用轻松欢快的文字写出更多又暖又甜的故事！

已出版：《等等，这个婚约有猫腻》

微博：@ 艾拟的牛排

目 录
Contents

第一话 / 001

他是上等品

第二话 / 020

她是来砸场子的

第三话 / 048

学长，你一定不会怪我的对不对?

第四话 / 075

刺猬和猫咪的故事

第五话 / 106

方主席也有了"生理期"

第六话 / 141

她是绑匪，他是人质

目 录
Contents

第七话 /180
好男人才不乘人之危

第八话 /214
恋爱碰壁进行时

第九话 /230
不止一点喜欢你

第十话 /251
陪你上课，应该的

番外一 /271
女朋友是凶手怎么办？

番外二 /276
他病得不轻，求诊断！

后记 /283

第一话

他是上等品

XIHUANTIANTIANDENIYA

1.

郦城，F大，上午九点。

白鲤穿着蓝色连衣裤，手拿校爱心协会的宣传单，一屁股坐在校园里的石凳上。

随后，她就被滚烫的温度深深刺痛了，刺啦一下站起身来。

"这天气，站着脚板烫，坐着屁股疼，碰瓷的倒地也得认怂了。"

白鲤数了数手上关于艾滋病相关知识的宣传单，微微叹了口气。

还有上百张没发出去，外加一整袋安全套。她想不明白，明明是做好事，部门里的人怎么都推三阻四的？

这时，一个黑人留学生缓缓走来，一边和身旁的中国女学生交谈，一边从兜里掏出纸巾，擦了擦额头上的汗。

两人从白鲤身旁擦身而过。

"亲爱的，咱们什么时候放假，这都几月份了，郦城太热了，我想回非洲。"黑人操着不太流利的中文说道。

"我和你一起回非洲吧。"女学生的表情甚是庄重。

白鲤强忍笑意，放下右手拎着的袋子，从口袋里翻出手机，打给了舍友窦姜。

电话响了好几声，那头方才接通。

"喂，豆浆，宿舍的空调修好了吗？这天气，让人热得都想去非洲了。"

"没修好呢！"电话那头的窦姜顿了一秒，开始苦口婆心地劝她，"小白，虽然大家平时都喜欢说你黑，但是你也不要因为想不开而跑去非洲嘛！你以为你去了就能当最白的人吗？"

白鲤忍住摔手机的冲动，啐了一口。

"我呸！我长得黑还不是为了暗中保护你？别说了，姐妹做不成了。今日起，你就从我的侍寝名单中被彻底剔除！"在 605 宿舍，白鲤一向喜欢自诩陛下，其余人则都是她的宠妃。

"这样啊！"窦姜眉头连皱都不带皱一下，相当愉快，"太好了，恳请陛下将臣妾打入冷宫，臣妾受不了了，外头这天太热了。"

"你不在宿舍？"

"对。"

"这大热天的，你是跑去给喜欢的人表白了？这招妙啊！我保证你等会儿从心到肉、从头到脚都拔凉拔凉的。"

"鬼话连篇。你话太多了，我听你讲话我就热，赶紧发你的套去吧！"

白鲤被她这么一催，方才想起自己的处境，看着那一袋子的安全套有点头疼。

"你闭嘴！舍友之间有爱一点不可以吗！唉，没想到做个宣传竟然这么难呜呜……"

"你之所以没有感受到我对你的爱，是因为父爱无声。你这孩子就是轴，划划水不就好了，宣传单还有套，你往宿舍那么一放，部门的人能知道啊？他有通天眼啊？"

"不行！"白鲤坚决地打断，"我这是证明我自己！做好事还能弄虚作假？宣传单一张都不能浪费！"

说完，她从里头抽出了两张，面不改色地垫在石凳上，一屁股坐了上去。

这时，身后正好传来一阵又一阵如同热浪般的欢呼声。

窦姜在电话里明显听到了一些杂音。

"你那里什么声音啊？一波又一波的？"

"嘘！是我为你心动的声音。"白鲤一边胡诌一边转头，发现篮球场边挤满了人。

她有些好奇地站起身来，举着电话随人流往前走了几步。结果越走前面的人越多，围着的人一个个海拔都比她高。

白鲤的心情顿时不再美丽："都说晒太阳长得高，阳光我是吸收了，色素跟着沉淀了，骨骼倒是没见长。唉！"

"你要想开，让世界对你低头是一种霸气，让自己经常抬头是一种魄力。"

白鲤一点都没觉得受到安慰！

现场声音嘈杂，她很快挂了电话。

她正打算踮起脚看看这里发生了什么，身后一个女孩子忽然挤到她前面，转过头兴冲冲地跟好友"安利"。

"要不是听说方沉今天来打球，这么热的天我才不出来！"

"我听说他们管理学院已经连续拿了三年冠军，方沉这个队长可真不是盖的，你说他篮球打得这么好怎么不去当体育生，说不定能进省队呢？"

那女生好像知道得不少，连连摇了摇头："怎么可能。他爸爸是方氏董事长，N次方连锁酒店你听说过吗，餐饮业的龙头。方沅未来八成是要继承家业的。"

"可是我听说，他喜欢搞音乐……"

"这又怎么了，全方位发展，兴趣爱好而已喽！"

妹子摊了摊手，白鲤在后头听得一清二楚。

其实，方沅这名字她早就耳熟能详，舍友玫美书桌前最大的那张漫报，上面画的人物原型就叫方沅。

大神方沅，F大教科书级优等生，校学生会主席。智商高，三观正，相貌佳，是学校里一等一的风云人物。

风云人物……

如果风云人物能帮忙发发传单就好了，球场上那么多她的迷妹，肯定是分分钟的事。

可是……他们又不熟，人家凭什么帮她呢？过去邀请的话指不定还被拒绝，算了算了。

白鲤晃晃脑袋，打消了这个念头。

与此同时，球场上的方沅刚好又投了一个漂亮的三分球，现场掌声连连。

身畔的妹子火热地和朋友讨论着。

"你喜欢什么样的男人？我喜欢笑起来会发光的那种……"

"你是说如来吗？"白鲤听见没忍住开了句玩笑。

妹子没好气地看了她一眼，刚想说点什么，比赛结束的哨声恰好响起，大家都在为方沅的大获全胜欢呼，一时间声势浩大，白鲤也忘了自己刚才想说啥，视线完全被球场上的方沅吸引了去。

白鲤拿出手机朝着篮球场方向拍了几张照片，想着这可是为玫美积累素材的好事啊，就这几张照片可以敲诈玫美一笔了。就在她沾沾自喜的时候，忽然被人一推，手机在空中呈抛物线飞了出去。

白鲤顿时愣了……

按这力度……手机估计要凉凉了。

白鲤好心痛，不是一点的心痛，她在人群中拼命往前挤，再怎么说这也是她的新手机，不能让它死得不明不白啊！

这时，方沉朝坐在观众席上的弟弟难得地露出了一抹微笑，人群顿时沸腾起来。

白鲤的心思却都在手机上，好不容易就要挤到手机掉的地方，还没来得及捡起来，一只不知从哪里伸出来的脚就把她的手机直接踢飞了，还直直地飞向了方沉的方向……

完了。

"方沉小心。"尤迢见一个不明物体朝方沉砸来，立即把方沉往身边一拉，避开了它的袭击。

"砰——"

不明物掉在地上发出巨大的响声。

尤迢往那边看了一眼，又看了看地上，原来是一部手机。于是，他走过去捡了起来，一不小心碰到开关键，屏幕忽地亮起。

厉害了，竟然还能用。

"这是谁的手机？"方沉擦了擦脸上直往下淌的汗水，走到尤迢身边，问。

"不知道。"尤迢突然嬉皮笑脸，对着方沉说，"我见过朝人扔花扔臭鸡蛋的，扔手机还是第一次见，你粉丝也不怕砸着你。"

方沅对尤迢有点无语，瞥了他一眼，走到一边运球。

尤迢自讨没趣，遂走到人群边拿着手机朝观众席喊道："这谁的手机啊？失物招领了啊！"

白鲤拼命地从人群里探出了个头，手举得老高："我的！"

尤迢看着头发乱七八糟的白鲤，有点惊讶："哎哟，怎么是你？"

2.

篮球场上。

大家的视线都聚集在球场的那个角落。

围观群众心想，这个突然蹦出来的女生到底是何方人士，居然这么轻易就打入了内部。

而篮球队的兄弟想的是，这个女生好剽悍，竟然敢用手机袭击方沅，而且看样子好像还是熟人……

白鲤拿着手机，左右摆弄着。还好她给手机套了壳，除了掉点漆，功能完好无损，于是心情也跟着好到爆，嗓音带笑地朝尤迢打了个招呼："尤学长，谢谢你啦。"

"谢我？"尤迢有点晕了，这人不应该去发安全套吗？怎么跑到这里拿手机扔方沅，还谢他？

"不敢，不敢。"尤迢连忙摆摆手，打量了一下白鲤，"你任务完成了？"

尤迢这么一说，白鲤立刻就反应了过来，她伸出手，发现自己手上空空如也，往口袋里一摸，也没有……

糟糕！

她的安全套呢？

"你不会弄丢了吧？"尤迢看见白鲤尤其精彩的表情，内心顿时饶有兴致，但还是装作惊讶地揶揄起她来。

白鲤有点心虚，但一想到自己在社团的威信，这要是传了出去，可不太好，于是她拍了拍手，义正词严地说："我都发完了哦。"

或许是上天想故意戏弄她吧，当白鲤信心满满地说出这句话的时候，一个声音响彻整个篮球场。

"同学，你东西掉了！"人群中挤出一个皮肤黝黑的男同学，一手拿一个小袋子，一手捧着一堆传单气喘吁吁地向她跑来。

白鲤背影一僵，默默转过身去，随即脑袋嗡嗡嗡嗡，立马认出了那就是她的袋子。毕竟，旁边传单上鲜明的"预防艾滋病"五字可不是吹的，这两样东西放在一起，明眼人一看就明白了吧。

别别别！别走过来！

还没等白鲤从陷入被支配的恐慌中抽离，那人就不偏不倚地站到了她面前。

白鲤讪讪地瞥了尤迢一眼，瞬间觉得被打脸。

与此同时，她感觉到从四面八方传来的目光，连同艳阳天的太阳一起灼烧着她的脸蛋。

事到如今，只能……装傻？

"这、这是我的吗？"白鲤仿佛一个失忆儿童般在原地发出三连问，结果还没否认，旁边的尤迢突然指着袋子，立马就认了出来。

"这这这！这个袋子我见过的，这不是……"

"不是！你没见过！"白鲤一惊，立马不停地朝尤迢摆起手。

尤迢却盯着袋子跟了过来，面带疑色："不可能，我怎么觉得这么眼熟呢？"说完，他就要伸手去接。

"等等！"白鲤只觉大事不妙，一瞬间，她也飞快地伸出手去，用力地扯了袋子一把，打算先尤逍一步拿回东西。

结果，尤逍的力气也不小，两人就这么各自扯了一半——"嘶"的一声，轻薄的袋子瞬间阵亡，一堆五颜六色的东西从里面噼里啪啦落了一地。

"我的东西……"

白鲤心急地脱口而出，随后，难以置信地蹲下来，看着一地残局，瞪大了眼睛。

好了，她自闭了。

同时，脸也彻底烧了起来。

"这不是安全套吗！那么多安全套？"人群里不知是谁叫了一声，大家开始议论纷纷，目光异样地盯着白鲤看，有些人甚至退了几步，开始对她指指点点。

白鲤的处境顿时变得很尴尬。

而那个以为自己是在做好事的男同学似乎觉得不太好意思，把手上的传单往边上一放，立马逃之夭夭了。

尤逍猛地回过神，听到人群里的议论，脸色变得沉重起来——自己好像害了白鲤？

"欸！白鲤！发安全套宣传健康知识呢！他们不要，我要！"尤逍说完，便蹲在地上帮白鲤拾捡。

可即使是这样，也没有堵住大家的嘴。

尤逍向白鲤投去一个歉疚的目光，他只是想逗白鲤玩来着，没想让别人议论她。

要是是方沅就好了，按他的威信准能解决……欸？方沅？他不就在自己身边吗？

于是，尤迢把最后一个安全套捡起来递给白鲤的时候，笑着冲身边的方沆使了个眼色。

"今天这么热的天气宣传健康知识，白鲤你还真是热心肠。方沆，你说是吧？"

阳光刺眼，方沆人高马大，就那么居高临下地站在那里，微微低下头，视线轻飘飘地落在白鲤身上，打量的目光也带着点儿随性。

个子不太高，皮肤不太白。

这姑娘他不认识，想着尤迢大概是为了给她一个台阶下，方沆才不动声色地点了点头。

可刚点完头，局势就完全朝着他预料之外的方向发展了。

"白鲤，这个是我好哥们儿，也是学生会主席方沆，见过吧？"

"是的，方学长你好。"

白鲤抬头，映入眼帘的是方沆凉凉的严肃脸。她忽然有种被阻隔在十万八千里外的疏离感。在这么热的天，对上这样的冰山脸还真是透心凉啊。

"你这传单还没发出去多少吧？

"方主席最支持同学做这种爱心活动了，你要是发传单遇到了困难，可以找他帮忙啊。咱们方主席平时攒的那些人气可不是盖的！而且他常说，关爱社团发展是咱们学生工作的一贯理念，你做好事他一定是支持的……"

尤迢滔滔不绝地罗列出一大堆道理后，方沆顶着主席的名头，似乎被他搞得骑虎难下了。

等到方沆反应过来，他已经站在林荫路上跟白鲤发起了传单。

其实方沆自己都不知道是怎么被坑的，他只记得尤迢说起话来噼里啪啦，语速飞快，他根本没有机会插话。

而且，他还发现，白鲤这人其实跟尤迢还蛮像的。

　　从开始发传单到现在，白鲤的嘴就没停过，从冷笑话讲到段子，连国宝熊猫都被她拿出来聊了……

　　方沅和女生一向接触得少，更别提白鲤这类非典型的了。为了躲人，他便拿着传单离她远了点，可没过多久，她就黏了上来，还特别配合地在他发传单时递上一枚安全套，似乎没理由分头行动。

　　好在方沅的人气实在是高，不到十五分钟，传单就发出去了三分之一。

　　"学长你真是太厉害了，你就站在那儿，就有人主动找你要传单哎！"白鲤欣慰地拿着传单给方沅扇风。

　　话音刚落，一个女生便跑了过来，轻声朝着方沅开口："学长，我可以要一份吗？"

　　方沅拿出一张递给对方："可以。"

　　女生拿了就想跑，白鲤察觉不太对，立马朝着她喊："同学等等！赠品没拿！"

　　白鲤跑过去把赠品递上，女生拿了个粉色包装的安全套捂着脸跑了。

　　白鲤重新向方沅走近。

　　"学长，我刚说什么来着？"

　　不记得就算了。方沅抬起手抡了几圈，活动了下，这才发现手臂已经被晒伤了。

　　恰好此时，走到了学校的一个亭子前，白鲤指了指亭子，问："要进去休息一下吗？"

　　方沅本想拒绝，但后背上留的旧伤似乎也因暴晒开始疼痛，于是看了看手里剩下的几张传单，心想等会儿应该能够发完，便跟着白鲤向亭子里走去。

本想着白鲤讲了一天话，这会儿也该累了，没想到进亭子休息后，白鲤竟然还找出了新的话题。

不得不说，方沉有点心累了。

"方师兄，告诉你件事，其实我有个舍友在网上连载网漫，你被她画在画里当主角！你要是想知道那部网漫讲什么，你可以问我，我会告诉你的，但是如果你不打算问我，我也会毫无保留地告诉你。不瞒你说，那是一个非常玛丽苏的故事。"其实真不怪白鲤找话说，实在是因为孤男寡女不说话显得太尴尬，为了缓解这种氛围，她愿意牺牲一下舍友。

"玛丽苏？"方沉终于有了反应，"这是什么？"

"什么这是什么，学长你连玛丽苏都不知道？"

方沉不说话了。

难道他很有必要去了解这个词是什么意思吗？

"玛丽苏就是……算了，你先听我讲故事！在一个月黑风高的夜晚，你和你命中注定的那个女孩意外相遇在浴场，你们一见钟情，迅速坠入爱河，闪婚后生下一个白白胖胖的男孩，名叫方丈，再后来，方丈的妹妹出生了，取名方便面……"白鲤讲得抑扬顿挫，绘声绘色。

听到这里，方沉已然觉得自己心好累。

"你想吃冰棍吗？"方沉开口打断白鲤。

"你怎么知道？"白鲤被这么一提醒，抹了把汗，眼里顿时迸射出十万伏的电光，瞄准了校园里的小卖部。

"走吧。"方沉站了起来，不动声色地把白鲤领进了店中。

三分钟后，白鲤拎着一整袋冰棒走出了店铺。

"方学长为人真是体贴，但你既然帮了我，我怎么好意思让你请我？这笔钱我自然该还你。"

"不必了。"方沅心头一紧，她下一句莫不是要讨支付宝账号吧？

好在白鲤见他态度坚决，点点头作罢。

她一边撕包装一边问方沅要不要吃。

方沅摇了摇头，眼看着她把冰棒塞进嘴里的那一刻，他瞬间畅快了，也解脱了。

看着她狼吞虎咽的样子，方沅抓紧了发传单的速度。

任她吃得再快，袋子里的也足够多了。

真好。

3.

与此同时，放下手机的窦姜骑着车在小巷里来回穿梭。

掐指一算，差点忘了中午还有二轮退补选课。为了摆脱女魔头的挂科魔咒，她必须在一小时内吃完饭赶回宿舍抢课，先到先得！

于是，她把盆栽放在车头，开始奋力踩起了自行车。

就在快要冲出巷口时，对面忽然也冲出一辆自行车，两人速度不相上下，在狭窄的小巷里眼看就要撞上了。

紧要关头，对面那人喊道："你左我右！"

窦姜一听，也来不及多想，立马照做。

下一秒，两人齐齐倒在了地上，躺了许久。

"同学，你有没有搞错，你左我右？"侧身摔在地上的窦姜拍了拍裤子上的灰，猛然间意识到什么。随后，她心急地拎起地上光荣牺牲的花盆，脸涨成了猪肝色。

尤迢看着面前的女孩坐在地上久久不起，差点以为她要碰瓷，才刚把方弟弟送回家，就摊上这么一回事，真背。

不料，窦姜突然放声号了起来。

"小青啊小青，你死得好惨！"她一边号一边还捧起了一抔土，像是在悼念着什么。

尤迢看了看窦姜——七分裤，人字拖，短发，素颜。最重要的是，她身上还穿着米老鼠睡衣。

真是稀有动物。

见她这么悲伤，尤迢顿时心软。

"同学，这事算我不对，我赔你一顿饭行吗？至于这草，你也别太难过，回去换个盆吧！"

窦姜一听，号得更得劲了。

"你懂什么？"她缓缓拾起地上的一块陶瓷片，"你以为我是在惋惜这棵不害羞的含羞草吗，小青是我花费巨额买来的陶瓷花盆，你懂个屁！"

尤迢愣了一下，"扑哧"一声笑了出来。

望着地上那摔得七零八落、支离破碎的陶瓷片，他再度开口："那要不我赔你一个盆，补偿补偿你？"

"算了！"窦姜拍拍屁股从地上站了起来，"就这样吧，我已经好了。"

尤迢惊愕地看着她："你好了？你不悼念你家小青了？"

窦姜重新戴上墨镜，拍拍手上的土。

"我不是悼念过了？"

"就 30 秒？"

"是啊，今朝有觉今朝睡，明日麻烦来时再憔悴，活在当下就好，小青的死已经过去了。"

女人心，海底针。

尤逞低头笑笑，忽然扫到地上窦姜掉落的校园卡。

"你是 F 大的？"

"对啊，你也是？"

尤逞有些不好意思地挠挠头，笑了："你叫什么名字？"

说这话时，他小麦色的脸上露出了一口白牙，那张扬而耀目的笑容配上一头干净利落的短发，有种恰到好处的帅气。

窦姜只是愣了一秒，想起了动漫里的某个男主，便小心翼翼地把地上那些瓷片踢到了一边，防止扎破路人的车胎。

"在下行不改名坐不改姓，窦姜是也。"

尤逞倒是第一次遇到这么特别的姓："窦姜氏啊，我记住了。那你名叫什么？"

窦姜跟着笑了，一个转头，取下墨镜，眼神犀利。

"窦姜。不是窦姜氏。我的名字就叫窦姜。"

尤逞惊了三秒："巧了，我叫尤逞。"

4.

白鲤正走在食堂的楼梯上，刚到二楼，一眼瞅见人群里分外显眼的米老鼠睡衣。

于是，白鲤径直端着盘子去打菜，打完后，一把将打好菜的盘子放在窦姜面前，身边的舍友呦呦正在低着头猛吃。

"谢啦！"窦姜说。

"别谢，谢完了还怎么好意思向你收钱啊！"白鲤一边说一边利索地入座，"你们知道，为什么大热天的会下雨吗？"

呦呦静悄悄，只有窦姜端过饭，一边吃菜一边回："说。"

"其实这跟蒸馒头前要往锅里加水是一个道理……"白鲤拿着筷子指点江山，说得不亦乐乎。

"哈哈！"窦姜笑着打断了白鲤。这人就是这样，要是放任她讲话，她能跟你扯到晚上，不间断的那种。

窦姜转移话题："我就羡慕你这种能说会道的，一到了用笔的时候可一点也不含糊。前几天小测成绩下来了，我替你看了，又是第一。"

白鲤一听，神色悠然，将学霸的气定神闲发挥得淋漓尽致。

"你是第一，我呢，倒数第一。巧了，咱俩还挺登对。"

白鲤粲然一笑，伸手拍了拍窦姜的肩膀："革命还需继续努力。"

窦姜白了白鲤一眼，往嘴里塞了块肉，心里才想好怎么怼白鲤，刚要说话，倒是被白鲤给硬堵了回去。

可恶的白鲤！

"那人真眼熟。"白鲤一直瞅着窦姜身后那桌，不敢确信地开口。

窦姜回头瞅了瞅，看到后面那个人正是刚刚和她发生"车祸"的某位路人甲。这是什么鬼缘分，在这里都能遇到。

窦姜很快地回过头，回应白鲤："尤迢？"

"呀！还真是。"白鲤一拍手，接着又发现哪里不太对劲，"你认识尤学长啊？"

"刚刚认识的一哥们儿。"窦姜吃了口饭，尽可能把要说的话缩减再缩减。她可不想被这个思维发散的白鲤联想出什么惊天动地的剧情。

毕竟女人在八卦方面的想象力……是难以想象的可怕。

"真巧。"白鲤歪着头打量着她，像是发现了什么，"哎呀，我发现你和尤学长的名字还真是……"

"闭上你的嘴吧。"

可怜的白鲤就这样被窦姜一鸡腿堵住了嘴。

白鲤嚼着鸡腿，欲哭无泪。

就在此时，她的手机铃声突然响起，拿出一看，是表姐谈曦发来的短信。

"白鲤，我下周去你们学校拍一支音乐MV，毕业几年好久没回去了，听说新建了食堂，带我逛逛的任务就交给你了。还有啊，我这次去还打算选角来着，记得推荐哦。"

"好的，没问题。"白鲤秒回，想着过几天能够见到自己美丽的表姐，内心变得更加激动了。

与此同时，湿身的方沅有些狼狈地打开了宿舍门。

天有不测风云。他一向不失信于人，所以为了替白鲤发完最后三张传单，他不幸变成了现在这副模样。

打开微信，确认弟弟已经到家，方沅换了身衣裳，决定开一个简单的线上会议。

会议主要是关于近期学生会即将开展的支教招新的工作安排，不过尤迢自从把人送到家后就失联了。

想到尤迢这个猪队友今天的所作所为，方沅内心就有点崩溃。

这人果然从始至终贯彻坑死他不偿命的原则啊……

想起那些坑他的事，还真是两只手都数不完。

想了想，开会时间也快到了，方沅放弃了给尤迢发消息的念头，直接拨通了视频电话。

尤迢刚把餐盘放下，手机就响了。从口袋里拿出手机，按下接通后，屏幕里俨然出现了方沅那张很吸粉的脸。

"离开会不是还有半小时吗？工作狂大人。"

方沅的眉心一挑，一边擦头发，语气淡淡："尤助理，提前和你交代几个事项，今天的会你替我来开。"

"啥？为什么？"尤迢愣住。这种官方性质的会，他还真是觉得蛮无聊的，旁听都已经很折磨他了。

"下周省里有个合唱比赛，校团委那边的老师让我现在去指导一下。"

"哎哟，这是又要给咱们乐队资金支持的节奏啊？"尤迢一边把手机架在桌子上，一边低头扒了口饭。

他一低头，方沅就看到了坐在他身后的那一桌人，尤其是白鲤，在镜头里分外惹人注目。

此时此刻，她正一手辣椒一手香葱，脸上笑嘻嘻："以后就跟着我吃香的喝辣的吧！"

怎么又是她？

方沅一个愣神，思路被打断，一时间忘了接下来要说的话。

尤迢察觉没声，抬着头疑惑道："怎么了？你倒是说啊！"

方沅回过神来，"嗯"了一声，开始交代事项。

可才刚说了不到三句，视频里突然传来一阵银铃般爽朗的笑声，辨识度极高，一听就知道是白鲤。

"蠢是会传染的，你们别靠近我，我机智。"

"可是机智为什么不会传染？说明你不够机智嘛！"

……

方沅的声音顿时被淹没在嘈杂的谈话声中。

"你说什么？"尤迢没听清又问了一遍。

"我说……"方沉不厌其烦地再次开口，白鲤一伙人却开始陆续起身，悠悠地从尤迢身边走过。

呦呦在最前头，率先唠起嗑："最近想和男朋友一起去看电影，你们给我推荐一下，有没有什么好的男朋友呢？"

白鲤走在最后，干净利落地来了句："你这么说我倒想起了一个人，今天遇到的上等品。"

"谁啊？"呦呦好奇地回头看她。

"方沉啊。"

"得了吧，你让我追他还不如去追女人呢！你没听玫美说吗，他从小到大都不怎么和女孩子打交道，而且面对女的，他一般就一个表情，严肃脸喽。"呦呦摊了摊手。

这么一说，白鲤的脑海里瞬间浮现出方沉的那张帅脸。

"是很严肃。不过呦呦，如果你长期找不到对象，那就要反思一下，是不是自己的要求太高了？比如，性别上？"

白鲤慢腾腾地端起餐盘渐渐走远，留下埋头在桌子上憋笑的尤迢，颤抖着肩。

"你笑什么？"方沉索性放弃了和尤迢讲工作的事。

"严肃脸，那不就是面瘫吗？"

方沉似不经意地瞥了一眼，尤迢顿时感受到了杀气。

"有时间开我玩笑，倒不如想想支教的事。"

方沉一边把电话挂了，一边在心里咀嚼着"面瘫"这个词。

面瘫？

某人揉了揉太阳穴，苦笑着想起了小时候那档子事。

小学二年级的时候，有个女汉子因为说他笑起来太好看，二话不说当着大家的面把他给亲了，方沉深受打击。

　　也是从那时候起，他潜意识里渐渐地不那么爱笑了。

第二话

她是来砸场子的

XIHUANTIANTIANDENIYA

1.

晚上九点，窦姜埋首于桌前，马不停蹄地移动着手中的笔，做着最后的努力。

厕所的门突然被打开，白鲤一边扶着腿，一边"哎哟"了两句。

"你怎么了？"窦姜回过头问她，"你这都已经跑三次厕所了吧。"

"不是三次，是五次……"白鲤慢悠悠地坐到自己椅子上，一脸憔悴。

"你吃什么不该吃的了？"呦呦从床上探出头，一脸担心。

"没有啊，我们吃饭都是一起的，吃的也都是食堂……"白鲤回想着，突然想起了什么，于是乎一拍脑袋，"我想起来了，今天方沅给我买了一堆冰棍。"

"一堆？"呦呦的重点。

"方沅给你买冰棍？"窦姜的重点。

白鲤挥挥手，打消窦姜的脑洞，将今天发生的事和盘托出。

可是在回想这一天的事情时，白鲤越想越觉得不对劲。

虽然说学长请客是好事，但为什么买那么多，难道是有预谋……

白鲤用自己看宫斗小说这么多年的经验总结出一个结论。

敢情方沅嫌她吵，故意用这么多冰棍堵住了她的嘴。

白鲤顿时被这个可怕的念头吓到了。

果然，严肃的男神都不是好惹的主，男人心，海底针，惹不起惹不起啊。

正当白鲤拿起水喝一口想消化下自己内心的结论时，宿舍门突然被玫美"嘭"地撞开。

白鲤吓得被呛到，不停咳嗽起来。

窦姜立马抄过椅背上的靠枕朝玫美扔了过去："不鸣则已，一鸣惊人啊你！你想吓死我们，好继承我们的作业吗？"

玫美熟练地闪过靠枕，向着宿舍扫视了一圈，最终意味深长地将目光停在了白鲤身上，双手握拳："你们没人知道发生了什么吗？！"

宿舍其他三人都蒙了，非常默契地晃着脑袋。

玫美一边掏出手机点开微博话题小组，一边递到了窦姜面前。

窦姜瞟了几眼，把刚喝进嘴里的果汁猛地喷了出来。

"白鲤，你发宣传单和安全套的事被人拍下来传到网络上了，快看微博热搜！"

窦姜言简意赅地总结，然后立马站了起来，把白鲤摁到了椅子上，端上手机，指着那个"爆"的微博标题。

"名牌大学女学生校内发套！"

评论区里还有人把她的微博@了出来，白鲤现在完全处于被扒皮状态。

白鲤赶紧用手机登了微博，结果手机前所未有地卡住了。

等系统反应过来时，她的微博私信完全呈爆炸状态，更可怕的是，一夜之间，她的微博突涨了十几万粉。

天哪，她不过是拉了几趟肚子的工夫，突然就"身价不菲"？

"我看评论要气死了！"窦姜的一声不平顿时把白鲤的思绪又拉了回来。

"怎么了？"

"你自己看吧！"

于是，在窦姜和玫美的围观下，白鲤开始浏览起评论区和私信。

评论区里的言论褒贬不一，但可怕的是，正逐渐呈现被一群键盘侠恶意评论的状态。

——考上名校不好好学习，非要出来发安全套，这是卖弄什么风骚呢？这就是一流大学教出来的学生？老子真庆幸没去读 F 大。

——怕不是什么有钱人家的女儿，想红想疯了，花钱买热搜？

——这年头真是，屁大点事都能上热搜。

——大家别听这些喷子乱说话，这个小姐姐我认识的，人很好，而且据我所知，她是为了帮社团完成任务才去发传单。做好事也要活该被人黑吗？麻烦大家擦亮眼睛。

——楼上的，"最美宣传员"这样的字眼都出来了，完全就是蹭热度的嘛！你看那些照片，不就像摆拍的吗？我还真不信没修过图。

——没修过图又怎么了，长得美也有错？

——在校园里发安全套，不合适吧？真是不长脑，白长了那么张好看的脸了。还知识分子呢，就是没教养。

……

尽管还是有人为她说话，但白鲤每看一条恶意评论，心就跟着沉了沉。

这次，她是真的感受到被舆论包围的滋味有多么可怕了，以前她老"吃瓜"，现在火烧在自己身上了，看来，当个公众人物真是不容易，怪不得表姐总和她提起什么叫"卖人设"。

"这些吃饱了撑着没事干的喷子，得了，别看了！"窦姜一边观察白鲤的脸色，一边夺过手机举了起来，"别给自己添堵了，现在的网络舆论就是这样，一阵风吹过去就没了，你可千万别多想啊！"

白鲤施施然从窦姜头顶把手机拿了回来，搓了搓半湿的头发。

"我没堵呢！我这不是震惊嘛，还没缓过神来呢。快，我看看私信，从私信中汲取一点温暖的力量。"

于是，白鲤点开了私信。

——小姐姐，我支持你！我们交个朋友吧！

白鲤欣慰地点点头，捏了捏下巴："看见没，这个世界还是有温暖的。"

窦姜和玫美对视了一眼，眼里万千滋味。

白鲤继续浏览。

——妞儿，身材不错嘛，我包养你怎么样？有钱有车有房。

——有兴趣做模特吗？美女。

——作为校友，我不得不说，你到底是抱着什么样的心态去做这件事的？给学校泼脏水，你丢了我们全校的脸！

……

白鲤的脸色渐渐变得难看。

终于，在看完第二十条私信后，她关闭了微博，"啪"地把手机扔到了床上，安慰自己。

"看我不顺眼的人，能给您心里添堵，我还真是舒坦。"

"什么舒不舒坦？白鲤，虽然我一向主张不要在乎别人的眼光，但是平白无故背这个锅我看不下去了。"窦姜气得坐回自己的位置，把电脑打开。

白鲤却出奇的冷静，揉了揉太阳穴。

"你还不懂吗？多说无益。反正我做好事问心无愧，还不如睡个美容觉呢！"说着，她踩上梯子准备上床。

"睡睡睡！你睡得着？"玫美看着白鲤，一脸恨铁不成钢的模样，"我这心里堵得慌，你是不知道舆论有多可怕，明天走出了这道门，我怕你要吃亏的！"

"一人做事一人当，大家冷静点，明天的事明天说啦。"

"不行，我得给我们家白鲤讨回公道。"窦姜一声惊呼，撸起袖子打算大干一场。

"豆浆你干吗？"白鲤一脸震惊地看向某女，这架势，气势也太足了吧。

"我给你怼回去，咱不能白被骂。"窦姜打了个响指，说完立马敲起了键盘。

2.

第二天，当白鲤醒来的时候已经下午两点半了，她在被窝里翻了个身，脑海里隐约记得今天是星期二。

星期二下午的课……好像是选修课？

眯着眼，白鲤立马躲在被窝里给窦姜发短信。

"亲爱的豆浆，老师点名没？"

过了几秒，对面床上传来弱弱的声响。

"你确定是问我？"窦姜拉开床帘，朝着白鲤的方向回答。

"你也逃了？"白鲤一脸震惊。

"读书人的事，能算逃吗？"窦姜伸了个懒腰，翻了个身接着睡，"昨晚战斗一宿呢，累死了。"

"辛苦你了豆浆。"白鲤也迷迷糊糊地回应。

过了几秒后，白鲤一个鲤鱼打挺从床上翻坐起来。

"啊！完了，我忽然想到老师上次说这节课随堂考试，你是不是也忘了？"

窦姜也从床上坐了起来。

"我合上眼前还记得，闭上眼后我就忘了。总结一句，睡过头了。"

白鲤一边冲进厕所把牙刷塞进嘴里，一边在衣柜里挑衣服，挑来挑去，还是随手拿了件裙子。

说到底，还是连衣裙方便啊，一套就完事了。

折腾了一番，白鲤匆匆抓了支水笔准备夺门而出，窦姜的声音从厕所里追出来。

"给我占最后一排啊！"

"OK！"白鲤吼了一句，穿着裙子在宿舍楼狂奔起来。十分钟后，她成功出现在某教室门口。

每节课都必定迟到，作为失败的典型，她可真是太成功了。她喘了几口大气，方才推门走了进去，原以为老师会坐在讲台上，没想到讲台上的人不是别人，正是方沅。

"你……你怎么在这儿？"白鲤愣了一下，心里的想法脱口而出，然后转过身看了看教室门牌。

她没走错教室啊。

白鲤站在门口有些疑惑。

讲台上，方沅的眉间泛起淡淡的褶皱，把视线拉到门边，伸出食指放在嘴边示意。

白鲤这才意识到，教室里的宁静明显被她打破了，讲台下那群原本在做卷子的学生全部抬起头来，不明所以地看着她。

白鲤不由得脸一红，挠了挠头拱拱手："不好意思啊！你们继续，你们继续！考试加油！"

随后，她走到讲台边准备拿卷子。

大概是因为微博事件，在这种场合意外遇到方沅，想起那日拉他一起帮忙宣传的事，白鲤莫名地感到尴尬。

不知道他有没有看到……

一时间不知该怎么和方沅打招呼，白鲤连方沅的脸都没敢仔细看，走上讲台后，抓了试卷就往最后一排跑。

可越是着急越容易出错，白鲤本想赶紧从方沅面前溜之大吉，却一脚绊到台阶，差点摔了下去，好在及时扶住了讲台，才不至于摔得太难看。

只是，手中的试卷已经被她揉皱了。

白鲤盯着那张试卷皱了皱眉头，不由自主地朝方沅露出一个可怜巴巴的眼神。

方沅嘴上不说，其实也被刚刚的意外吓了一跳。他一边重新给白鲤递试卷，一边躲过她的眼神，提醒道："已经开考二十分钟。"

白鲤感激地点点头，接过试卷灰溜溜地往最后一排走，再不敢轻易乱跑了。

这节选修课的名字叫《魏晋历史人物风评》，主要是围绕一些魏晋名士的事迹展开。而这次考试，说实话白鲤一点把握都没有。

最近社团乱七八糟的事太多，她根本没来得及复习。所以，此番她盛装出席，奋笔疾书，只是为了帮学霸垫底。

一种沉重感油然而生，又要改变历史了。白鲤叹了口气。

有人考试靠实力，有人考试靠视力，而她只能靠想象力。

考试前，她习惯性地深呼吸，抬头先看看前方，谁知竟然发现有一两个人不停地回头看自己。

难道脸上有什么东西？

白鲤摸了摸脸，没有啊。再转念一想，她可算明白了，估计是自己被人认出来了。

这可是在考试啊，考试场地无八卦好嘛！

白鲤试图让自己冷静，却总感觉被人盯得无所适从。

就在她思路快要被全数打断时，方沆的声音忽然在敞亮的教室里响起，犀利的眼神连带着横扫过整个班级。

"考试期间看自己的卷子，别左顾右盼的。"

白鲤本能地抬起头来，感激地看了讲台一眼，没想到来了个眼神对视。

方沆不说话时，那眼神果真称得上威慑力十足啊。

白鲤赶紧又埋下了头。

这次没什么人回头看她了，终于自在了一些，她开始看题目。

然后，一种似曾相识的感觉油然而生——

第一题，不会，过。

第二题，不会，过。

第三题，好像记得一点，开始编。

编着编着，她忽然忘了那个形容魏晋男子帅的句子怎么写来着了，在桌子上趴了三分钟，又研究了今天窗外的阳光角度如何，还是死活想不出那句诗词。

咋办呢？

她先把剩下的题全写了，最后只剩下这一处。此时，离考试结束还有十分钟，大家已经陆陆续续交卷离开，教室里就只剩下不到十个同学。

白鲤直接支着下巴发起了呆。

她下意识地看向讲台，视线停留在方沅那英挺的身影上。此时，方沅正侧着头，一只手搭在下巴上，若有所思地看着窗外，沉毅而锐利的眼神带着迷人的气息，样子有几分性感。

说来也怪，就在这一刹那，白鲤的脑海里突然蹦出了那句诗！这在考试时间仅剩三分钟的紧要关头，堪称奇迹。

激动之余，她赶紧埋头写了下来，完美收场。

全场最后一个交卷的就是白鲤。

当白鲤把试卷摊放在讲台上时，方沅终于得以站起身来，低着头将了将桌上的卷子。

说实话，白鲤一站在讲台边，他总觉得她又有很多话要说了。

啊！快点收拾收拾卷子走人……

奇怪的是，这次，白鲤什么也没说，反倒像是面对他极为不自在似的，收拾起书包赶紧走了。

方沅抬眼看她疾步离开教室，背影早已经消失在门边，只得欲言又止。

视线重新落在她的试卷上，姓名处是空白的。

方沅无奈地摇了摇头，从包里拿出了一支水笔，流利地在姓名栏里写下苍劲有力的两个字——白鲤。

3.

方沅把试卷叠放整齐，放进老师办公桌的抽屉里，尤迢正一身清爽地倚在门边，手里抱了一个篮球。

方沅闻声转过身去，尤迢利落地把球往空中一抛，方沅稳稳地接住了。

"生日快乐啊！给你的礼物。"

方沅低头看了眼篮球，带上门，浅笑："谢了。不过，你就打算穿这身去参加生日宴？"

尤迢低头看了看自己。

"当然不。我回宿舍洗澡换身衣服，怎么说你方某人的生日宴，我总不能这么大汗淋漓去吧？"

方沅不动声色地勾起嘴角。

"我也先回宿舍。等等，你要自己过去？"

"对，你是主角你先过去。"尤迢一边说，一边揽着方沅的肩膀往回走。

"对了，和你说件大事。"尤迢突然停下脚步，面色略带严肃地掏出手机，递给方沅。

"你知道最近学校上热搜了吗？准确来说，是白鲤上热搜了。就是上次和你一起发传单的那位。"

"我知道。"

尤迢不知他的"我知道"回答的到底是哪句，只是有些惊诧。

"你知道了你没什么想法吗？"

"我要有什么想法？"方沅不解，云淡风轻地瞥了两眼尤迢的手机。

"你不是说你知道吗！"见方沅没有看下去的意思，尤迢开始在旁边滔滔不绝地解释来龙去脉。

"……总之，社团当初接这个任务本身也是出于好的目的，很多人都不愿意去，我翻了聊天记录，还是白鲤主动提出帮忙的。结果吧，这好心没好报……对了，你那天帮她发传单怎么样？"

方沅停下脚步，蹙眉。

"什么怎么样？"

"就是……唉，我也不知道怎么说，你总该能感觉到她人不坏的吧？"

方沅没有回话，继续向前走。

"虽然她话多，但是——"

"嘘！"

尤迢的话说到一半，走在楼梯拐角处的方沅忽然转过头要他安静。

尤迢跟着走上前去，隐隐约约在下一层楼的转角处看到了当事人白鲤。

她不是很早就走了吗？

方沅心想，仔细一看，白鲤的身前似乎站了一个人，还是个男生。

大抵是什么儿女情长的事。

方沅可没有心思欣赏这些，一个摆手，示意尤迢一起掉头离开。

谁知尤迢一把揪住了他的手臂，给了他一个眼神，压低了嗓子："嘘！你听！"

方沅从他手里挣开，注意力又转向了白鲤。

"你要是和我在一起，热搜的事我可以花钱帮你解决。"

男生的声音不大不小地在楼道里回荡，带着点油腔滑调的意味。

白鲤想也没想就打断了，语气里还带着点儿不耐烦："这位同学，我已经说过了这是我自己的事，麻烦让开。"

"我都这么说了，你还不识趣？"男生的语调明显提高了一些，"你别在这儿装清高，不就是一个发套吗？网上说你是'最美宣传员'那是给你脸，我现在愿意帮你解决也是给你脸，你别给脸不要脸。"

沉默了两秒。

然后，楼上的两人清晰地听到白鲤有些愠怒的声音："同学，我这么回你也是给你脸，请自重。"

"你找打？"那男生顿时被激怒了。

眼看着原本僵持的局势大有一种要爆发的前奏……尤迢忍无可忍地拉着方沅，三两步下了楼，出现在两人面前。

他一手把白鲤拉到方沅身后护住，一手挡在那个男生前面。

"谁找打呢？你小子早上没刷牙啊，嘴怎么这么臭？你爸是谁啊，这学校是你随便撒野的地方吗？"尤迢气势汹汹，冲动地推了那男生一把。

男生显然没料到半路会跑出个程咬金，愣了下，马上反应过来："你谁啊你？这是我和白鲤的事，关你屁事？马上滚！"

尤迢到底是血气方刚，指着那男生便吵了起来："你叫谁滚呢？你再说一遍，你不就是仗着家里有点钱吗？"

"呵！那也总比你这种穷货强。"

"你再说一遍试试？"

"说就说，谁怕谁……"

……

两人吵得不可开交，话题完全偏离了白鲤这个当事人。

方沅眼看着尤迢这毫无理智的解决方式，脸色有点难看。

一旁的白鲤尚且没反应过来，她刚想上去劝架，却被方沅摁住了。随后，她感觉到自己的手臂一紧，就这么被方沅拉了。

"尤学长……"白鲤还有点放心不下，回过头去看吵架的两人。

方沅见她这么"恋恋不舍"，沉声道："你去了只会更乱。放心吧，他没那么好欺负。"

白鲤点点头，这才把视线转了回来，心里亦是一阵烦乱，干脆就跟着方沅走。

过了一会儿，她才发现，不知不觉方沅已经拉着她走出了教学楼。她的目光不经意地停留在那只紧握着自己手臂的手上。

修长而匀称，离她的肌肤只有一布之隔。

步伐明显迟缓了一下。

与此同时，方沅像是察觉到什么。他转过头来，停下脚步，很快放开了白鲤，咳了两声。

短时间内，被学长们撞见这些事，并且把烂摊子留给了尤学长。白鲤一时心乱得不知说什么好。随着舆论的发展，事情对她造成的影响似乎已经超出了她的想象。

但无论如何，还是应当道个谢。

于是，白鲤扬起下巴，脸上重新洋溢起以往那种无害的笑容，准备说"谢谢"，方沅那偏低的声音却先她一步响起。

"你没错。"

"什么？"白鲤抬眼，看着方沅的脸，有一丝惊讶。

他的视线不知望向了什么地方，拉得很远，总之，并没有停留在她身上。

"我是说，发传单的事，你没有错。"方沅拉回视线，云淡风轻地又说了一句。

有两秒的时间，白鲤愣了下，心里忽然划过一丝暖流，有些感动。望向方沅的眼底，那里没有别致的温柔，却有一种善良的认真。

终于，她点点头，回应道："嗯！我也觉得我没错。"

这些事情才压不倒她呢，白鲤心想。

摆摆手和方沅说再见，白鲤离去。

她跑着离开的背影在方沅乌黑的瞳仁里越来越小、越来越小，方沅的神色渐渐复杂。

"人呢？"方沅看着白鲤离开后，掉头回来找尤迺。

此时，尤迢正气喘吁吁地坐在楼梯口，冲着前者笑得人畜无害："跑了。"

"伤得厉害吗？"方沉朝着尤迢走近，给他递了一瓶水。

"你说我？小样的，他能伤到我？"尤迢接过，扭开瓶盖灌了一口，得意地回答。

"我是说他。"方沉理智地摸了摸下巴。

尤迢幽幽地看了他一眼："放心吧！虚张声势的家伙，被我抡拳头吓了下就跑了，不会寻仇的。"

方沉点点头，拍拍尤迢的肩，伸出手掌，打算把尤迢给拉起来："生日宴要开始了，走了。"

尤迢向方沉摆摆手："你先去吧，我还有点事，随后就到。"

"好。"

4.

白鲤在赶去停车库的时候，接到了自家哥哥的电话。

"白鲤，你到哪儿了？"电话里，哥哥白启充满磁性的声音传来。

白鲤耽搁了太久，有点心虚，慌忙把手机拿在空中挥了几下："路上呢，我开着'小毛驴'已经在赶往酒店的路上了。"

今天小姑结婚。她从小就喜欢这个小姑，小姑和她一样长着张娃娃脸，两个人走在一起跟姐妹似的。当然小姑也很宠爱她，强烈要求她在婚礼舞台上献歌一曲。为了不给小姑丢脸，白鲤可是练这首歌练了好几天。

电话那头的白启似乎听到了"呼呼"的风声和气流的振动，顿了顿，语气里有一丝担忧，说："好，来了直接到舞台边，话筒给你准备好了，你专心开车，别打电话了，注意安全，挂了。"

"拜拜！"白鲤将手机塞回包里，扶出自己的"小毛驴"，套上头盔出发了。

白鲤一边开着自己的小车一边呵了口气，安全帽的透视镜上，俨然出现了一片白雾。

在红绿灯的路口，白鲤停下车等着绿灯，此时，窦姜打电话过来。

"白鲤啊，你记得上次玫美收的作业放哪儿去了吗？"

白鲤一听，了然于心。

"你这是想偷拿学委收的作业'借鉴参考'？"

"去去去！读书人的事，能说偷吗？"

"在她左手边最下面的抽屉。"白鲤简单利落地交代后，绿灯正好亮起。

"欸，你还在路上？"窦姜听到白鲤身后嘈杂的声音。

"对啊！我戴着头盔，听你电话麻烦死了！"白鲤一边抱怨一边把头盔前的盖子打开。

"这么热的天，你还戴头盔？"

白鲤重新把盖子放下："你懂什么？像我们这个年纪，开电动车一定要戴安全头盔，否则，会被开宝马奔驰的同学认出来。"

话音刚落，她就看见身旁一辆宝马匀速驶过，同时，窦姜的声音被淹没在嘈杂的车声中。

"你今晚早点回来啊！我和玫美说好了明天早起去看漫展，今晚早睡。喂？喂喂？"

过了几秒……

"窦姜，我好像又看见了方沅。"

"什么？"

"宝马驾驶座上的那个人，好像是方沅！"

"妈耶，方沅竟然开宝马啊！"窦姜一脸八卦地问。

"好像是。"白鲤歪着头回想了一下，"但是我不确定啊，我就看到一个侧脸。"

"你俩最近交集还真多，你这么好奇不如上前确认下？"窦姜随口说了一句。

白鲤当真了。

挂了电话，她油门一拧加速行驶，慢慢靠近宝马车的驾驶窗。

后视镜内，方沅扫了眼车后咬得很紧的白鲤，觉得很奇怪。

半个小时前刚见过，而且她这一路跟这么紧，难道又遇到什么麻烦了？

眼看着酒店就快到了，方沅也没多想，减速行驶，准备把车停下。

结果刚一熄火，一阵大风刮过，有个人车身不稳，"嘭"的一声就倒在了他的驾驶车门边。

原本，方沅是要打开车门下来的，下一秒，一阵突如其来的撞击就强行把他的车门给堵上了。方沅握着门把的手微微一抖，吓了一跳。

什么情况？

几秒钟过后，一个女生披头散发地从地上站起身来，眼睛透过窗户盯着他看。

此人正是刚刚还在车后紧紧跟着的白鲤。

此时此刻，她正费劲地把车子从地上扶起来，方沅这才有了打开车门的空间。

这出场方式……此时的方沅大概不会想到，一切只是个开始。

他双脚刚一落地，白鲤就指着他的车门，心虚得不行。

"学长，这这这……破相了！"

方沅关上车门，看了一眼，车身被划出了一道淡淡的痕迹。

这车上路两年一切完好，今日一遇白鲤在劫难逃，真是惨。

方沅看了看车，又看了看白鲤："你知道开车要保持安全车距吗？"

"我知道。"白鲤把原本要说的话吞了下去，"但是危险太过猝不及防了……"

方沅看了看手表，宴会要开始了。

既是同学一场，他想，倒不如算了。

"我看，要不……"

他刚要开口，就被白鲤急匆匆地打断了。

"学长等等！你放心，我坚决捍卫你的权利！就是我现在有十万火急的事，1785792××××，这是我的电话号码，咱们秋后算账，连同你在楼道里帮我的事，我一定会答谢你的。"说完，白鲤就一溜烟地跨上车往地下停车场跑了。

这神出鬼没的速度……

方沅怔在原地还没反应过来。

5.

"现在，就有请她来为我们献唱一首精心准备的歌！"

白鲤边走边刷着白妈妈的未接来电，电梯门开的时候，刚好就听到了主持人的流程词。

白鲤没有太多地思考什么，直直冲向了正对着电梯门的舞台，路过的时候还顺便抢过了主持人的话筒。

"还好赶上了。"白鲤理了理衣服，小声嘀咕了下。

台上的主持人看着白鲤的举动，条件反射地看向了台下的某个中年女子。

怎么办？

台下的中年女子也不急，用着极其淡定的眼神回应着慌张不已的主持人。

静观其变。

于是，两人一起把视线投向了舞台。

"不好意思，让大家久等了！我是白鲤，想必大家都知道，今天的主角里，有一位是我最亲爱的人，而我期待这一天已经很久了。千言万语我想用歌声表达。在这里，我要为我爱的人、我成长中的陪伴者也是最忠实的倾听者献上一首《暖暖》，谢谢大家！"

"方太太，你看这……"主持人慢悠悠地移到方太太旁边，面露难色地询问，"流程里没有这一出啊！"

中年女子倒是处乱不惊，愣了愣后，恍然大悟。

"不打紧，快让音响师放伴奏吧！金屋藏娇，这臭小子还真是有出息。"

主持人没有多问，立马点点头通知了下去。

白鲤站在台上，迟迟不见伴奏响起，有一秒的恍惚。好在音乐很快响起了，她开始在舞台上左手右手一个慢动作，裙子摆来又摆去。

只有方沅，沉着脸来到台侧，眼神凛冽地盯着舞台上又蹦又跳的女孩子。

这就是她说一定会记得的答谢？这就是她所说的十万火急的事？

大概是急着来砸场子吧……

方沅有些头疼，阴郁着脸找到了主持人："让音响师尽快把音乐掐掉。"

"我不同意！"方妈妈突然凑了过来，双手交叉反对，她笑意盈盈地看着舞台上的女孩子，"主持人你别听他的，继续放下去。"

方沅的眉宇此时已皱成了一个"川"字："妈，你这是做什么？"

"你还好意思问我？"方妈妈不由得板起脸来，"在她眼里你已经是最亲爱的人了你知不知道？要不是她自己出来表明这点，你还打算瞒着我和你爸到什么时候？这么活泼可爱的女孩子，玩什么瞒天过海的把戏嘛。方沅啊方沅，你这方面和你爸爸年轻时的作风可一点都不像。"

方沅的脸色更加难看了。

"妈，这是误会。"方沅刚要打断方妈妈继续解释，舞台上的音乐却戛然而止。

然后，灯光亮起，现场响起了热烈的掌声。

原本方母是要上台致辞的，但是台上突然跑上来一个女孩子，来宾们理所当然地认为这是方家人特地准备的惊喜。

"好！郎才女貌啊！"

"这一个惊喜虽然把我们吓到了，不过，现在的小年轻真的很有想法！原本还想给小沅介绍对象呢，没想到……"

此时此刻，白鲤嗅到了一丝不对劲。

她的视线试图在台下的席位上寻找熟悉的身影，结果一个都没有！

什么鬼？

不仅没有，一个转头，她竟然还在台下看到了方沅的身影。

他的脸色似乎不好看，眼睛正盯着自己，表情看上去很不妙……

白鲤瞬间陷入被支配的恐慌。

如果这不是她该来的地方，这又是哪里？

她的目光落向了舞台上的显示屏，上面的一排字把她吓得差点从舞台上摔下去。

——方府生日宴。

与此同时，她似乎听见隔壁场子传来主持人的声音。

"祝白小姐与林先生早生贵子，百年好合！"

"啪嗒"一声，白鲤手里的话筒直接掉在地上。她转回头，一边赔笑着，一边往舞台边慢慢挪。

糟糕，她这是走错场子了！

正当她想全身而退时，一个陌生的女人走上来搂住了她。

白鲤吓得动也不敢动，任凭她再一次把自己拉上了台。

"各位来宾，我想说的话这个小姑娘用歌声替我表达了。那么接下来，就请尽享晚宴吧！"

这时，白鲤才敢抬眼打量对方。

这个阿姨长得好漂亮，举手投足间有种高雅的华贵与超然的气质，一上台就镇住了场子。

厉害啊……

那如果这么厉害的人物知道她是来砸场子的，她不会被打死吧。

呜呜呜，好惨。

等到下台后，方沉把白鲤拉到了一边，内心是抓狂的，表情是凉凉的。

"这就是你的惊喜？"

白鲤抬头一看是方沉，才反应过来："这是你的生日宴啊？"

"你不是早知道了吗？"方沉的脸色极为难看，"不然怎么这么巧就来捣乱了。"

"方学长，我向你保证，我真不是想来捣乱……我唱歌前说的话也不是真的，你不是我最亲爱的人，你什么也不是……不对不对，你什么都是！也不对？总之我对你绝对没有那种想法。"

白鲤语无伦次，方沅一言不发。

"这一层难道有两个厅？"白鲤试探地问。

方沅肃然地点了点头。

白鲤顿时红了脸，急忙解释道："我走错场子了，我小姑也在这一楼，但是我不知道这一层有两个厅！对不起，给你添麻烦了。"

方沅看出白鲤的窘迫，一双手不停地在裙摆上搓来搓去，默默在心里叹了口气。

算了，这么大的乌龙事件也不能只怪她。

酒店的隔音效果也一般……看来，这家酒店以后可以拉入黑名单了。

方沅刚想说点什么，一个稚嫩的声音传来，紧接着一个小男孩跑了过来，扯住了白鲤的手。

"嫂子，你唱歌真好听，快来和我们吃饭吧！"

白鲤一听，脸红了大半边，摆了摆手，脑袋摇得和拨浪鼓似的。

"不了不了，其实我和方沅没什么，不是你们想的那样，你们吃吧，我有急事先走了。"

"什么急事呀？"方妈妈从一边挤到白鲤身边，直接选择性忽略了白鲤口中的关键词，握住了白鲤的手，温柔地看着她。

"阿姨，其实我……"走错场子了。

白鲤本来想这么说的，但看着方妈妈期待的眼神，她有点不太好意思。

"你怎么在这儿？"

是白启的声音，白鲤感恩地抬起头。

一个高大瘦削的身影突然闪过，一把从方妈妈的手里抓回白鲤的手。

"那头已经开始吃饭了，你跑来别人这里做什么？"白启眉头紧蹙，带着疏离意味地扫了方沅一眼。

白鲤一时无语。

事实是，她跑来砸人家场子了。结果没砸成，反而快要被当成自家人了。

简直无地自容啊！

不过，这样的话她是打死也不会当着白启的面说出口的，否则回去又要凉凉了。

"他是谁？"见白鲤面露囧状，白启敏感地指了指方沅，一点都没给方家人面子。

此时此刻，方妈妈的脸色明显变成了忧愁状，难不成自己的儿子才是男二号？

"他，是我同学。"情况不妙，她老哥不会误会什么了吧？

"他……"

为了不让白启说出什么不得了的话，白鲤打着马虎眼解释，直接扯着白启的手臂往场外拖。

"哎呀，你不是说开始了吗，我饿死了，我们快走吧！"

于是，她向方妈妈挥了挥手，满怀歉意地准备离开。

白启却越想越不对劲，刚走几步，突然停了下来："等等。"

他不动声色地让白鲤先往外走，自己默默走回了方沅身边，随后含糊地凑在方沅耳边说了一句话。

"希望不是我想的那样。"

眼神犀利，话锋意有所指，方沅自然是读出来了。原本他对这一类事是丝毫不上心的，但这个男人的语气实在让他有些不爽快。

一个偏头，他拍了拍白启的肩，也凑近白启："你猜。"说完，有意地和白鲤点点头告别。

白启的脸色变得很差……

当然，白鲤一脸蒙地看着这两个举止亲密的男人，完全不知道发生了什么，只是一个劲地催促着白启离开。

6.

一直到小姑的婚礼上，白启的脸色都很阴沉。

白鲤见了也不担心。她这个哥哥就是太不让人省心了，容易想太多。从小到大，她要是在外面，他就怕她被骗被拐卖；她要是在家里待着，他又会担心她是不是不高兴，怕她给憋坏了。

反正就是各种操心。

尤其是自家爸爸妈妈决定环游世界，把她交给他后，她这个哥哥恨不得一天二十四小时都知道她的行踪。

唉……搞得白鲤觉得自己还像个小学生一样。

落座时，白启小声对白鲤说："回去就给我写保证书。"

白鲤听了，差点就要咆哮了，但碍于面前的长辈没好意思，于是压低音量："你做梦吧！"说完灰溜溜地跑到小姑身边坐着。

白启极其憋屈，妹妹长大了，开始叛逆了……

婚宴一直持续到晚上，大家都玩嗨了。

大喜的日子白鲤心情好，多喝了几杯。宾客散场后，白鲤忙着和大家收拾会场，磨蹭了一番就晚上十点半了。

白启被小姑支去帮忙送人，长辈们也忙着招呼客人，就让明天有课的白鲤先行回去。

白鲤站在路边拦了好几辆车，结果由于学校是往郊外走，这么晚了没人愿意接她的单。

白鲤想着反正学校离这里也不远，这么晚了交警应该都睡了。

白鲤一边侥幸地想，一边走到停车场牵出她的"小毛驴"上路了。

15分钟后，白鲤被拦在了某十字路口的车道边。

"警察叔叔，我错了！"白鲤刚被拦下，就主动地下车，态度诚恳地挽住了警察叔叔的手臂。

秉公执法的警察叔叔立马把手抽了回去："你能先把头盔取下吗？"

白鲤赶紧把头盔取下，立正站好。

"你是学生？"警察问。

"是的叔叔，不过我是大学生！"不知为何，脑子一阵又一阵地犯晕，白鲤极力保持清醒。

警察有些怀疑地瞟了她一眼，来回打量着她。

"说实话。哪个中学的？"

白鲤脑子一愣，很快反应过来警察叔叔的意思，回答道："我第一中学的。"

警察叔叔望着她那张娃娃脸，面对传来的一阵酒气，皱了皱眉头，拿出仪器直接让她呼一口气。随后看着显示仪上的数据，他无奈又严肃地摇了摇头。

"小朋友，你知不知道酒驾的后果是很严重的。你的父母呢？你带证件了吗？"

白鲤热心地开始翻起了皮包。

"我带了！"

随后，她工工整整地朝警察递上了自己的身份证。

警察一看，再次抬头，问："你成年了？你不是第一中学的吗？"

白鲤摆摆手，扶着莫名有些眩晕的头笑呵呵道："我是第一中学的啊，我初中和高中都在那里上的！"

警察又一次无可奈何地摇了摇头，一边叹气一边开罚单。

"你知道你这款电动车也算超标电动车吗？你有驾驶证吗？"

白鲤只觉得场景分外眼熟，就像上学时急着交早就抄好的作业一般，又一次热心地递了上去。

"警察叔叔，我去年刚考的驾照。"

警察愣了愣，第一次遇到这么配合的人。

"白鲤女士，你被扣六个月机动车驾驶证，另外，你需要交一千五百元的罚款。"

"什么？"白鲤突然从警察手里把驾驶证抽了回来。

"警察叔叔，你不是我叔叔吗？这怎么比学校街头的黑心摊贩还狠呢！"

警察笑了笑，从她手中拿回驾驶证："违法了就要付出相应代价。同学，你也是成年人了，应当做一个文明守法的公民。"

白鲤流下了悔恨的眼泪。

手机早就没电了，她一把打开皮包，从里头抽出了十五张崭新的百元大钞，上交国家。

花光了身上所有钱的白鲤忏悔不已，准备游走街头。此刻，她的钱包就像个洋葱，一打开就叫人泪流满面。

好在上苍是眷顾她的，差点就要被带去约束醒酒的她，又一次撞见了那辆熟悉的宝马车。

此时已经临近 11 点。

方沉被街边突然出现拦车的白鲤吓了一跳。

他刚把车停稳，白鲤就像僵尸一样突然双臂贴近车前玻璃，嘴里不知道在嘀咕着什么。

方沅知道，自己又摊上事了。

他打开车门，白鲤直起身子，酡红着脸蛋抬头扫了他一眼，语气里全是憋屈。

"学长，我酒驾被警察叔叔教育了，我现在流落街头就差卖火柴了。"

方沅闷声不吭。

身后的警察见状，跟过来瞧了一眼："你是？"

"警察叔叔，他是我表哥！"白鲤先发制人，双手紧紧地攥住方沅的外套袖子，目光紧紧地盯着他，里面是满满的诚意和请求。

拜托了学长，她真的不想被抓去醒酒啊！

方沅端着张冰山脸，隐在夜色里的神情带着一丝无奈。

"你真的是她表哥？"警察疑心重重，转而问起方沅。

方沅费了好些劲才把自己的手抽回来，视线在白鲤脸上停了两秒，然后才默认地"嗯"了一声。

白鲤开始朝警察猛点头。

"请出示一下证件。"

方沅从容地取出钱包，递给他身份证。警察看了又看，忽然觉得这个名字很熟悉。

"我们见过？"警察反问道。

方沅淡淡地应了一声："在我伯伯的退休宴上。"

"哦！对对对！你是方局长的侄子。"警察叔叔一边说，一边打量了白鲤一眼，重新把话题拉回，"大学生也已经是成年人了，怎么这么不懂事呢？钱我也罚了，驾照我也吊销了，人你可以带走，不过要保证不能再犯，而且，这车子是不能让她开走了。"

"好。"

方沉沉着老练地又和交警谈了几句，最后握了握手，方才转过身把白鲤领走。

"上车。"方沉打开车门，把手护在车顶，让白鲤进去。

"好呀学长！学长英明！学长威武！"白鲤劫后余生，开心之余握拳对着夜空喊了两句，酡红的脸上挂着"嘿嘿"的笑容。

崇拜地看了方沉一眼后，她飞快地坐上了副驾驶座。

微醺的酒气迅速在车内散播开来，方沉随手打开车窗透气，而白鲤瘫软在座位上，只觉得自己的头有些眩晕。

侧目一看，方沉正有些慵懒地把手搭在方向盘上，一手撑在窗边抚着下巴注视前方。

白鲤望着望着，一颗脑袋越发沉重。恍惚间，她鬼使神差地伸出手去，趁着方沉打方向盘左转时，飞快地、狠狠地捏了他的脸一把。

方沉怔住了，一个急刹车，差点撞上方向盘。

"你疯了？"

她怎么可以这样？

方沉双手握住方向盘，转过头借着月光，盯住白鲤的脸。

那张脸上带着点无辜和茫然，一点也没有受惊吓的样子。然后，一刹那，白鲤又恶作剧般地笑开了。

"哈哈哈！你反应那么大干吗？你该不会是……"白鲤忽然张大嘴吸了口气，"整过容吧？怕我捏坏？"

方沉的面色忽然凝重。

他心善地把她从交警手里救了回来，她却在这里怀疑他的脸不是原装的？

　　冷月的清辉落在他眼里，他挑眉，心情不悦。

　　"是。整过容，所以别乱动。"他沉声提醒，顺便帮她把安全带系上，一边系一边微微用手臂挡住脸。

　　白鲤看他那样，笑得更欢了。

　　方沅叹了口气，感觉某人无可救药了。

　　白鲤似乎察觉到了方沅的"同情"，笑声忽然停住，转过头认真地看着他。

　　十秒过去了，白鲤还不说话，气氛很令人不安。

　　"你又想做什么？"方沅皱眉率先问道，下意识放缓了车速。

　　白鲤这才吸了口气，一本正经地摆正了态度。

　　"请记住我是一个高冷的人，请不要被我时常的疯癫所迷惑。"说完，白鲤扯出了一个假笑。

　　方沅哭笑不得地重新启动车辆，下意识地把车速加快了。

第三话

学长，你一定不会怪我的对不对？

/

XIHUANTIANTIANDENIYA

1.

　　深夜 11 点半，宿舍楼下，白鲤像丈二和尚摸不着头脑，把自己的外衣口袋和背包前前后后、里里外外地翻了个遍，最后，还是没有找到校园卡。

　　宿舍的门禁早就开启，如果没有磁卡她是进不去的。方沉跟在她身后，眼睁睁看着她捣鼓了五分钟，心里隐隐不安。

　　"怎么办？"

　　白鲤趴在宿舍的玻璃门上，扭过头委屈地看着方沉，撇了撇嘴。

　　方沉有点受不了那样的目光，把视线错开了。

　　"需要我帮你打电话给舍友吗？"他淡淡道。

　　白鲤一拍脑袋："对呀！打！"

　　方沉点点头，信了她的鬼话。

　　掏出手机，他问："电话多少？"

　　白鲤掰着手指，笑了笑："我想想哈，唔……114！"

方沅抬起头扫了她一眼："那我走了？"

"别啊！"白鲤一把跳起来揪住方沅的外套领子。

方沅脖子一紧，咳了一声。

"你能认真点吗？"他转过头，做肃然状。

白鲤无助地点点头。

"我很认真啊，我记不住她们的号码，我这不是得先问问嘛！哦，对了！我想起来了，她们好像在群里说要早起，现在肯定睡了。"

方沅盯着白鲤的脸看了两秒，然后闭上眼睛让自己冷静了一下。

过了一会儿，他睁开眼，重新调出拨号键盘。

"你家人电话呢？"

"家人？"白鲤的脸色突然警惕起来，脑子清醒了大半。

她一把抢过方沅的手机，叉起腰来："不行不行，绝对不行！要是被他们知道了我酒驾被抓，大半夜还和你在一起，不扒了我的皮才怪呢。"

白鲤一边狠命摇头一边把手机藏在了背后。

方沅见她执拗的样子，有点崩溃地扶了扶额头。虽然完全可以带她去附近的宾馆开一间房，但毕竟孤男寡女嘛……

可如果他走，留她一个人在这儿过夜，似乎也不妥。

方沅想了想，决定先询问白鲤的意见。

"那你想怎么办？"

结果他后悔了。他不该问一个醉酒的人。不问不知道，一问吓一跳。

白鲤忽然双手合十，态度恳切，凑到他面前。

"学长，我想到了一个既不用花钱也不劳你费心的好办法。你行行好，帮我这个忙吧！"

"什么？"方沅问。

随后，白鲤一路把他扯回了停车点。

站在方沅的车门边，白鲤讨好地笑了笑。

"学长，这么好的车，不被人睡一睡也怪可惜的。你就发发慈悲，把车借我留宿一晚吧！"

借着皎洁的月光，方沅看了看车门边的那道划痕，又看了看白鲤。

他早该料到她会锲而不舍地盯上他的车！

这车买了两年，载过不少兄弟，但就是喝醉了酒的兄弟，也没敢在他车上借宿过夜，更别说是白鲤了。

这么想着，方沅的衣袖突然一紧，白鲤又开始了。她扯着他的衣袖摇来晃去，语气可怜得不行。

喝醉酒的她还真是很不一样啊，毫无底线。

"学长，我落魄至此，要是连你都不理我，那我不就成狗不理了？"

啥？

方沅还没反应过来，这话到底怪在哪里，白鲤突然涕泗横流地抱住了他的腰，耍起了酒疯。

方沅的大脑顿时出现了一瞬间的空白，本能地掰开了白鲤的手，生怕她得寸进尺。可是白鲤眼疾手快地又扯住了他的帽子，开始号了起来。

"学长，你就帮帮我吧！你一定不是那么冷血无情的人，你是个好人对吧！你帮了我这么多次，正所谓好事不过三，咱们凑个三吧！一晚，就一晚！你要是不放心你看着我睡嘛！你难道就没有动一丝丝的恻隐之心吗？"

方沅只感觉自己的脖子有点勒，同时，他确定以及肯定白鲤醉得不轻。

看在她一个女孩子，喝醉了酒还无处可去的分上——

行吧。

方沅的心头一软，生出怜悯之情，喊了一句"停"。

"这样吧，明天早上我来……"

正当他下定决心要乐善好施时，突然，脖子又一紧，运动帽被白鲤急匆匆地扯了去！

下一秒，他听见脖子后面"呕"了两声，然后……

世界安静下来了。

此时此刻，方沅根本不敢相信自己的耳朵，更不敢相信自己的鼻子。

可脖子上的帽子沉甸甸的，同时，四周开始散发出一股酸臭味。

方沅的思路有一秒的短路，随后捏了捏拳头，很快明白过来了……

"白鲤，你！"他刚想转过头，忽然意识到，不可以！

"等等！你千万别放手啊！"

他严肃地命令身后的白鲤，绝对不能把扯住帽子的手放开，否则帽子里的东西会……

想到这里，方沅心酸得扶住额头，不忍直视这个世界。

很好，就在此刻，他取消了方才的决定，下定决心绝不会让白鲤睡在他的车里。

但是，该处理的事还是得处理。

"你现在听我说，你可以放手，不过动作一定要轻，要慢，听懂了吗？"方沅重新恢复冷静，有条不紊地指挥。

做错了事的白鲤虽然心有愧疚，但胃里一阵倒腾难受得很，只得安分地"嗯"了一句，听从发落。

于是，她照着方沅说的缓缓放开了手，好在帽子坚强地兜住了一切。

随后，在两三秒的时间里，她好像看见方沉利落地脱下外套小心翼翼地扔进了身边的垃圾桶里，然后略带烦心地松了松衣扣，一脸正色地看着她。

"鉴于你太危险，白鲤，你被取消在我车里入睡的资格了。"

白鲤搓了搓手，用仅有的一丝理智委屈又惭愧地低下了头，却连站都站不稳。

"人有三急嘛，现在再加一急……学长，事发突然，我真不是故意的。"

方沉抬头看了看天，忙扶住了她。

"我知道你不是故意的。"

"那你一定不会怪我的对不对？"

又开始了，又开始了！

方沉试图把视线投进白鲤的眼睛里，望着她那澄澈的双眸，还有酒气未散的圆脸上带着的柔弱神情。

眼前蓦地闪过之前经过的网吧，方沉心里突然确定那应该会是个好去处。

"白鲤……"方沉把头转向白鲤，却看见白鲤蹲在地上一动不动，"你在干什么？"

"我……我在许愿。"

"许愿？为什么？"

白鲤扯了扯方沉的裤脚，傻笑着："这你都不知道？今天不是你的生日吗，我帮你多许一个愿！"

方沉一愣，无奈了，帮他许愿，这真是够理直气壮。

"你许什么愿？"他问。

"我希望，我的人民币可以相亲相爱，然后生很多小人民币！"白鲤拍拍屁股站了起来，手里提着她干瘪的钱包，一个不稳差点跌在某人怀里。

方沉赶紧接住她，白鲤朝他露出一个笑，然后睡了过去。

夜风里传来方沉无可奈何的叹息。

2.

深夜的网吧依旧灯火通明。

方沉把白鲤放在旁边的椅子里，便开了机打游戏。

他以前打得很凶，还和尤迢组了个战队，不过后来重心转向了乐队，战队就完完全全交给了尤迢。

虽然时间很晚，但战队在线的人还是很多。

群里在讨论方沉突然上线的事，方沉默默地给自己隐了个身，但还是被尤迢发现了。

尤迢：你这大半夜上游戏干啥呢？

方沉：就无聊，想打游戏。

尤迢：行，我给你组人，连麦方便吗？

方沉：嗯。

于是尤迢组了个队，拉了几个熟人一起打游戏。

方沉操作厉害，闯关的速度也很快，就跟开挂一样，大家打得都很爽。

"行啊，方沉。"耳机那边尤迢在说话，"这副本可难过了，你一次就过，厉害。"

方沉笑了笑，又是一招必杀把最终的BOSS（游戏角色）打掉了一半的血。

"方沉方沉方沉方沉方沉！"白鲤突然有规律有节奏地叫起他的名字，传进了方沉的耳机里。

"这是……白鲤的声音？"尤迢吓得差点从椅子上掉下来，"大哥你跟白鲤在一起？"

此时，方沅并没有听见尤迢的疑问，他不动声色地把耳机取下，转头问道："你怎么了？"

白鲤躺得脖子疼，她揉着脖子，可怜巴巴地说："我就是觉得口渴了，想喝水了。"

她要是少说点话，至于这么渴吗？

方沅有点无奈，但还是从座位上站起来，去柜台买了一瓶水。

回到座位后，他把盖子拧开，把水递到白鲤面前放稳，正色道："喝了水可以安静点吗？"

白鲤眨了下眼睛，点点头。

方沅这才长吁了口气，准备再次戴上耳机。

忽然，右手边传来一阵像念咒一样的声响，叽里咕噜地循环个不停。

侧目一看，白鲤正做出一个不知名的手势，对着那杯水念叨不停，声音越来越大，越来越响，速度越来越快。

方沅立马转头，看着白鲤："你又在做什么？"

"我觉得这个水太少，我要把它变大杯。"

方沅没听懂："所以呢？"

"所以，我在念大悲咒啊！你别打断我行吗！"白鲤笑了笑，重新开始做手势。

方沅忍无可忍，看着她又要唠叨起来，连忙伸手捂住了她的嘴。

"你能安静点吗？现在是深夜，还是公众场合，再这样你就出去。"方沅压低声音冲着白鲤说。

白鲤被捂住了嘴，只好停下，惊恐地望着方沅，重重点了点头。

"那说好了，我放手后你必须安静。"

白鲤又答应，然后伸出手来，猝然摸了摸方沉拧紧的眉头。

方沉立马放下手来，往后挪了挪，却发现身后就是墙，无处可躲。

"你干什么？"她怎么能够随便摸他的脸呢？

方沉侧过身体斜坐了起来。白鲤见状笑得声音开始打战。

她飞快地靠了过来，小心翼翼地凑近他耳边，那里倏然一热，低低的声音近在咫尺，温润的气息喷薄在耳畔的方寸肌肤上。

"给你抚平岁月的痕迹……"

方沉郁闷，干脆站了起来，忽略发烫的耳垂。

那不是岁月的痕迹好吧。

方沉索性丢下白鲤不管，想起刚刚打了一半的 BOSS，还有自己的队友……

糟了。

他立马看向电脑屏幕，把耳机重新戴上，庆幸的是，游戏胜利了，方沉松了口气。

尤迢察觉到方沉回来了，问题跟扫子弹一样噼里啪啦而来。

"大哥你跟白鲤一起？"

"孤男寡女你别告诉我你俩成了？"

"你刚刚还那么温柔跟她说话？我的方大哥队友都不要了，敢情就是去找她了？"

"啊啊啊啊啊，我的妈啊，爆炸新闻，我需要缓一缓。"

方沉没打算理会尤迢，冷冷地回："差不多得了，还开吗？"

"开开开！我再去叫人，等我啊，别又去找白鲤了！"尤迢急切地说，生怕一个不注意这位游戏大神就跑了。

方沉无语，这人还能不能好好说话了。

白鲤在闹腾了一阵后终于开始犯困，等她醒来后已经是早上了。

白鲤慢悠悠睁开眼，映入眼帘的是身畔一张坚毅而棱角分明的侧脸。

大早上的宿舍里怎么有个男人？

这一定是做梦。

白鲤重新闭上眼睛，过了一会儿又睁开。

那个男人怎么还在，而且看着好眼熟。

白鲤反应了半天，方才意识过来：这不是方沅吗？

一瞬间，从醉酒后站在路边拦下他车开始的记忆悉数浮现，白鲤脸上的温度渐渐升高，每想起一点就更坚定了一个念头。

她干脆假装瘫死在这个桌面上算了！

好在方沅玩得认真，丝毫没有把心思放在她这头，于是她干脆观察起方沅。

当视线偷偷移向屏幕的时候，白鲤惊呆了。

这都是什么神级玩家操作啊！

只见方沅一手拧开瓶盖，含着半口饮料笑看屏幕，另一手单手操作，手速利落而敏捷，人物走位灵活而不失技巧，出招快准狠，几连杀后一下就要了对方人头，局面一度燃爆。

方沅自然感觉到身边的人有了动静，加快了攻击操作，在最后击杀 BOSS 的一招后，游戏结束了。

“就这样吧，我下线了。”方沅对着耳机另一头的尤迢说话。

“行。”尤迢打了个哈欠，“反正该打的副本都打了，我去补觉了。”

“嗯。”方沅退出游戏，接着摘下耳机，视线转向了装睡的白鲤。

“醒了？”他慢条斯理地挪开椅子，站了起来。

白鲤听了也不好再装，尴尬地站起身，挠了挠头："那个，昨晚……"

"过去的事不提了。"再提他可要自闭了。

方沅拿起桌面上的手表，微微低头，有条不紊地戴上，然后理了理衣服，径直往门外走。

白鲤愣了一下，不知道他是不是生气了。

方沅走了一会儿，见白鲤还没有跟上来，转过头去，才发现刚睡醒的她似乎有点发愣，于是叫了她一声："发什么呆，走了。"

白鲤抬头一看，"哦"了一声，迷迷糊糊地跟了上去。

一路上，白鲤一直低着头跟在方沅的身后，在快到宿舍楼的时候，白鲤终于鼓起勇气跑到了方沅的旁边。

想来想去，她还是需要道歉的，毕竟是她先把人家的车刮花了，又经历了昨晚的事……

在几番尝试后，白鲤方才小心翼翼地开口："学长我向你道歉，你车的维修费我会负责，还有你的外套，我一定会买一件一模一样的还你！"

还真是哪壶不开提哪壶。

方沅看了看眼前的女生，其实她说的那些都不是什么……真正有事的是，这人喝醉酒后真的太能折腾了啊！

唉，方沅忍不住叹了口气。

"不用了。"他淡淡地开口，拒绝了她。

白鲤明显被这样的回答弄蒙了，他是拒绝原谅她吗？看来她昨天真的坑苦学长了。

方沅没再说什么，一个电话打了进来。

"好。我知道了。"

看着白鲤溜进宿舍楼的身影，方沅挂了手机，向停车场走去。

3.

下午，宿舍。

白鲤效率飞快地坐在书桌前刷作业，一边刷一边戴耳机听歌。

忽然，耳机被回宿舍的窦姜摘下，然后，她得知自己又一次上热搜了……

十分钟后，白鲤看着热搜上的内容还没缓过神来，窦姜就在那边神情复杂地看着她。

过了一会儿，窦姜忍不住了。

"哈哈哈！原谅我，实在太好笑了。我真是佩服现在的网民，连这都能造谣？"

窦姜对着屏幕上的照片，嘲讽得不得了："有人拼图说，昨晚你和方沉在外过夜，还有人说，大早上看见你们成双入对地走在一起，这是什么神仙想象力啊？这群人真是吃饱撑着！"

呦呦表示赞同："这图拼凑得也太明显了，就我家白鲤和方大神？怎么可能？"

玫美："他们太能扯了，早上醒来你明明在宿舍嘛！最可气的是，一堆评论全在抨击白鲤不知检点……小白，你自己说！现在这样总该站出来发声明了吧！"

三个人把视线都投向了白鲤。

白鲤瞬间脊背发凉，额头冒着虚汗。

"其实……"她弱弱地道，"那个人的确是我。"

话音刚落，三人的第一反应是："呵，你逗我们呢？不可能。"

然后，愣了一秒，三个人相视一看。

"你再说一次！你昨晚和那个方沅怎么了？你们做了不可描述的事？"窦姜扶住白鲤的肩摇来摇去，白鲤的头被晃个不停。

"什么情况！原来你昨晚没回来？你们一夜情了？"

白鲤听到这个劲爆的词汇，立马捂住玫美的嘴："闭嘴！咱们都是根正苗红的人，瞎说什么呢？"

清早她回来时舍友都还在睡大觉，为了避免引起不必要的麻烦，她就没和她们说昨晚的事，没想到……

白鲤觉得头疼，昨天她可把方沅坑惨了，今天就拉着他上热搜？

这节奏，方沅怕不是要把她拉入人生的黑名单了？白鲤越想越愧疚。

该不该给方沅发条信息反省慰问一下？

她掏出手机就要开始编辑，突然，窦姜她们捧着电脑大叫起来。

"小白！万年才更一次微博的方大神竟然对你翻牌了！"

"果然是一起看过月亮，赏过日出的情谊啊！"呦呦意有所指。

白鲤停下手中的活，开始看评论区里惊现的方沅头像，而且还不止一处，全是在替她说公道话的。虽说方大神的微博粉丝也上万了，但他平常好像很少经营微博的吧。

这次……他应该出来撇清才对呀，生气都来不及。

白鲤震惊之余，忽然觉得，方学长这人还挺讲义气的。

很快，方沅的评论引起了轩然大波，连带着被扒出是照片里的当事人。

于是，他也躺枪了，被贴上了"当代大学生不检点"的标签。

事情发生得太突然。宿舍里，并没有去睡觉而是刷起微博的尤迢莫名其妙地看着系统提示的私信箱，一条、两条……爆了。怎么有人不分青红皂白，说他就是照片里的男生呢？

返回界面一看，这微博头像……

不是方沉吗！

啊啊啊啊，糟了，昨晚他用方沉的电脑玩游戏，今早起来忘了切换账号就迫不及待地加入了白鲤战队，替她说了几句公道话。

这……

"电脑快没电了。"自从早上接到电话，方沉就出了趟门帮辅导员办事情。此时，回到宿舍的动作轻到仿佛神不知鬼不觉。

他施施然从专心致志的尤逍身后走过，扫了一眼屏幕。

"大哥，你走路用飘的啊！怎么一点声响都没有？"尤逍吓得立刻从椅子上弹起来，差点没摔一跤。他飞快地把电脑屏幕合上，趔趄着迎了上去。

"你反应这么大干什么？"

方沉挂了衣服扭过头来，这厮怎么突然这么殷勤，靠他这么近？

"没什么没什么！你终于肯从温柔乡回来啦！那那那……那个，白鲤人呢？"尤逍还没想好怎么交代罪行，自然有些语无伦次。

方沉眉毛一挑，看了他几眼："你够了啊，昨晚的事别再提了。"

"不提也不行了……"尤逍没忍住嘟囔了一句。

方沉听到了，好像猜到了什么似的。

"什么意思？"

"欸，先不说这个嘛！"尤逍下意识地回避，"你知道白鲤上热搜了吗？你们俩被偷拍的照片现在传得沸沸扬扬！学校里的贴吧都快被端了！兄弟，你说你真的，都是自家人，女朋友带回宿舍，有的是地儿给你们腾出来，何必跑到网吧去呢？"

方沉一听，瞟了一眼，扯过架子上尤逍的牙刷，塞进他嘴里。

喜欢甜甜
的你吖

"少说糊话，她不是我女朋友。"

"唔唔……"尤迢扯下牙刷，满脸笑意，"啧啧啧！我可没见过哪个女生靠你这……这么近的！"一边说，还一边伸出两根手指移到一起，比画了一下。

方沉无奈地摇摇头，把架子上的毛巾盖在他头上，然后，有条不紊地把电脑充电器插好。

扯掉毛巾的尤迢，见方沉伸手就要打开屏幕，赶紧上前，摁住了屏幕盖子。

方沉抬头，看了他一眼。

"干什么？"

尤迢错开某人犀利的视线，小心脏快要受不住了。

"我这不是怕你看到热搜一时承受不住……"

"谁和你说我要看热搜了？"方沉拿开尤迢的爪子，纠正道。

尤迢连忙又摁住他的手，叫了一声："哈！人家女生都上热搜了，你竟如此冷漠无情蛇蝎心？那句话怎么说来着，天亮了就翻脸不认人？"

中邪了？

几番被阻止的方沉放弃开电脑，把椅子转过来，警惕地看着尤迢。

"你没睡饱？游戏输了？还是，喝水洒我电脑上了？"他皱眉道，"我和白鲤没关系，别满嘴跑火车，赶紧上床睡觉去。"

"我不！"

尤迢忽然想到，要是能在事情被发现之前就让方沉动了恻隐之心，愿意帮白鲤说话，那他的罪过不就减轻了不少？

于是，他赶紧拿手机给方沉看微博。

"你看你看！看热搜！你女朋友真的——"

女朋友？

方沉给了他一记火辣辣的目光。

"哦！白鲤，白鲤行了吧！这次照片出来，她可比你惨多了，上次被键盘侠群攻，这次直接被贴标签。事情发展成这样，气得都忍不住想替她说话了。你自己说是不是？"

方沉挑了挑眉："你到底想说什么？"

"我就是想说，你作为男人，要是站出来澄清，或者大方认爱，给人家一个名分，那不就……"

方沉直接打断："说完了没？说完了去睡觉。"

"睡觉？兄弟，你好没同情心！这还是我认识的你吗？我们都知道，白鲤不是那样的人，要不要帮她你自己看着办吧！"

尤迢愤愤地上了床，心里决定干脆赌一把。

方沉终于清静了。

登上电脑，打开网页，忽然有点没了思路。

欸，刚才回来前，他打算做什么来着，对了，写个活动策划。

先找张草稿纸来。

他翻了翻抽屉，一眼扫到尤迢桌上上次从白鲤那儿要来的传单。愣了一秒，心里突然有些烦躁。

刚才尤迢给他看的，他可没有下意识地记住些什么，但很明显能感觉到喷子的恶意。

不对，想这些做什么？怕是一夜没睡，脑子也不清醒了吧。

方沉一键关闭网页，走到阳台，靠在栏杆上吹风。

还是吹吹风好。

吹了一会儿凉风，本以为会清醒，没想到望着楼下的那个垃圾桶，脑子里竟然又想起昨晚的事，连带着冒出白鲤那张熟悉的面孔来……

退一步讲，其实，她的确和网上说的不一样。

手机铃忽然打断他的思路，打开一看，陌生号码，却有点熟悉的语气。

"方学长，谢谢……"

几秒后，看完短信的方沆扭头走进宿舍。

"尤迢，你给我下来！"

4.

微博粉丝量又暴涨了几万。

方沆眉头一皱，把白鲤发的那条短信拉进了回收站。

微博上和论坛里，一个新的话题一跃成为爆点。

——啊啊啊啊！在这个枫叶红了的初秋，方沆竟然有女朋友了？我还没瘦下来呢！

——方沆好久没出来说话了，没想到这次是为了女朋友？看来照片不是p的？好甜啊，大早上就被喂狗粮！

——他俩怎么走到一起的！我还以为方沆是准备单身一辈子的那种？

——我们终究还是败给了白鲤。

网上是轩然大波，身后是尤迢忏悔。

"兄弟，这是个误会，我最近不是和她舍友经常一起打游戏吗？朋友的朋友有难，我就想替她说几句呗，结果一心急……你懂我意思吧？我也是好心帮白鲤……"我万一促成了你俩一桩美事，也说不定嘛？

尤迢想了想，后半句话还是先吞了回去。

方沆盯着屏幕，把手机放到一边，叹了口气："已经发生的失误，算了。回头我把号注销了。"

他对于自己被卷进舆论的事并不在意。其实他在意的是，白鲤似乎对自己产生了什么误会？

想到这里，他对尤迢幽幽地提示了一下。

"网上的事就算了，白鲤那头……"

方沅给了尤迢一个眼色。

"懂？"

尤迢摇头："不懂。"

方沅抓了桌上的仙人掌，作势就要朝某人砸过去。

尤迢立马改口："啊啊啊，我的多肉！懂了懂了，我去解释清楚行了吧，稳固你在白鲤心中矜持的形象！"

宿舍里。

白鲤望着手机屏幕上的"你误会了"，一时没想明白是怎么一回事。

其实，说不感动是骗人的，但她也没想太多呀？

这时，手机微信忽然刷出一堆新消息。

"白鲤！你竟敢瞒着我早恋，速回电！"白启发来的。

"白鲤，热搜上的事我有在关注。现在究竟咋回事呀？你哥知道后，说要把那小子揪出来揍一顿……你、你昨晚真的和他睡一起？"表姐谈曜发来的。

"女儿，你长大了。妈只想说，走自己的路让别人说去吧。但要保护好自己哦。不过，话说我未来女婿的高清正面照能不能发来看看呀？"

……

接着，微博私信一条接一条，手机顿时卡屏。

白鲤看着一个头两个大，直接把手机关掉往床上一抛，连继续想这件事的心思都没有了。

周五。

教学楼拐角那间会议室里，来自校学生会不同部门的人正**窸窸窣窣**地说话，方沅刚打开门，一群人顿时没了声响。

方沅面无表情地将文件放在桌上，活动部部长将本次社团干训的活动安排表递了上来。

方沅点点头，没说什么。

刚一打开，他就看到了白鲤的名字紧挨着自己。

××游戏，第一组：学生会主席方沅 X 爱心协会副部白鲤……

方沅直接没有了继续往下看的欲望，眉心渐渐散发出一种不怒而威的气息。

每年都安排的干训，游戏互动人员向来随机组合，但就算如此，这次偏偏这么巧把白鲤提到了和自己一组？这不是别有用心是什么？

这时，活动部不知哪个没有眼力见的，多嘴了一句："方主席，恭喜脱单呀！表是我排的，什么时候能看到你和白副部合体哈哈？"

有个多事的一唱一和起来："听说她们班现在在隔壁教室上专业课，这么近，要不——"

"啪"的一声，方沅直接将文件合上，甩在了桌上，神色甚是严明，眼底是说不尽的冷厉。

"现在是开会时间，要是想讨论这些，请你们出去。"

两人顿时鸦雀无声。

会议室里立马充斥着一种紧张的氛围。

尤迟可是第一次见方沅在会上发这么大火，原本最多就是冷着脸，但这次，这群家伙偏偏拿公事开玩笑，这可是直接触碰了某人的底线。况且，这几日方沅在校总被一些人指指点点，那些人是外人倒不必在意，只是现在部门里也因为这事躁动起来。

前几日还有人在群里大呼解放：方主席恋爱了，工作上总要松懈一些吧？

这下好了，方沅杀鸡儆猴了。

"文件重新做，这次干训我只主持，不参与。"上一秒还有些愠怒的方沅，下一秒很快控制住了情绪，淡淡地退回文件。

会议结束时，方沅前脚踏出门，后脚里头那群人就小声议论了起来。

尤迢见某人脸色很不对劲，就没有跟上去，把那群人说了一下，然后抄另一条路回去。

白鲤刚一下课，就戴着口罩，披散着头发往门外蹿。还好提前下课，路上的学生不多，不容易被人认出来。

她抱着英语书走在过道里，刚一抬头，迎面就是方沅，一脸不爽的样子。

这也太巧了。

白鲤第一个念头就是扭过身，往反方向走，然后越走越快，却和尤迢撞了个满怀。

"欸，白鲤？你走这么急干吗？"尤迢弯腰替白鲤捡书。

白鲤连忙道歉："对不起啊，我这不是……避嫌嘛。"

"你是看见方沅了？"尤迢把书还给白鲤，将她拖到一角，叹了口气小声说，"他脸可臭了吧？你都不知道，他今天……不过他这几天也够无辜的……"

白鲤这才得知某人这些天的遭遇并不比自己好到哪儿去。

看来，一和舆论沾边，无辜的人都无法逃脱啊。

白鲤为了这事，日渐心烦了……

5.

月末就是学生会每年一度的社团干训。

方沅是主席，所以必然会到场，白鲤为了避嫌直接以病假为由推掉了。

这些天来她原本就不怎么出门，待在宿舍闲着，偶尔又想起微博的事，难免感到心烦。正当她为此而无奈的时候，却在百度搜索框里，看到了谈曦发博替自己说话的新闻。

事情有些突然，她用网页登上微博，才发现表姐转发了当初的微博事件，并替一开始就做好事的自己说了些公道话。

白鲤立马联系到谈曦，谈曦要她放宽心，这令原本孤立无援的白鲤心生感动。

还是自家人好啊！

紧接着三天，事件开始发酵，谈曦的千万粉丝"小妖精"迅速转发，扛枪上阵，手撕喷子。

说实话，白鲤被这阵势给吓到了。

"歌坛天后为'最美宣传员'发声！"

在谈曦的支持下，这件事情终于上了热搜，并且占据了热搜榜第一。

很多明事理的人都出来替白鲤说话，负面消息虽然仍旧存在，但更多的人都在支持谈曦，情况有些许好转。

白鲤对表姐其实是很感激的，她特地打了个电话给表姐表示感谢，却在电话里得知了另一件事……

先前谈曦便说过，新歌发行的工作正在筹备，本就决定回母校拍一个音乐 MV。现在她所在的公司觉得白鲤这次事件很有热度，而且人物形象极具正义感，于是，盛情邀请白鲤来出演 MV。

"姐，我没拍过戏，万一搞砸了……"说实话，白鲤觉得自己尿爆了。

"你就来吧！我早就觉得你很有镜头感了，乐感又好，况且你现在也算半个红人，抓住这次机会散发你身上的正能量，对打击那些恶意评论也有好处啦！"

白鲤仔细考虑后，答应了。

挂了电话的谈曤将注意力继续转向会议室，这是他们团队的一个小会议，刚好就在讨论 MV 细节，没想到女主角自己送上门了。

"女主角解决了，那男主角呢？"谈曤的右手手指在桌子上轻轻敲着，"你们有什么想法吗？"

小 K："程哥？"

大明："问过了，程天现在档期排不上。"

小 K："那最新那个流量小生？"

阿虎："得了吧，演技尬死了。"

……

在团队讨论得热火朝天的时候，谈曤看了看手机上显示的时间，竟然过去了二十几分钟，她揉了揉额头，随即拍了拍手，打住了他们的讨论。

"有结果了吗？"

"有！"团队几人异口同声，"你学弟！方沅！"

自毕业从社团退出后，她一直能从各方朋友那里听说到方沅的事迹。据说他为人比较低调严肃，不太好说话。

后来在一些晚会、音乐节，她也跟他打过几次交道。

人嘛……的确是不太好说话。

"什么？你竟然拒绝了谈曤！她可是说了有机会让我们乐队入镜啊！"

"是啊！"

排练室里，主唱尤迢和电吉他手小伟一听方沉提到"受邀拍摄 MV"的事，原本还很兴奋，结果方沉只是提了提，压根就没有答应的意思，两人顿时心态爆炸。

看来，这小子是下意识拒绝这种抛头露面的事。

方沉没有说话，重新拿起鼓槌，把脚放在踩踏器上，敲起鼓来。

尤迢好看的眉毛不由得拧成一条线，开了话筒"吼"了三声，方沉被他震耳欲聋的声音吵到了，不悦地放下鼓槌。

"你是打算让房东找上门，然后我们卷铺盖走人？"

这排练室是他好不容易找到，现在这年头找个能玩乐器的地方实在太难。为了不影响别人，他们把四面墙壁都贴满了隔音海绵。只不过，较强的震动感还是会让房东找上门来，虽然他每次都给挡回去了……

"方沉，我知道你想简简单单做音乐，但是现在我们需要一个平台，不然会越来越艰难，乐队不能总是在这个小地方自嗨吧？"

小伟跟着点头："是啊方沉，说实话，谈曜是什么人物？她的 MV，想合作的人都挤破脑袋了，我还真没见过像你拒绝得这么快的。"

方沉看了眼一向有想法的贝斯手迪迪。

迪迪沉默了一会儿，似乎有自己的考虑。

"失去这次向外界打响名气的机会，你考虑过未来怎么办吗？"

这句话倒是给方沉提了个醒。

乐队的资金一向有他顶着，人气自然也是没得说。但再怎么样，也比不上谈曜一支向全球发行的 MV 吧？

"哥们儿！别犹豫了，趁现在人家还没改变主意，赶紧打电话吧！"尤迢主动递上方沉的手机，其余人也附和起来。

方沉沉默了，认真考虑了一会儿，心里觉得还是以大局为重，但是现在就打过去反悔，未免有些……

算了，内心小小地纠结了一下，方沉还是选择了——

发短信。

MV 开拍前的沟通会很快来临。

原本是定在这天下午，但听说男主行程繁忙，临时又挪到了上午。

白鲤对男主的身份不禁产生了好奇，何方神圣能让谈曦姐随随便便就改了沟通会时间？只可惜谈曦不告诉她，据说是给她一个惊喜。

白鲤莫名有些小期待。表姐和她一向玩得好，而且知道她粉了很久那位拥有可爱虎牙的明星小哥哥……

然而，惊喜很快成了惊吓。

在去开会的路上，白鲤正好遇到了窦姜。

彼时，白鲤正在回想着谈曦提起的"惊喜"，于是忍不住和窦姜表达了自己满满的期待，顺带着，还憧憬了一番。

"你说，万一真的是他怎么办？天啊，要牵手吗？不会是拥抱吧？"

白鲤难得地伸出小粉拳，嘤嘤嘤地砸在了窦姜的胸前。窦姜刚入嘴的饼干"啪嗒"一声掉在地上。

"大姐，你清醒点好吗！老娘快被你恶心死了！"

白鲤脸一红，意识到有些失态。

"干吗？"她正色道，半开玩笑地为自己辩解，"好不容易有机会接近偶像，我不得抱抱，亲亲，举高高？"

"就你这身板？这体重？举高高？"

白鲤立马停下脚步，咬牙大声开玩笑："你别不信！现在的我有女主光环加持，男主还真有可能被我生吞活剥，吃光抹净哈哈哈！"

话音刚落，方沅忽然从她俩身后默默"超车"，从一旁飘了过去。

前一秒胡说八道的某人顿时没了笑声，安静得跟个啥似的。

刚才的对话不会都被方沅听见了吧？

20米外，方沅戴上耳机，耳不听则宁，眼不见为净。

他没想到会这么巧，走着走着就遇到了白鲤，口口声声听她说什么男主，大概是去演话剧？

也对，她话这么多，不演话剧是可惜了。

但，她似乎对那个男主很感兴趣，大言不惭地在街上说这种话——"生吞活剥""吃光抹净"，方沅自己都在内心替她害臊了一番。

也不知道是哪位男性同胞这么不幸……

等走到了会议室，得知女主的扮演者还没到，方沅就靠在门边和摄影师聊了几句。过了一会儿，某个有点眼熟的身影突然从眼前飞快地飘过，直接走向了谈曜。

这阵势……

方沅不由得停止了交谈，警惕起来，视线黏在白鲤的背影上一直拉长，再拉长——

"是你？"白鲤小声惊呼。

不知何时，她已经站到了面前。

方沅的表情明显也有了细微的变化，但很快就恢复平时的神色，和走过来的谈曜握了握手。

而白鲤站在一旁表示需要冷静。

事实上，回想起刚刚在路上说的那些话，她的脸皮已经烧了起来，耳朵上的毛细血管血红血红的。原本打算先溜到别处镇静一下，表姐忽然大手一挥，招呼她和方沅打招呼。

　　此时的方沅虽然内心仍是黑人问号脸，但脸色已经恢复得坦坦荡荡。于是，白鲤一抬头就对上那张冷冰冰的脸，根本看不出一点儿心理活动。

　　"方学长，真是有点儿巧呢！不过刚刚……"白鲤打算解释，方沅却有点无语了。

　　刚刚？

　　他一想到刚刚，就开始对这个剧本充满了"质疑"。

　　亲亲抱抱举高高？如果真有吻戏……她是不是要对自己做什么？现在毁约还来得及吗？方沅严肃不起来了。

　　"刚刚怎么了？"方沅露出"失忆"表情，冷声道。

　　"什么？"白鲤尴尬了，想了想，还是小声重复了一句，"就是，刚刚我在路上说的，就是开玩笑嘛，不是针对你。"

　　只见方沅一脸认真，配上有点儿无所谓的语气："刚刚我们见过？"

　　白鲤有些茫然。

　　方沅绕过仍旧茫然的白鲤，和谈曜聊了一下，会议正式开始。

　　为了让男女主尽快熟悉歌曲风格以便更好地理解表演，谈曜首先给他们放了新歌。

　　这首歌歌词热血，旋律也悦耳动听，白鲤听着听着莫名觉得感动，的确是唱出了梦想的味道，在场的几个工作人员和谈曜也都沉浸其中。

　　方沅一边淡淡点头，但似有自己的考虑。

　　直到一曲末了，他才委婉地提了出来。

　　谈曜表示很乐于接受意见。

　　于是，方沅拿起桌面上的纸笔，挪到谈曜面前，迅速画出三段乐谱，一段是鼓谱，一段是贝斯 tab 谱，还有一段是吉他谱。

白鲤好奇地瞄了一眼，表示有些蒙。

"这是什么？"

方沉没有理睬她。他把三种乐器的谱子都画出来后，指着某一截旋律，神色严谨。

"这里，我觉得这三种乐器的合奏显得过于杂乱。电吉他虽然一向比较具有表现张力，但在此处太过花哨。如果能让主低音的贝斯反客为主，电吉他的旋律稍微简单一些，鼓手的加花重新改一下，应该会更好。"

谈曜一听，表情明显讶异，微微点头："你继续说。"

方沉立即在图纸上写了三段新的谱子。

谈曜看了看，让制作人打开电脑软件试图合成这三种音轨，效果果真令人更舒适了些。

"果真是江山代有才人出，方学弟太厉害了。"

"这位学生专业知识的确过硬，你真的是学管理的吗？"制作人也开始对年纪轻轻的方沉另眼相看。

方沉对于这样的夸奖既没有表现出受用，也没有再摆着一贯的冷脸，只是微笑致意。

白鲤作为非专业人士，在一旁除了佩服还是佩服。

所以，方学长这是直接改了天后的新歌？

她不是学音乐的，但自认从小有些天赋。新歌的新版本的确提升了不少。方大神认真起来果真不是盖的，她可算明白表姐为什么要邀请他来参与拍摄了。

"厉害。"白鲤没忍住凑到方沉旁边，小声说。

方沉对她的单独夸赞可一点都不受用，只是认真地继续听接下来的旋律。

事实上，想起白鲤开的那些玩笑，她一凑过来他就有点儿不自在，身上的每一个细胞因子都感受到了"被亲近"的威胁。

想到这里，方沉微不可察地朝另一边挪了挪。

开完会后，关于剧本，白鲤和方沉各自心里都有了数。

两人心照不宣地关注起同一件事。

白鲤心神不安地想：有些亲热戏导演说到时候尽情发挥，那么这个尽情发挥的尺度……哎，要真有吻戏，那太尴尬了……还是别了。

白鲤悄悄有点脸红了。

方沉的表情虽是一如既往的正经，但耳根后还是闪过一丝不易察觉的红粉，随即恢复过来。

结束后，谈曛因为对方沉欣赏有加，便又喊住他聊了几句乐队的事。

白鲤原本就和表姐约好结束后一起逛逛，于是留下来听得津津有味。

彼时的方沉坐在靠窗的位置，窗外一束暖阳恰好打在他精致的侧脸上，白鲤看了一眼，忽然觉得客观来说，方大神认真说话的模样，太过好看。

嗯……就是面部表情单一了些。

白鲤坐在一边喝着橙汁，听他说乐队的事情。谈曛好像很怀念当年大学的乐队时光，方沉恰好手机里存了排练视频，就拿出来分享了。

这一看，一向对音乐感兴趣的白鲤不禁也产生了浓厚的向往之情。一群人玩音乐，多酷的事啊！特别是那个贝斯手，太带感了吧……

白鲤内心念头蠢蠢欲动，她决定要去学学这门乐器。

第四话

刺猬和猫咪的故事

/

XIHUANTIANTIANDENIYA

1.

MV 拍摄前一天。

为了第二天可以更好地上妆，白鲤习惯性地给自己来了片面膜。躺在床上，她拿手机看了看自己的那段英文歌词，手不由自主地摸了摸肚子，然后一路向上……

"唉，我最大的哀愁莫过于躺下去胸平了，肚子还在。"

"我和你就不一样了。"窦姜一边刷淘宝，一边瞅了眼床上的某人，"我的哀愁莫过于，无数次发誓再逛淘宝就砍掉自己的手，结果发现自己是千手观音。"

白鲤原本打算接她的话，手机微信群忽然响了起来。

她点开一看，是那天沟通会后临时组建的工作群。群里，谈曜又一次 @ 全体人员，确认明天的拍摄地点。

白鲤看了看，群的大部分人都回复了，好像只剩她和方沅没吭声。

于是，她秒回了两个字"好的"。

但谁能想到，有些事就是这么巧，几乎是在同一时间，方沉回复了"收到"，他们两个的头像就这么一前一后地出现在群里。

怎么有点不对劲？白鲤想了想。

乍一看，方沉的头像是一只头向左边歪的刺猬，而她的头像是一只头向着右边倒的猫咪……

哎喂喂喂！怎么有点像情侣头像啊！偏偏还是同一时间……

白鲤猛地从床上坐了起来，面膜又一次光荣牺牲。但她来不及心痛昂贵的面膜，就被群里的消息转移了注意力。

说话的人是上次会议上风趣活泼的制作人，不知道是不是这个群太冷了，以至于让人觉得需要来点儿气氛。显然，那个制作人也发现了，所以他开始调侃了起来。

"哎哟，猛地一看，你俩的头像，不简单啊！"

气氛顿时暧昧。

当事人很慌怎么办怎么办？该说啥？还是直接换头像？方沉怎么不说话？明明前一秒还在的。

就在这么胡思乱想的空当，群消息已经刷了起来。

"你这么一说还真是哦！难道我们的男女主真是一对？好甜，上次开会就坐在一起呢！"

"哈哈哈哈哈哈！悄咪咪说一句，摄影师表示，很有 CP 感！"

"打光师表示很有夫妻相！"

"服装师表示已备好情侣装！"

……

队形如此整齐，白鲤默默退出群聊。她话多，怕说错话索性闭嘴，然后立马戳开网页开始搜新"头像"。

方沉正认真地在图书馆写策划，微信消息忽然不停地闪。

原本以为又有什么重要消息，没想到是被强组CP。

算了，被八卦也不是一天两天，习以为常了。

方沉决定不理这些直接关闭了微信，但是，脑海里蹦出一个疑惑，那个头像真有那么像情侣吗？他刚才没有仔细看，现在反倒有点好奇。

于是，他重新打开微信，点开白鲤的头像，扫了几眼。

还真是有点像……方主席很高冷，所以决定换头像了！于是，他暗戳戳地点开手机相册寻找备用图。

嗯……这个也好，那个似乎也不错。

图书馆里，尤迢莫名其妙地看着身边的方大神对着一堆图片纠结地刷来刷去，一会儿点点头，一会儿摇摇头。

方沉竟然会在图书馆玩手机！什么情况？这是中邪了？

方沉见尤迢凑过来，不动声色地侧身挪了挪。

方沉转头，冷冷地看着他："这是在图书馆，要做该做的事。"

尤迢只好悻悻地又挪了回去。

方沉赶紧重新低下头摁手机，想来想去，最后还是暗暗点开头像，换了一只不扭头的刺猬。然后他重新点开群，想确认效果。结果同一时间刷新后，白鲤的头像也换了——

一只不扭头的猫咪。

这人对猫咪是有怎样的执着啊……方沉摇了摇头。

而换完头像的白鲤正对着屏幕里的新刺猬看了又看。

方学长是对刺猬有怎样深的执着啊！

还好，群里的人都察觉到了两人的态度，闭了嘴。

但谈曜还是没忍住私戳调侃白鲤："连换头像的速度都这么一致啊！"

"这只能说明，我俩没戏。"白鲤干脆利落地回复道。

话虽这么说没错，但合上眼之前，她忽然想到明天真要对戏了。

呃，有点紧张了……

第二天，白鲤一走进摄影棚就感受到了专业剧组的气场。

工作人员全部严肃认真地各就各位了，和昨天群里的氛围判若两样。白鲤不禁也被这样的气氛带动得紧张了起来。

万一NG太多次怎么办？

白鲤连忙按照流程，坐在角落里反复练习自己的英文歌词。虽说是自己最拿手的第二语言，但毕竟是拍戏，还是需要唱出来才好带入意境，万一紧张跑调了，那可要闹笑话的。

摄影棚外人来人往，外围聚集了一群围观的学生，试图往里面探。白鲤心想，他们大概还不知道里面坐着他们的大神方沉吧？否则肯定要有一两个想方设法地混进来，或者站在外围尖叫几声。

白鲤把视线收回来，只见方沉正倚在音箱边认认真真地看剧本，和她距离不过十米，而且视角良好，很容易就看清他的全部面庞。

不得不说，方沉穿上白衬衫的模样挺赏心悦目的，活脱脱就是电视剧里那种玉面郎君，要是人能温柔一点、暖一点，那还真是完美。

意识到自己跑题了，白鲤立马把视线抓了回来，赶紧做正事。于是，她拿着有疑惑的地方，来来回回去问了几次表姐，态度很是严谨认真。

等到她第五次要去问问题时，表姐突然不见了。

可能是忙去了吧……

白鲤向来是那种有问题就立马要解决、求证的人。想到同为男女主，等下就要搭戏了，现在关系还这么冰冷，毫无交流，也不太好，于是，白鲤索性抱着求问的态度找上了方沅。

白鲤的问题问得很细，方沅只是扫了一眼她在本子上做的笔记，就感受得到某人的认真与细致。

看来，是真的很用心在准备……

方沅索性耐心回答了她的问题。但对他而言，他深知自己的解释向来比较高深难懂，事实上，尤迢好像一次都没听懂过他讲英文题。

想到这里，方沅抬头看了看白鲤的脸色，好像意识到她也会有困难。

但白鲤竟连眉头都不皱一下，很快就领悟了，并且还举一反三地给他举了几个例子。

"你说，我这样理解对不对呢？"白鲤细心地在纸上写语法，方沅一时竟也忘了注意白鲤离自己是如此近。

等他反应过来刚刚白鲤的手好像搭在他的衬衫上，衬衫下的那片皮肤又开始不自在了。他不动声色地挪开了一点，气定神闲地理了理手肘处的衣服，平静的面庞一贯不露端倪。

"对。"方沅的语气是理所当然的，但其实心里有些惊叹于白鲤的悟性。

她是为数不多能听懂他讲题的人欸……

方沅这人向来奖罚分明，现在他完全把白鲤当学生对待了，学生既然这么聪明，那当老师的自然不会吝言。想了想，他就正经道："你还挺聪明的，悟性高，这方面很有天赋。"

这么一说，白鲤倒有些不好意思了。

啥？严肃的方大神竟然这么正式地表扬了她？

白鲤脸一红，侧目一看，才发现自己弯下腰后，好像脸蛋和方大神的脸凑得有点近了……连他细腻的毛孔、长长的睫毛都看得一清二楚……

嗷，离方沅太近，的确会有眩晕感。

白鲤的心田上忽然放出一只小小鹿，肆意地奔跑起来。为了不被方沅发现，白鲤连忙找借口去棚外活动了。

已经 NG 两次了。

白鲤有些懊恼地窘在原地，和导演说了几句抱歉后，越发紧张起来。

"那个白鲤啊，需不需要休息下？你是不是太紧张了？"导演人还是很温柔的。

"啊导演，不用了，我只是……刚刚在想别的，我再试一次行吗？"

白鲤说这话其实很心虚，天知道她会一直 NG 不只是因为紧张，还是因为……

想到这里，白鲤又一次试图按照导演所说的那样，对男主方沅来一个深情凝视。

三秒后……臣妾做不到啊！

其实十分钟前，事情还是这样的——

"那个，孩子们，我觉得这里可以加一个吻戏，你们觉得怎么样？就男主和女主在分别前那种感情爆发的瞬间，你们懂得吧！就额头吻就行！"

方沅一听，脸色顿时不太好看，上面写满了四个大字：守身如玉。

白鲤一看，也连忙摆手，矜持道："呵呵，这个，导演，你看咱还是按着原本的剧本来吧。"

导演见双方间一点粉红互动都没有，于是严肃起来："那牵手，牵手总行了吧？最低要求了。白鲤，你牵着方沅的手，像是离别前的不舍，然后看着他的眼神要很有那种感觉，那种感觉你懂吧？"

白鲤似懂非懂地点了点头，重点全在那句"你牵着方沆的手"上。

方沆原本皱着眉头，但想到导演态度坚决，自己屡次回绝也不太好。况且，他只需要摆出分手前冷冷的态度就好，于是也就没说什么。

这就苦了白鲤了，这可是一个巨大的挑战。

要她对着方沆深情凝视，还牵手？

光是想想就有点不好意思！

ACTION！

白鲤站回方沆面前，默默拉起手。等到两人的手接触的一刹那，白鲤的脑袋忽然一阵空白。

台词是什么来着？

白鲤的脸蛋上不由得飘起两片小红云，矜持地刚想缩回手，忽然又意识到这是在拍戏。她脑子里开始乱哄哄的，稳住稳住！还要对视。

而此时此刻……

方沆的眼神是这样的：表面上是在盯着白鲤看，其实是盯着她眼睛边很近的某个点看。

根本毫无压力啊！真好。

方沆的心理是这样的：怎么还握着……她凝视完了没？怎么还不放开？

内心活动已经一塌糊涂，表情管理依旧收放自如，连白鲤都被他的演技给骗了。

于是，对上方沆那双不同于往日深沉，而是带有梦想少年般澄澈而明亮的眼睛时，白鲤尴尬地 NG 了。

……

"对不起！我一定可以的！"

片场的灯光下，白鲤一边调整状态，一边火速放开了某人的手。

方沅立即抽回手暗戳戳地挪到身后，小心翼翼在衣角边擦了擦，脸上却是一派凛然。

谈曜一直站在场边，不动声色地抬着下巴看他们拍戏。

这么一看，她果真看出点什么来了……

白鲤有点不对劲啊，这是错觉吗？

因为谈曜站出来支持白鲤，所以之前的舆论慢慢淡了下来，但是，白鲤宿舍里一直在关注这件事，压根就没停过。

这天，窦姜欣慰地刷起微博。

"哇！人间自有正义在。还有，你姐的粉丝也太好了！保驾护航啊！不错不错。"

"是啊！"

"等等！啊啊啊！我发现，谈姐额外给一条微博点赞了？就关于你和方沅的有一条评论，说你们配一脸，好甜！白鲤，你不会背着我们和方沅真的有了？"

白鲤刚下戏，累得瘫在椅子上，摆摆手满脸惊讶。

"怎么可能？谈曜姐不是这种人，哪会随便'吃瓜'啊？"

结果玫美递上手机，白鲤瞬间打脸。

"姐！你是公众人物，谨慎'吃瓜'啊！"

白鲤立马微信上喊出表姐。

"啥？你说啥我听不懂啊？我这不就是用小号点的嘛，站了一对我喜欢的CP啊，这有啥？"

戏精附体？白鲤郁卒。

"姐，这是误会！"

"好吧好吧！"

谈曜笑道。

2.

为期一星期的 MV 拍摄很快就进入了尾声。在这个星期里，白鲤也算是呕心沥血、鞠躬尽瘁。却留下了后遗症，她见到方沅莫名就有种入戏感，于是干脆绕道走，省得闹出什么糗事。

方沅自然察觉到了，他反倒觉得轻松，耳根子净了，人也跟着神清气爽了。

男女主戏份杀青的那天，众人的反应是这样的。

导演(和蔼可亲脸)：恭喜你们C位出道！视频拍得很好，一定会大火的。一起合作了这么久，结束了你们一定有点不舍对不对？

方沅（成功脱离苦海脸）：是啊，终于可以摆脱被导演支配的恐慌，不用再和白鲤被逼"亲密"了。真好。

白鲤（松了一口气脸）：终于在预定时间内完成任务了，再也不用体验以女友身份面对方大神时的满满尴尬了。

尤迢（带着乐队成员刚进剧组取镜，美梦破碎脸）：什么？What？你们已经拍完了男女主部分了？摔！我这才刚来，怎么就结束了？我还想给你们吆喝"来一个，来一个"呢！呜呜呜……

方沅：你做梦吧。

在没有方沅和白鲤的剧组里取镜，尤迢好像少了那么点儿乐趣。

但好在，他终于找到可以请假不上课的理由了。为了开假条，他一次两次地往教务处跑，今天正好是周三，选修课的老师有点厉害，虽然只是前半节课去不了，尤迢还是又一次不厌其烦地上教务处了。

正是下雨天，窦姜骑着电动车在校外的红绿灯口停下，一手撑伞，一手拿手机。

"豆浆，你怎么还不来？不打算学知识了？"

窦姜一看，已经迟到了一分钟。

"没办法啊。知识也没有命重要，下雨天，我可快不起来。"

过了两分钟。

"快来！老师点名了，而且还不让迟到的人进教室了，直接记旷课。"

窦姜立马转动油门，嚕嚕上路。

想来想去，她的绩点已经够低了，要是连选修课都挂了……窦姜赶紧寻思对策。

虽然雨不大，但是看看地面，这种程度足够让轮胎打滑了。

欸？有主意了！

窦姜立马从包里拿出水杯，果断把水泼在裤子上，然后悠悠地骑着车去找辅导员了。这可多亏了白鲤经常拉她看那些宫斗剧啊，那些妃子卖惨什么的不就跟她一样嘛。

窦姜忍不住给自己点了个赞。

楼道里，窦姜努力做着面部表情管理，一边作出一瘸一拐的姿态，慢腾腾地推开办公室的门。

"唉，余老师，我摔了……"窦姜满脸委屈说清来龙去脉，末了还不忘强调自己好学的本性，"其实只是小伤，我现在还能去上课的！"

辅导员余老师一向是个善解人意的人，请假也容易得很，于是爽快地开了假条。窦姜的手触碰到假条的一刹那，内心狂喜，差点没破门而出。但毕竟还是在办公室，窦姜还是强行抑制住自己的情绪慢慢往外走。

刚要推门，一个人进来了。

尤迢？

哎哟？真巧。

"是你啊！"尤迢小声和她打招呼。

窦姜心想，这里不是说话的地儿，就点点头走了。

合上门离开的瞬间，隐隐听到某辅导员严厉斥责的声音。

"你这周都请多少回假了！你厌学啊？厌学就别学了！收拾收拾回家得了，开什么假条啊……"

楼梯口，窦姜不知怎的故意放慢了步调。

几秒后，尤迢从办公室出来，神情有点丧丧的。

用脑子想想就能猜出，这货绝对是想请假结果被拒绝了。

"嘿，小兄弟，请假被拒啊？"窦姜明知故问。

"是啊！没办法，辅导员不好说话喽！对了，你也来请假？"尤迢揉了揉头发，摊手苦笑。

窦姜潇洒地点头。

"你是为了什么请假啊？"

"没为什么。"问到这个，窦姜同学不由得底气十足，手上的请假条也开始发起光来，"选修课迟到了，老师管得严，只能拿个假条哄哄喽？"

选修课的吗？尤迢的视线不经意往那张条上一瞄。

"巧了！"他以前上课都没注意，班上竟然还有窦姜这号人物。于是乎，他伸手抽走窦姜手上的假条，从口袋里掏出一支笔趴在墙上。

"你干吗啊？"

窦姜哪想手一空，假条就跑到他手里了。自己好不容易来的假条，凭什么被抢！

窦姜被气得脸通红，于是推了推尤迢，想要抢回假条，无奈尤迢人高马大，完全挡住了她的视线。

"你干吗？快还我啊，我急着去保命。"

尤迢这才"噌"地转过身来，笑着把假条塞进她口袋里，像没事人似的。

"还你还你。那我们走吧？"

"走？走去哪儿？你连假条都没有，去个鬼！小心被老师骂！"连她这种逃课王都要礼让三分的厉害老师，他竟然会不怕？

窦姜可不信。

然而，尤迢没心没肺地一笑，一路黏在窦姜身后不怕死地赶赴战场。

"我？我是那种会因为迟到就错过学习机会的人吗？"

几分钟后，两个人到达了教室门口。

窦姜率先喊了声"报告"，随后便乖巧地解释："老师，我受了点伤，来迟了，这是我的假条。"

老师对于迟到很反感，但是既然对方有假条，他也不好说什么，便只好让他们进教室。走着走着，老师才发现，窦姜的后面正紧紧跟着一个男生。

"欸欸欸！人家有假条，你什么情况？招呼都不打就跟着进来？"

窦姜吓了一跳，还以为自己失算了，等到反应过来，不由自主地转过头，给了尤迢一个"默哀"的表情。

没想到，尤迢装作苦巴巴的表情，指了指自己的腿。

"老师，我和她骑的同一辆车，这不，同一个理由同一节课，辅导员正在忙大事，就说开一张假条就够了！"

老师打开假条一看，还真是。

窦姜的名字后面，歪歪扭扭地写了"尤迢"两个字。

老师为了节约课堂时间，摆摆手让他进来了。

"喂喂喂？撒谎不打草稿啊，你从实招来，什么时候对我的护身符做了手脚啊！"

尤迢刚在窦姜身后坐定，就被某人扯过领子，没好气地问了起来："你还真是得来全不费工夫！"

"欸欸欸！你轻点！"尤迢小声叫着挣脱开来，脸上却挂着笑，慢条斯理地给自己松了个衣扣，免得勒死，"江湖朋友，江湖救急。我看你也是个热心人，帮我一次，算我欠你的人情。"

他的嗓音压得低，偏过头来，眼里却含着笑意，一时间让人刚硬不起来了。

呦呦在一旁扯了扯窦姜衣角。

"上课呢！老师的眼神瞄过来了！"

窦姜愣了愣，这才缓缓松开了尤迢的衣领："下次再找你算账！"

哼！

3.

再过几天，就是世界艾滋病日了。

爱心协会开会时，社长特意强调要趁此好好搞一波活动。一来，社团评选校十佳迫在眉睫，需要更多活动作为申报材料；二来，每年的健康宣传日协会一般都会举办相应的活动。

今年，社长突发奇想地想创作一首宣传歌，毕竟很多传统的活动都办过了，今年不如来一首原创的歌曲，新颖一些。其他部长听了纷纷表示赞同，白鲤也不例外。

但刚点完头，社长的目光就落在了她身上："白鲤，这件事就交给你了。"

当着大家的面，白鲤一脸蒙："为什么？"

众人都露出一副"你明知故问"的表情。

社长笑着解释："你现在可是最美小雨伞宣传员，这事由你出面，对活动的宣传可是很有帮助的啊！"

于是，在全体人员期待的眼神下，这件事就落到了白鲤身上。

但是，原创歌曲，听起来威风，做起来哪那么容易？

只能说，她白鲤再一次被推进火坑。

开完会，白鲤开始发愁应该上哪儿找专业人士搭把手，社长一眼看出了她的难处。

"白鲤啊，关于原创歌曲的事，我想了想，你一个人肯定做不来，但有个人一定可以帮你大忙，哦，不，帮我们社团这个大忙。这个人你还认识……"

社长的语气分明是在引导她些什么。

白鲤也不傻，一下就猜到了："社长，你是说……方沅？"

社长郑重其事地点点头："没错。我敢和你说，这个学校里没有人比他更合适了，他的才华是有目共睹的，你想办法搞定他。"

"这……"不太好吧？

白鲤面露难色。

她和方沅也不熟，况且要细说起来，总感觉自打认识后，她欠他的更多？再加上那次搭戏后两人一点交流都没有，现在又要他帮忙，她真有点不好意思。

她刚想拒绝，没想到社长还就认准了这么一个方沅。

白鲤纠结了几天，都没想好怎么开口。

"唉，又要期中考了，不给你们露两手，还真以为我上课白睡的。"

食堂里窦姜一边打饭，一边打趣。照理来说，平常第一个接话的肯定是白鲤，但今天不知怎么了，一声不吭地杵在那儿，打完饭连饭卡都忘了取走。

"欸，白鲤，有心事啊？跟姐儿几个说说，我们帮你解决。"

"是啊是啊！"

白鲤双眼无神地叹了口气："别提了，何谓余而不足？我现在每天都处在心有余而睡眠不足，心有余而脑力不足，心有余而余额不足的状态。"

这么丧？

窦姜一行人连忙问清了事情原委。

"就这事儿你纠结成这样啊？"听完白鲤的吐槽，窦姜拍桌而起，"不就是件小事嘛！我来替你解决。"

"你帮不了我的。不说这么多了，我等会儿还要去校外上音乐课呢。"

"对哦，你可真忙。上次 MV 拍完你就说感兴趣，还真是行动派啊！"

"那可不！"白鲤抓了包，塞个馒头就走。

窦姜目送她离开，转眼回到宿舍就立马 CALL 出了尤迢。

"兄弟，你上次不是欠我一个人情吗？还恩的时候到了！"

尤迢答应得很爽快。

抛开他欠窦姜人情不说，其实他对这件事本身就跃跃欲试。

又有机会撮合方沆和白鲤了呢！这两人的名字真是怎么听都十分般配啊。

尤迢拿着话筒，坐在排练室里对着聊天界面思考怎么开口，全然没注意到方沆推门而入的声音。

"别聊天了，出事了。"方沆从他背后飘了过去，尤迢吓得按熄手机。

"怎么了，刚谁给你打的电话？出什么事了？"

此时的尤迢还没意识到事情的严重性，怎奈看到方沆的脸色后，顿时感受到了冰冷的温度。

虽说方沉平时不爱笑，但是像现在这样凝重的表情也很少出现。尤迢不由得有些紧张了。

"迪迪退出了。"方沉重新坐在架子鼓前，语气平静得不能再平静。

"什么？"尤迢难以置信，"这么突然？为什么退出？他怎么也不提前和我们商量一声啊！这小子真不讲义气！"

方沉的脸上闪现一丝无奈："也不是毫无征兆，这段时间排练我看他心不在焉的，也没来几次，现在为了考研提前退出了。"这意味着，没有贝斯手的乐队不能称之为乐队了。一个贝斯手的存在对于一个乐队来说举重若轻。

"那怎么办？难道我们后期的活动都要停下来吗？"尤迢追问。

方沉没说什么，只是拿起鼓槌，闭着眼，敲了一段鼓点，让嘈杂的声音盖过其他一切。

还真是有些心烦。

突如其来的危机让尤迢一时忘了自己答应的事。

坐在方沉的车里，尤迢才想起来，于是把正在播放的音乐掐掉，趁某人专心开车时步步为营。

"那啥，我最近在宿舍扫地时发现地上掉了不少头发，我的天啊，我一看，全是我的，我的！这都是给愁的……"

Nice！典型的尤迢式坑人开场白。方沉直接打断。

"说重点。"

尤迢只得挪了挪身子，坐正。这小子可真是个小机灵鬼呢！

"爱心协会在艾滋病日要做一首原创的宣传曲，你的名声太好能力又强，社长点名说要请你这尊大佛出山，为了帮兄弟这忙，我看你……"

"我看，没那么简单。"方沅一语戳穿，眯起眼睛看尤迢，"凭我和你的交情，要是你本人的事，你犯得着用这种语气？"算了吧，这小子铁定又想坑他。

机智的方沅果然凭借自己的"反侦察"能力套出了兄弟的诡计。

"欸，我真没坑你！"尤迢信誓旦旦，然后逐渐没底气，"只不过……负责人是白鲤，她和你对接，反正你俩一来二往都那么熟了——"

方沅一个刹车，车子立马在路边停住。

"谁跟你说我和她熟了？"

"啊，怎么不熟了？"尤迢嘟囔起来，"我可是听说，你们连小手都牵了呢。"

方沅被迫想起片场的那些事，顿时觉得握在方向盘上的手都不自在了。默默摁下解锁键，他偏过头来："闭嘴吧，下车不送。"

尤迢暗暗看了眼车外的路牌，未走腿先酸，连忙投降："别啊！知道你忙，你不答应直接说不就好了，玩这种招式，喊！幼稚鬼！"

MV 的后期制作都是谈曜公司负责，方沅作为男主最多就是提供建议，但很多细节早就敲定了，应该没有什么遗漏才对。

这天下课后，方沅看着手机上的来电显示有些困惑，接起电话，示意一旁玩游戏的尤迢安静点。

尤迢闭了嘴，但耳朵竖得比谁都尖。眼看方沅的脸色越来越不对劲，他更加好奇电话里的人到底说了什么。

挂断电话，尤迢脑洞大开："咋啦？导演又让你去补拍吻戏啦？"

方沅立马丢过来一个眼神杀，尤迢顿时没声。

此时此刻，方沅的心情有些复杂。

"谈曜知道了迪迪退出的事，向我推荐了一个人。"

"这是好事啊，谁啊？"

"白鲤。"方沅淡声道。

电话里，谈曜表示自从上次拍摄沟通会后，白鲤就对贝斯产生了浓厚的兴趣，还说走就走地报了学习班。现在听说乐队的事，她觉得这对双方都是一个机遇。况且白鲤自打在娘胎里，就被白妈妈带着四处听音乐会，从小就有良好的乐感。

于是她便强烈推荐了白鲤。

虽说，这之中有她的那么一点点私心吧。

"现在学贝斯的人少之又少，既然她正在学，不如让她试试？"事关乐队发展，尤迢这次也收起了开玩笑的语气。

方沅收了书包，挎上肩，走出了教室。

"再说吧。"

白鲤的出现对于乐队来说虽可以解燃眉之急，但总要做一些长远的规划……

4.

"啊！孩子们，双 11 快到啦！"605 宿舍里，窦姜正一边"剁手"一边安慰自己，"为了不在那天大出血，我努力把每一天都过成双十一，习惯了就好。"

"真好。哦，对了，你看窗外的那两朵云，像不像你上次欠我的 200 块钱？"呦呦残忍地道出血淋淋的事实。

窦姜顿时安静。

白鲤及时补刀："呦呦别怕，我教你。失败是成功之母，那成功之父

喜欢甜甜
的你呀

是谁呢？让她给你转账 200 元，她就是成功支付。"

"滚！"窦姜扔了某人一个枕头，"我这不是忘了吗！现在我郑重声明，AA 制我都去不起了，我发明了个 AAB 制。就是你们 AA，我觍个 B 脸去。"

众人一致冷处理。

忽然，某人看到了页面上推荐购买的英语六级教材。

"啊啊啊，老娘突然想起来，今年还有大学英语六级考试！现在没剩几天了，凉了凉了！哦，不对，老娘到底报了没有啊？我竟然记不起来了！"

白鲤贴心地为窦姜打开教务处的六级报名表，浏览了起来。

"咱们专业现在六级笔试还没过的寥寥无几，豆浆，你可得加把劲啊……别说是咱们专业，就算是大二大三的，也都——"白鲤刚说到一半，声音忽然低了不少。

"也都什么？"

"没什么。"白鲤看着报名表上，方沅的名字清楚明白地摆在那里。

方沅，大三，酒店管理专业。

白鲤下意识地揉了揉眼睛。

她没看错吧？方主席这种品学兼优的人物，到大三才参加六级考试，他怕不是个英语学弱吧。但是之前拍摄 MV 时，他回答问题的样子……哦，对了，他强调过那是大三才教的，可能是刚好学过。

想到这里，白鲤忽然对社长交给自己的任务有了一点新的想法。

以自己和方沅的交情，贸然求助不好意思，但如果礼尚往来，各取所需呢？

趁着学生会每两周的社团例会，白鲤被社长强行推到了会议上。

进会议室的时候人还不多，方沅作为学生会主席坐在最中间的位置，此时他正在电脑上敲些什么东西。

白鲤狠狠心，抱着文件夹跑到了方沅旁边，一屁股坐下。

察觉到有人坐下的方沅抬头看了一眼："这……"

"方主席，有件事想请你帮个忙！"

"这是副主席的位置。"

"哈？"白鲤眼睛瞪得圆圆的，因为尴尬，笑容一直凝固在脸上，她慢悠悠地往一边又挪了一个位置。

"方主席，这次真的很需要你帮忙了……"

"你说。"方沅正忙着收文件，有些心不在焉。他不笑时，沉寂着的五官硬而冷，这在白鲤看来，好像阴天里吹起的一股冷风，顿时让人有些难以亲近。

明明开会时还是柔和的语气，白鲤搓了搓指尖，于是一派谦和地说明来意。

"抱歉。我平时很忙，你告诉刘社长，还是找别人吧。"他的语气虽然不重，但明显有点不容辩驳。

白鲤尴尬了一下，果然是意料之中……

那只能试试了。

白鲤看了看周围，确保大家没注意他们，突然小心翼翼地凑了过去："方学长，不如我们做个交易。如果你愿意帮忙写歌，我就给你开小灶，怎么样？"

开小灶？

方沅的表情微微愣怔了一下，停下手里的工作，讶道："什么？"

白鲤觉得某人似乎有种被揭穿的尴尬，于是更小声了。

"就是，我愿意给你补习英语。六级考试不是要开始了吗？虽然时间不多，但我可以打包票，包你一次性过。"

方沅睨了白鲤一眼。这个提议太新鲜，思索两秒后，他垂眸，视线落在白鲤翘起的嘴角上，那里有种淡淡的得意。

这还是第一次有人用这种语气和他说"我给你补习吧"。

"不用了。"

"真的？"白鲤追问，"不用不好意思的，这也不是什么丢脸的事情嘛。"

方沅语气肯定地打断她："你是不是对我有什么……"误解？

"那算了。"白鲤索性放弃地站起身来，恳切地点点头，捏拳摆了个POSE，"那学长加油哈！我相信你能行。"说罢，拿起文件夹一溜烟地走了。

会不开了？

方沅对着空荡荡的门口凝视了几秒，忽然，没忍住很轻地低笑了一声。

六级口语考试当天，白鲤满脸困意地坐在椅子上，由于昨天晚上被窦姜拖着练了一晚上口语，导致她现在感觉自己说英语都有一丝丝口音。

有一丝丝要考砸的危机感。

最开始，白鲤流利地做了一段自我介绍，讲完后，对方那头却一直没有动静。

"Hello？（你好？）Please？（请？）"白鲤有点慌了，不会是信号连接有误吧。

好在，停了一会儿后，那头传来一段简洁明了的自我介绍。只不过，熟悉的语气、百听不厌的声音……

"你是方沅？"白鲤惊讶之余，没忍住插了一句中文。

那头的语气似乎没有太多情绪起伏，淡淡地回了一句"Yes"，再无后话。

接下来，该聊些什么好？

英语高才生白鲤此时大脑一片空白。

白鲤忽然觉得，这也许是老天有眼。如果能在这么重要的场合帮到他，写歌的事可能就有转机了。再想到方沅的英语水平，白鲤几乎把接下来的练习时间都拿来安慰某人了。

"Don't worry. I'll help you with my presence！"（别担心，我会帮助你的！）

"Take it easy， CET-6 oral English is very simple."（别紧张，英语六级口语很简单的。）

"Take a deep breath. You can do it."（深呼吸，你可以的！）

……

也不知白鲤说了多少暖心鼓励，方沅全程默默地听着耳机里的喋喋不休，脑子里只有一个念头：Why not start yet?（怎么还不开始？）

终于，考试开始了。

两边的信号暂时掐断，白鲤过关斩将地完成了个人部分，完全不在话下。很快，就到了要她带方沅飞的即兴对话环节。

白鲤不禁跃跃欲试。

考题不简单，白鲤一看就在思考着怎么开个头，让方沅好回答一点，那头却率先开始了。第一句就是比她更加标准得惊人的发音，和先前练习时的慵懒全然不同，从容自如而又不疾不徐……

这是怎么回事？

白鲤微微惊了，来不及多想只得专心致志回答方沅的问题。答完，她想，这次应该占据主导地位，把对话带动起来了，于是张口正要说，但半秒之差，方沅又一次捷足先登了。并且这一次，他还抛出了一个很有深度的问题，对话直接进入了一个更高的层次。

白鲤已经惊出汗了，只得又全神贯注地被方沅带着节奏走。虽然这种程度她足够应付，但对面这位也太……

很快，对话终于进入倒计时。白鲤按照计划打算收尾，却发现有点来不及了。

怎么办？

这时，方主席略带磁性的男声突然精简地用两句话高度总结了本次对话，并卡在白鲤回应完毕的最后一秒收尾了！

考试结束！

"啪啪啪！"

不是鼓掌的声音，而是被打脸打得失了魂魄。

谁能想到，"班门弄斧"这个词就是为她白鲤量身定做的呢？

白鲤回过神来准备离开，一眼就看到了站起身来走出去的方沅。

英挺的背影，俊逸的面容，硬朗的黑色碎发被风吹得微微翘起。有一刻，他慵懒地举起手蹭了蹭鼻尖，随着脚步的转移，一种所到之处遍地凛然的傲气直接吹到了考场门口。

白鲤又缩了缩脑袋。

这次，她故意在室内等了一会儿才出去取包离开。没想到，人算不如天算，还是一头碰上了从厕所出来的方沅。

"方学长。"白鲤点头问好，从头到脚一个"窘"。

方沅"嗯"了一声，倒是很平静。

两个人的思绪不约而同飘回了那天开会时的"交易场景"。

白鲤红了红脸，解释道："呃，那个补习的事，我误会了……"

方沅却直接打断了她，没有在那件事上过多纠缠。

"嗯。今天发挥不错。"正经的语气，没有一丝拖泥带水，"合作愉快。"

想来，白鲤在学业上的表现似乎和她平时风风火火的作风不太像，已经比他想象得还要优秀了，这倒是出乎了他的意料。

这下，换白鲤愣了，原本要说的话又全部吞进肚子里，转而变成了一句："谢谢学长。"

方沅"嗯"了一声，走开了。

白鲤站在原地望着那抹高而挺的背影渐渐消失，忽然觉得距离不那么远了。

一直到后来，她才知道，方沅的英语不仅是好，还是逆天的好，只是因为太忙才推迟了六级考试。

不过，这都是后话了。

5.

周末的时候，谈曦约白鲤聚餐，问起她贝斯学得如何，顺便提到了方沅乐队缺人的事，白鲤有点惊讶。

首先，白鲤已经学习贝斯两个月了，除了基础好可塑性强，白鲤自己也肯下苦功夫，所以这段时间以来，无论是乐理知识还是实际操作，她都算小有成果了。

说不想去乐队，那是不可能的。

只是……她自己实力不达标啊！

"乐队缺了重要部分，他们也算陷入了困境。所以啊，我上次直接把你学贝斯的事告诉方沅了，让他顺便考虑一下你，这对你来说也是一个实践锻炼的机会。"谈曦一边搅动咖啡一边说。

"什么？"白鲤吓得呛了一口，烫得咳了好几下，"你推荐了我？那方沅怎么说？他同意了？"

"他？"谈曜摇了摇头，"他考虑得怎么样我不知道。不过他们正在为这事苦恼，你不如去问问？"

白鲤若有所思。

"校内发布的社员招募怎么样了？"会议室里，方沅完成一份报告后，神情有些疲惫地靠在椅子上，对着电话那头的尤迢问。

"有是有，但学乐器的少之又少，更别说是贝斯手了。"

"嗯。我知道了。"

挂断电话，方沅凝视着窗外似乎在想着什么。

忽然，会议室的门被人敲了两下，方沅转过头来，虚掩的门缝里露出半截身子。

"方学长，方便说话吗？"

又是她……

白鲤那熟悉的面孔旋即出现在门边，方沅还没来得及回话，她人已经先走了进来。

方沅的嘴唇微微翕动了下，没说什么，只是一眼就看见了白鲤身后背着的琴包。

这样的大小，这样的长度……方沅一下就看出，应当是一把贝斯。

"方学长，看你也挺忙的，那我就长话短说啦？"白鲤拉了把椅子直接坐了下去，"我想加入乐队，换句话说，让我成为你们的贝斯手吧！"

似乎是意料之中，方沅扫了眼白鲤的神情——

依旧是爱笑的眼睛和充满活力的模样，让人分不清是一时兴起的热情，还是下定决心的专注。

把视线拉回桌上，方沅抱臂坐着，忽然饶有兴致地问："所以，你是来面试的？"

"嗯？"白鲤顿了一秒，"对对对，我是来面试的。"

"那你做了哪些准备呢？"

"这个……"白鲤倒不是有备而来，只是课前背着琴打算下课后直接去上课，没想到路过会议室时，正好看见坐在里头的方沅，于是择日不如撞日，索性提了出来。

白鲤一时心急，不假思索道："我就是想帮你们。"

"帮我们？"方沅的表情诧异了一下，"可以，但你得证明有帮我们的能力，这是其一。其二，如果你只是想帮我们，那么需要你帮的乐队还有很多，不差我们这一个吧？"

为了成人之美而玩乐队？这不是他想听到的理由，方沅没有给白鲤继续辩解的机会。

"白鲤，你知道贝斯手对乐队来说发挥着怎样的作用吗？我们需要的又是什么样的贝斯手？"方沅不由得恢复了一贯的冷冽，语气渐渐变冷，"最重要的，是你想加入的初衷是什么。白鲤，如果你对自己没有清醒的定位，那么团队也没办法接受一个不明不白的伙伴。懂吗？"

"懂！"她激动地挪开椅子，正要站起来声情并茂地进行热血发言，身后的门猛地被撞开了。

"嘭"的一声，白鲤转过头吓了一跳。惊慌中，她一个趔趄踩了方沅一脚。

白鲤还没看清来人是谁，方沅的一声闷哼就把她的注意力拉了回来，转头一看，自己的脚还踩在某人的白球鞋上呢。

"啊！方沅，你没事吧，我看看！"白鲤飞快地蹲下身，想也没想就握住了方沅的脚踝。

方沅一向冰山般的表情终于出现了一丝裂痕，心头一惊，她要干什么？

不会要脱掉他的鞋吧？

于是，他弯下腰把脚缩了回来："我没事，你别动。"

"真的没事？"白鲤愧疚地蹲在地上，抬起头抿着嘴，一双灵动的眼睛无辜地望着方沅。

方沅只得错开白鲤的视线，偏过头去："我没事。"

"我……"说时迟那时快，蹲久了的白鲤忽然觉得背上像装了千斤似的，一瞬间便要往后倒去。

啊，她的贝斯！

"你！"来不及多想，方沅立马俯下身握住白鲤的手腕，用力将她拉了回来。

"嘭"的一声，两人的额头不期然撞在了一起。紧接着，白鲤又要往后倒了，惊慌之余，她本能地抱住了方沅的双腿，嵌进了怀里。

……

窗外微醺的阳光给屋内人的面庞笼上一层薄薄的金色，画面定格，四周莫名沁着一丝暧昧的气息——

干燥温热的手指贴着微冷的裤腿，方沅敏感地察觉到，白鲤的指腹从上面摩挲而过，然后终于撒了手。

"啊！呃？那那那……那什么，当我没来，你们继续！"错愕的尤迢迅速抄起桌上遗漏的书，嗓音带着笑地弯腰往外走，脚步快得带起一阵风来。

"喂喂喂！不是你想的那样啊！"蹲着的白鲤这才缓过神来，神情焦急地立马起身来解释，却又目眩着跌坐回椅子上，一张俏脸带着点绯红。

四周不禁热了起来。

模糊间，她好像看到了方沅脸上稍纵即逝的一抹粉红，回过神来，又觉得是自己眼花了。

"啊！我要迟到了！"怔了两秒，白鲤一拍脑袋，背着沉重的贝斯猛冲了出去，来去如风。

方沉无语地看着门外，面色凝重。等过了两秒，四下无人，他才慢慢弯下腰捂了捂脚，扶着桌子站了起来，脑子里莫名冒出一道计算题：

白鲤体重＋贝斯重量＝？

白鲤下了课后走在回校的路上，脑子里突然想起下午方沉抛给她的那一连串问题，越想越觉得，每一个都是那么的不可忽视。

那么，她算被拒绝了吗？

白鲤掏出手机，开始认认真真地把每一个问题的答案输入在聊天框里，结束后，正想按发送键，忽然犹豫了。

想了想，在踏上公交车的前一刻，她把信息存入了草稿箱里……

6.

翌日，排练室。

一架宝蓝色的贝斯静静地靠在墙角，尤迢吃完饭回来推开门，差点撞倒，吓得忙接住了。

"欸？这是谁的贝斯？"尤迢疑惑地看了看四周，排练室的角落里，白鲤正戴着耳麦沉浸在节奏音乐的世界里。

"白鲤？"尤迢喊了一声，白鲤方才抬起头来。与此同时，方沉一行人从外面有说有笑地走了进来，一抬眼，就看到了角落里的白鲤。

白鲤忙取下耳麦，立正站好，脸上是百分之百的认真。

方沉没说什么，默默坐回架子鼓边，脑海里浮现了今天清早某人给自己发的一条信息，里面都是昨日他提到过的问题。

"你来面试的？"尤迢看看方沉，又看看白鲤，忽然有点明白。

白鲤"嗯"地点点头，拿过墙角里的贝斯挂在身上，走到了方沉面前。

"方学长，我有没有帮你们的能力，我可以证明给你们看。至于我加入的原因，信息上我说了，和你们一样。"白鲤的眼睛依然是月牙弯，神情却是不同于平日的坚毅。

方沉抬眼看着她，语气不痛不痒："那你准备好了？"

"嗯。"白鲤坚定地点点头，"理论还是实践，随便来吧！"

乐队里的其余两人相视一下，忽然各自抱臂，一副看好戏的样子——

方队的要求可是很严格的，分分钟等着被骂吧……

鼓点先开始了。

方沉的节奏速度从最初就走得不慢，一点也没有手下留情。并且，从一开始的有规律到后面逐渐增加了难度。

尤迢不禁为白鲤捏了把汗。

意外的是，白鲤的手势却拿捏得很稳，无论是拨弦还是消音，速度稳打稳扎毫不吃力，旋律上也并不敷衍。

方沉的速度越来越快，白鲤的神情却越加从容……

她的秀发被松松盘起，整个人精神了不少，蓬松柔软的发型与贝斯手慵懒而有些狂野的气场融为一体，日光灯下的唇色泛着一种浅樱色的润光。无论是神态还是动作张力，那种从灵魂深处漫溢上来的冲劲与元气瞬间充满了整个排练室。

电吉他手从一开始的沉默到摇摆，再到最后的惊讶，忍不住开始加入进来。

紧接着，键盘手不淡定了……换了一副神情，电子琴旋律也开始跟进。

排练室里，几种乐器，几种音色，难得地又一次融为一体，激情四射。

方沅的嘴角渐渐勾起一丝弧度。

他抬眼望去，白鲤的笑容里，是用心，是热情，还有一点别的，类似于希望一样的东西。

音乐戛然而止。

贝斯的余音环绕了许久，尤迢率先鼓起掌来。

"白鲤，不错嘛！确认过能力了，你就是我们想要的人啊，兄弟们，你们怎么看？"

"嗯。我觉得这姑娘基础还不错，假以时日，技术会比迪迪更纯熟。"

"我喜欢她的弹奏，不是走走根音的那种，每一段的加花都很有主见和情绪在里面，这么说我倒挺想留住人才了。"电吉他手说。

"是吧是吧！我就说白鲤不可小觑。队长，你是不是该给个准话呀？"尤迢给方沅使了个眼色。

大家都在等着队长开口。

方沅却稳住神色，摸了摸鼓面，突然将话题引开了："之前争取的一个舞台活动就要到了。"

白鲤愣了愣，脸上划过一丝失落。过了一会儿，尤迢却嬉笑着，捅了捅她的手肘。

"恭喜你了。"

方沅这是在通知队员呢。

"哈？"白鲤疑惑地扫了他一眼，又看了看方沅。

方沅盯着她手里的贝斯看，神色若有所思："技能还不够成熟，舞台经验也不够。这几天，下午放学后就来补课吧。"

"真的吗！我进了？"白鲤怔了怔，取下贝斯笑了，"这可是方队长说的，不能反悔哦！"说罢，和其他人一一击了个掌。

　　"嗯。"方沉看着那抹充满活力的背影，在暗处不可察觉地笑了——

　　保留夸奖，戒骄戒躁。

第五话

方主席也有了"生理期"

XIHUANTIANTIANDENIYA

1.

不得不说，白鲤的团队协作能力是极强的。

才加入乐队不到两个星期，就对队里每个人的演奏偏好和习惯有了清楚的定位，并且和大伙打得火热，很快融入了这个小圈子。

倒是方沅，除了隔天下午会来给她补补课，顺便排练，其余时间都挺忙，时不时迟到。不知不觉中，乐队的业余活动在白鲤的带领下风生水起……

"叫不叫地主，不叫换我啦？"

"慢着！谁说我不当地主了，牌好着呢！"

"你俩磨磨叽叽的，快点吧，我等得花儿都谢了。"

……

"这玩法玩多了没意思，我们来炸金花吧？"

"脑细胞不够用了，接龙吧接龙吧！"

白鲤一边麻溜地洗牌，一边把手里的薯片传给身边的吉他手小伟。小

106

伟吃了又递给下一位。音箱上剩下的炸鸡还热乎着，尤迢开了罐啤酒，白鲤边发牌边盘点着自己的战绩。

"说好了，这次我要再赢，下次你们请炸鸡啊！"

"我就不信了，我们三个大男人牌技顶不上你一个女生，要是方沅在，你肯定王位不保……"

说曹操，曹操到。排练室的门突然被推开，方沅就那么豁然站在门边，一下子就闻到排练室里混在一起的那股说不清道不明的味道，冷不防打了个喷嚏。

然后，他的目光冷然地对上了炸鸡盒下的那台音箱，上面还落着几片脆皮屑。

"你们……"

糟了，方沅今天怎么提早来了？

尤迢抬头，接牌的手一抖，牌掉落了一地。紧接着，小伟含在嘴里的薯片也不嚼了，站起来拍了拍衣裳。键盘手一山连忙给白鲤使了个眼色。

这些人是怎么回事？

白鲤还没反应过来，只管坐在原地招呼方沅："欸，方队，刚刚小伟还提到你呢，听说你牌技很不错，一起来玩啊，乐队团建人人有份嘛！"

"呃……我们还是不玩了不玩了，排练吧！"没等方沅回答，小伟抢先挠了挠头，讪笑道，"快！收拾一下啊，没想到才玩十分钟就这么乱了。"

键盘手一山跟着打马虎眼："对啊对啊，刚才还说只玩五分钟呢。屋里这什么味儿，开门通风去！"说罢，殷勤地从方沅身旁溜了出去，和小伟四下找扫帚。

尤迢赶紧起身，悄悄扯了扯坐着的白鲤，白鲤疑惑地站了起来。

"方沅最讨厌别人在排练室里吃喝玩乐了。快，就说今天你生日！"

尤迢低声道。

白鲤一惊，低头皮笑肉不笑，微微动着嘴皮："你怎么不早说，现在糟了，看他那眼神、那气场，排练室怎么这么冷？不对，为什么要说是我生日来着？"

"反正……"尤迢正要解释，方沅冷冽的声音忽然打断了两人的窃窃私语。

"把昂贵的音箱当牌桌，还放着炸鸡，地毯上都是薯片渣，站在门外就能听到你们的笑声……怎么，今天排练得可还开心？"

此时，方沅的脸上除了郁闷就是恼火了。他脚步一迈，脚底下陡然传来薯片碎掉的声音，顿时气不打一处来。

半小时前，白鲤还在群里带头说要他放心，大家都在好好排练，亏他还那么信她。半小时后，他不过是提前结束了事宜，结果排练室竟被搞得"乌烟瘴气"？

敢情每个他不在的午后都是这幅场景。

"谁来说说怎么回事？"方沅越想越火大，一张本就不苟言笑的脸此时像个冰窖一样，"距离活动开始还有不到一星期，这就是你们的态度？"

说这话时，方沅的眼睛并没有具体看着谁，尤迢刚要主动出来扛事，他的视线突然落在收拾残局的白鲤身上。尤迢他们跟自己这么久了，自然知道队里的规矩，也知道他的原则，那么始作俑者……

"白鲤，这就是你所谓的帮助？"方沅弯下腰，轻轻摁住白鲤的手腕，铁青的脸色令人发怵，"别收了，回答我。"

白鲤只得尴尬地抬起头来，脑海里响起尤迢的话：快说你今天生日啊。

"其实今天……"白鲤叹了口气，"今天不是我生日。"

方沅身后的尤迢顿时无奈抱头。

"我只是看大家平时排练都挺累的，为了活跃气氛放松下才提议这么做。其实，大家都表现得很不错了，没必要这么紧张兮兮的吧，开心一下也没什么错，就当给自己的奖励……"白鲤的声音越来越小。

没办法，是眼前的人气场太强大了。

"这么说来，排练不够开心对吗？所以把乐器拿来当牌桌，在不透气的屋子里吃炸鸡，通过这种方式来找乐子？白鲤，等你站在舞台上后悔没有再努力一把时，你大概就开心了吧。"方沉一股火哽在喉头，顺着白鲤的话冷声道。

这话说得尖锐又刺耳，白鲤微微一愣，几番话在胸腔里滚了又滚，竟没忍住，从嘴里蹦了出来，解释道："你知道我不是这个意思。但排练室培养的不只是技术和演奏效果，也包括我们之间的情谊啊。大家都是朋友，这里算是一个温馨的小窝，何必呢？"

方沉的脸色又沉了几个度："哦，所以发展成棋牌室了。既然你觉得是情谊，那么我问你，你可以为其他人的付出和成果负责吗？你对自己负责，谁来对我的其他队员负责？还是说，这只是你为了给自己寻乐的自私做法呢？"

白鲤一听，僵住了，脑子里突然乱成一团糨糊，胸口闷闷的，难受得说不出话来。

"我自私？"白鲤小声重复道，眼里闪过受伤的神情。

方沉怔了一秒，可话已出口，只是沉默地偏过头不看她，脸色暗了下来。

气氛顿时跌到冰点。

尤迢忙上来当和事佬："哎呀，不就是小事吗，没必要这么伤和气吧。都怪我，是我没有提醒白鲤，没有及时制止……"

"别说了。"白鲤忽然打断，像只受伤的小兽一样，耷拉着脑袋，"这事不怪尤迢。我事先不知道，触犯了队规，是我错了，我很抱歉。但是，你说我自私就算了，没必要扯上大家。大家都是成年人，做事对自己负责，如果不是有把握在台上发光发热，绝不会胡来，还是说在你眼里我们就是那么轻重不分的人呢？其他队员这段时间以来的付出你不都看在眼里吗？至于我，你放心吧，绝不会给你方大队长丢脸。"

白鲤说完，就卷起桌上的垃圾，径直往门外走去。

方沅看着她脸上那复杂的神情，有委屈，有难过，甚至眼角似乎还噙着那么一点儿泪，微微泛着晶莹。

他莫名地烦躁起来，一句"你站住"说出口顿时变了样。

"我的脸还轮不到你来丢。进了队就有规矩，做不到就收拾包袱走人，我没意见。"

"好。"

白鲤推开门，委屈地跑开了。

方沅一愣，看着敞开的门，情绪忽然冷静了不少，只是……眉头皱得更厉害了。

他怎么就说了这么一句话呢？还没提醒她"包忘了带"啊……

2.

"人跑了你满意了？方沅，你这话说得过分了啊！"尤遄目瞪口呆地看看门外，又看看屋内黑着脸的方沅，眉头跟着皱了起来，"人家一个女孩子，又不是犯了很严重的错误，你这也太凶了。"

方沅没说什么，视线全落在角落里躺着的那个书包上。过了一会儿，才淡淡地开口："你……给她顺道送过去吧。"

"我不干。"尤遄冷哼了一声，干脆一屁股坐在椅子上，"你把人气跑了，让我来收拾残局？况且，大半夜的，孤男寡女，她要是一个劲地哭，我可不会哄女孩子。"

说得好像他会哄一样……方沅无奈了。

但尤迢这么一说，倒是提醒了他。现在天色已晚，训练的地方比较偏远，白鲤一个女孩子……

方沅不动声色地想，尤迢也察觉到了。

"说到这个，不对啊，现在可是晚上，孤男寡女都比孤身一女强吧！我忽然想起来前段时间那个新闻说什么附近有人打劫，还专挑晚上对独身女孩下手……唉！这事你到底听没听说过啊！"尤迢激动地站起身来。

方沅扫了他一眼，"哦"了一声，算是回答。

"所以？你想想看啊，就白鲤那身板，细胳膊细腿的，还有她那性格，反抗起来的话，万一被那些亡命之徒给……还有她那个热搜体质，保不齐明天直接上头条新闻了。"

尤迢越说越得劲，随着脑洞越开越大，脸上的神情不禁让人跟着紧张起来。

"糟了！这样的话，你说，刚刚那一面不会就是我们见白鲤的最后一面吧！"

方沅立马给了尤迢一个"你闭嘴"的神情。

尤迢却反推了方沅一把，直接把他送到了门口。

"快快快！快去把她追回来啊！晚一步的话，万一出事了怎么办！"

"既然你那么担心，你去追啊。"方沅下意识地拒绝了，扶着门把僵持了两秒，忽然提起白鲤的包，跑了出去。

注视着方沅逐渐远去的背影，尤迢这才满意地低头，对着自己的手，坦诚道："兄弟啊，最后一秒我可没有推你啊，是你自愿的。"

至于打劫的事……他大概也许可能看错发生地了吧？

白鲤漫无目的地走在路上，湖面吹来的阵阵凉风令她清醒了不少，与此同时，身后紧密的脚步声也越来越清晰。

无声无息的暗夜，渺无人烟的树荫小路……这不禁令她想起前几天和窦姜一起看的恐怖片里的变态杀人狂，手臂上顿时起了一层鸡皮疙瘩。

她下意识加快脚步，同时，飞快把手伸进裤兜里找手机。她决定立马给窦姜打电话，却想起书包被落在了排练室。

糟了！

白鲤心神不宁地顿了下脚步，就在这时，她感觉到身后已经站了一个人，来不及逃了。下一秒，一双手忽然搭在她胳膊上，顿时令人毛骨悚然。

白鲤心惊胆战地偏过头来，一只指节纤瘦的手借着惨白的月光映入眼帘。

"啊啊啊啊啊啊！别碰我！救命啊！"

白鲤手脚并用地在原地挣扎。可怕的是，来人竟然飞快地捂住了她的嘴。

"是我，别闹啊。"

"我管你是谁！唔唔唔……"

白鲤吓得魂儿都没了，脑海里只有一个念头：闭上眼睛。

要是看到了歹徒的真脸，那就见不到明天的太阳了。

缓缓松开手来，方沉看着眼睛闭得紧紧的白鲤，莫名觉得好笑。

看来，是真被吓到了。

"你睁开眼睛看看我是谁？"

"我不！"

"哦……那你还要不要你的书包了？"

"我不！"受到惊吓的白鲤现在什么都听不进去了。

说时迟那时快，她闭着眼胡乱地推了一把，撒腿就跑。

方沉站稳后愣了一下，白鲤已经在五米之外了。

方沅哑然，只得又跟了上去。

白鲤跑了有20米远，越想越不对劲，突然觉得好像遗漏了什么重要细节。

不对啊，那人怎么有她的书包？

这么想着，又觉得那个声音不是一般的耳熟，好像是方沅？

脑海里浮现结论的同时，一个更加清晰的声音在她身后响起。

"小心！"

白鲤只觉得身前带起一阵风，又像是什么东西呼啸而过，随后腰间一紧，就这么被圈进了一个人的怀里。

远去的外卖员时不时回头，对着她骂骂咧咧："大晚上的突然蹿出来吓死人啊！情侣吵架，命都不要了？"

白鲤惊魂未定，无辜地缩了缩头，小声说了句"对不起"。

说完后，腰间的温热开始清晰地传来。

她的脸倏地爆红了。

此时，方沅璀璨的眼瞳里盘绕着惊讶，他那尖尖的下巴彰显着一种与生俱来的倨傲，只要稍一低头，就会触碰到白鲤柔软的发尖，一时间没反应过来。

白鲤却无措地猛然抬头，狠狠地磕上他的下巴。蓦地一愣，方沅的鼻息里传来一缕淡淡的发香，混合着某种清新的味道。

这……这是怎么回事？

一阵刺耳的鸣笛声划破寂静的夜，两人不约而同地飞快忙碌了起来——

方沅放开手，后退了两步。

白鲤即刻从前者结实的胸膛里弹了出来，逃离怀抱。

一时间，凉风变成了热风，手心沁出了细汗。

白鲤只觉得刚才那被触碰过的一半侧脸有种说不出的滚烫，连忙用头发遮了遮。

方沅则无所适从地抹了抹鼻子，下意识抬眼看了下今夜的月亮，然后有意后退了一步。很快，他便让自己湮没在整片夜色里，令人看不清脸上那无处遮拦的一丝粉红。

白鲤看不清对方夜色下的脸，只得拨了拨碎发，连忙岔开话题。

"呃？这是我的书包。"白鲤指了一下。

"哦。"方沅一经提醒，递了过来。

"谢啦，学长。"白鲤接过书包，笑了笑，尴尬之余话便多了，说话也开始不经过大脑，"包的事，加上刚刚……"

白鲤突然愣了一下，赶忙改口："谢谢你啊，我真的是被吓到了，前几天恐怖片里的场景和刚才一模一样，我真没想到是你。呃，对了，你特意出来追我，就是为了给我送这个？"

这怎么能说是特意呢？没有的事。

方沅别扭地偏过头去，脸上又恢复了以往那种不冷不淡的神情。

"没有特意，就是顺路。"

"呃？你家住这附近？"白鲤理所当然地这么想。

方沅一愣："嗯。"

确实是附近……也就差了十几条街的距离吧？

不过看样子，白鲤似乎没有很生气很委屈，更别提哭的迹象了。看来，女孩子好像也没有那么难哄。

方沅在心里如释重负地松了口气。

这时，白鲤却若有所思地开口了："其实……晚上的事，我想过了，我也有错。方沅，对不起。"

方沅惊讶之余，大脑神经又绷了起来。

这事不是已经算过去了吗……

虽然白鲤的语气很轻很轻，又很柔软，但"对不起"三个字又太过诚恳，重重地击打在他的耳膜上。

"是我没有体谅和理解你对音乐的那份感情，也没有对音乐表现出足够的尊重。"白鲤的头微微低了下去，态度前所未有的温柔。

气氛逐渐凝滞，方沉有些不适应了。

再这么纠缠下去没完了啊，其实他根本不是那种小肚鸡肠的人，况且，这件事他也有错。

但白鲤依旧滔滔不绝——

"我知道，我都知道。你严厉也是为了我们大家好。俗话说，没有最好，只有更好，你一定是带着这种心态吧？再俗话说，望子成龙，望女成凤，你作为队长，一定是把我们当成了自己的孩子一样疼爱……"

孩子？这是什么破比喻……

"咳咳！"方沉忙不迭尴尬地打断了，"你的意思我知道了。我也有话说。"

"嗯？"被打断的白鲤好像还有一肚子的话没说出口，但此刻不得不被迫中止。她抬眼看方沉，他的眼神却飘得很远。

所以，他到底想说什么呢？

方沉想了又想，最终气定神闲地指了指不远处的店面，煞有介事道："那个，尤逍饿了，让我们给他带点吃的。还有，他让我提醒你，你的贝斯还在排练室。"说完，方沉直接走向了最近的烧烤店。

白鲤挠了挠头，突然忘了前面要说的话了。

这话题转得也太快了？

她轻轻"哦"了一声，一头雾水地跟了上去。不过，那个尤逍也太能吃了，一大盒炸鸡他可是吃了整整半盒呢！

百里之外的尤逍盯着方沉发来的叮嘱，认真将白鲤的贝斯收好，然后冷不防打了个喷嚏……

谁！是谁在算计我？

3.

烧烤店的菜单琳琅满目，方沅为了照顾"饥肠辘辘"的尤迢，几乎每样都点了，然后随便找了个位置坐下。

"尤学长还真是大胃王啊……"

刚一坐下，对面的白鲤就掏出手机在群里调侃尤迢。

方沅没说什么，神色淡定地解锁手机屏，盯着群消息看。

白鲤："尤主唱，你没吃饱早说呀，看来我下次得多买一些了，请客还让你饿着多不好意思。"

尤迢的消息回得很快："什么鬼？我不饿啊。对了，你现在在哪儿，和方沅在一起吗？"

白鲤愣了一秒，回了个"对"后，立马抬头扫了方沅一眼。

只见方沅淡淡瞥了眼屏幕，然后把手机放到了一旁，若无其事地解释道："哦……临时变卦了。那算了，这小子又要我。"说罢，站起身来叩了叩桌子，作势要离开。

过了一秒，白鲤扯住了他。

"别走啊，浪费粮食太可耻了。"白鲤像是看出了方沅的想法，压低了嗓子，突然凑到他跟前，"菜都快做好了，要尊重人家的劳动成果嘛，既然尤迢不吃，我们吃。"

这时，老板很及时地端着三大盒放到了桌上。

"串好喽！"

"真香啊。"白鲤小声嘀咕了一下，然后飞快接过酱料，说了声"谢谢"，目送老板走回厨房。

为了说服方沅留下，她立马抽出两根串，一根递给了方沅，一根自己咬了一口，津津有味的样子，像全然忘记了今晚发生的不快。

"来都来了，你试试吧，味道真好。

"你不试啊……你真不试？你要后悔的。

"那你不吃我吃！"

"也好。"方沅很快转回身子，点点头重新坐了下来，心里有种运筹帷幄的感觉，真好。

这时，群里开始沸腾了起来。

尤逅："你们两个在一起我就放心了。"

白鲤："你担心什么啊？我们在 XX 店撸串呢！"

尤逅："啥？那家店听说生意好到爆，价格是别家的两倍不止啊！有钱有钱。"

这么说着，白鲤一口娃娃菜呛到了喉咙里，嘴也不嚼了，腮帮子也不动了。很不巧，这个月她属于节衣缩食的状态，眼下还有一盘子没动过，能不能退啊？

怎么不吃了。

方沅抬眼瞥见白鲤面露难色的样子，于是瞄了眼屏幕，手握成拳头，抵在额头，眼角眉梢的笑差点溢出来。

他淡然开口："刚才想起来，你是新队员，这顿算迎新宴，照理说是我请客。"

"迎新宴……"白鲤将信将疑。

"嗯，这顿就当是补你的，前段时间太忙了。"方沅神情认真。

"那我……多谢方队啦！"白鲤重新恢复了干劲，咬了一口丸子，烫得捂着嘴吞了下去。她吃饭的样子总能让人的心情不自觉地跟着舒畅起来。

不一会儿，鼻头开始冒汗，两颊渐渐地白里透红。她利索地将垂在双肩的秀发松松地盘起，露出了脖子。

明亮的日光灯投映在她白皙的脖颈上，脸庞的线条在此时显得异样柔和，面上却是大快朵颐的笑靥，像是夏雨过后亭亭而立的初荷，出尘而不染。

方沅难得地低下头勾了勾嘴角。

其实关于道歉，他没有太多正儿八经的话要说，三言两语就都融进这一顿美食里了。

"啊，对了，说起烧烤，我想起了一个很好笑的事情。"白鲤兴致上头，话开始多了，"以前我有个舍友，从来不和我们一起吃夜宵撸串，说要节食减肥，结果她妈妈不同意，你猜为什么？"

方沅双手交握，耸了耸肩。

"因为，她现在胖点别人会以为是吃得多的缘故，但万一她节食减肥了还胖，别人会说是遗传的！哈哈哈哈哈哈！你说好笑不好笑。"

方沅忍俊不禁。

就在白鲤开始有说有笑地讲起其他段子的时候，一个陌生的女孩子突然走到桌边，面带笑容地打断了她。

白鲤一眼就望见人家眼底闪烁的光芒，看来不是找她的。

"你好。能请你帮个忙吗？我手机没电了，可不可以借你的手机发一条短信呢？"女生脸上带着点羞怯，语气诚恳地请求方沅。

这不是惯用的搭讪桥段吗？白鲤识相地闭上嘴，假装什么都没看到，心里却有点期待接下来的剧情。

方沅拧眉，神色冷淡微戾，显然对于对话被打断有些不爽。

他扫了眼对面，白鲤却是一副看好戏的神情。

这么幸灾乐祸啊……方沅的脸色顿时不太好看。

于是，他懒懒地冲那女生道："我手机没电关机了。"语气里除了冷漠，还隐藏着一层不悦的警告。

白鲤和女生不约而同地把视线投向桌面上光明正大摆着的手机——

连屏幕都还亮着呢！

女生黑着脸尴尬地走了，白鲤差点没笑出声来，忍不住小声调侃："你拒绝人的方式真是比钢铁还直。"

"钢铁？"方沅不以为然地摸了摸削尖的下巴，脸上是"生人勿近"的表情，"我刚刚说了有八个字，这还不够委婉吗？"

白鲤很不耿直地笑了："果然，和你搭讪都是死路一条，更何况告白……想想都可怕，看来有生之年绝不可轻易尝试啊。"

这话从白鲤口中说出来，莫名有点刺耳。于是，方沅敲了敲筷子，让她快吃饭，同时岔开话题。

"你为什么会加入爱心协会？"

"啊？"白鲤一愣，想也没想，"因为我喜欢啊，这个社团的理念以及它正在做着的事，都是我热爱的。"

"即使是发生了一些事情，也不后悔吗？"

"后悔？"白鲤一下明白了他的意思，"不会啊，既然热爱着，为什么不去坚持呢？包括这次的艾滋病活动日……原创歌曲的事我想认真把它做好，希望它能发挥积极的力量。你知道吗？我们国家的艾滋病年发病数和死亡数逐年来在不断上升……"

提到这里，白鲤忽然停下了手里的动作，看着方沅的眼神有些缥缈。

他很少看见她这样的神情。

"也许你觉得它离我们很远吧，但其实……它很近。我有一个邻居，是一个很安静的女孩子，看上去和普通人好像没什么不同，但她从生下来就是艾滋病患者。你知道的，母婴传播。后来，她患了抑郁。再后来，她自杀了……"

白鲤敲着筷子，苦笑了下，垂眸望着桌面，纤长的睫毛微微颤抖，让人看不清眼底的神色。

她很沮丧……

应该安慰她吗……方沅忽然感到有些无措，垂放在身边的手微微捏了捏拳，又松开了。

白鲤抬眼看向玻璃门，视线拉得很远很远，远到方沅以为那双暂时失神的眼睛就要酿出泪水来。

"你……"方沅正在考虑要不要递纸巾。

忽然，白鲤收回视线，看着他"扑哧"一声笑了出来。变脸变得真快。

"别用那种眼神盯着我，我没有要哭啊大哥。越是知道真相，就越应该竭尽所能地改变啊，所以，我想通过这个歌让更多健康的人学会关爱自己预防患病，同时也要鼓励那些在病中的人勇敢面对，努力生活喽。"

白鲤端起桌上的果汁碰了方沅的杯子一下，一饮而尽，又恢复了嬉皮笑脸的样子。

方沅却沉默了，心里好像有个声音在怂恿他开口。

"就算你的力量很绵薄，影响力很小……就算你要孤军奋战？"

白鲤一愣，点点头："只要是自己喜欢的东西就不要问别人值不值得，要不要做，喜欢胜过所有道理，原则抵不过我乐意，所以坚持就对了。"

"贝斯也是吧……"方沅小声地提了一句，脸上的神情有一刹那的动容。

"你说什么？"

"没什么。"方沅重新正色。

过了一会儿，他突然轻飘飘地开口："歌的事我可以帮你。"

喜欢甜甜的你呀

120

白鲤猛地抬头，惊讶极了："什么？"

"没什么。你不同意？"

"啊！我同意，我举双手和双脚同意！"只是，先前苦口婆心都办不到的事，方学长今天怎么就主动答应了呢。

"方学长，真是太谢谢你啦！"

方沅只是微微颔首，然后站起身来结了账："走吧。"

方沅走在前头，沉浸在喜悦中的白鲤跟在身后活蹦乱跳。他隐入夜色的神情和今晚的月色一样朦胧不清，却带着一点点久违的温柔。

所以，感动他的，是故事，还是别的什么？

4.

"欸，谈曜发新歌了！你看了那个 MV 没？"

"当然看了！男主不就是方沅吗，女主就是上次的热搜女孩，看起来配得一脸，我全程姨母笑啊！我的妈，早知道那时候是在咱们学校拍的，我就混进剧组要签名了。"

"亲爱的，你想要签名啊？我是学生会的，我可以把他批文件时的签名撕下来给你。然后再找个借口让他重新签一遍！"

"亏你想得出来……别说了，对面走过来的那个，不就是本人吗？"

"不像吧？怎么看起来比 MV 里面的高冷多了。难道是双胞胎来着？"

……

自从谈曜的 MV 正式上线后，方沅就没少被别人要签名，连团委的老师都忍不住调侃他以后要红了，还一个劲儿打听他和白鲤什么关系……

能有什么关系啊？

方沅戴上耳机，一路上无视四周的指指点点，转身走进了宿舍楼里。

121

微信的聊天群早就爆了，他默默设置成了"免打扰"，深吸了口气推开宿舍门。

意外地，情况和他想的不一样，看来是逃过一劫了。

他刚在心里松了口气，轻轻关上门还没来得及转身，宿舍角落突然爆发出一波又一波尖叫，着实把他吓了一跳。

"啊啊啊啊啊啊！快看，差一点差一点，就要牵上了……啊啊啊！牵上了！握得那么紧。"

"你们看见没，方沅刚刚那个眼神，天啊，温柔得要滴出水来了，我们家方沅什么时候能拿这种眼神对兄弟几个啊？"

"有对兄弟用这种眼神的吗？当然是只对你白鲤嫂子这样啊！"

"哦，对对对！话说，微博上出现了咱们学校一个CP的话题，我们是不是应该带一波节奏，把他们俩放上去？"

"你说呢？愣着干吗，上啊！送他们上话题首位！"尤迢的声音机智地响起。

于是，八卦三兄弟纷纷打开电脑，活动着手关节，跃跃欲试。

一直被无视的方沅不禁流了一滴冷汗，从三人背后走了过去，忍不住开口："你们敢。"

三人同一时间回过头来，面面相觑。

"你什么时候回来的？"尤迢问。

"在你们密谋送我上话题榜的时候。"

三人又对视了一眼，忽然连连点头。

"也对。我们密谋个什么劲？以方沅和他女朋友现在的人气来说，还用我们动手吗，上话题榜分分钟的事。"

"是的。方沅否决得对，是我们欠考虑了。"

"对啊对啊，咱们该干吗干吗去吧，人民群众是历史的创造者，我们要相信人民群众的力量，上话题首位是早晚的事。"

说罢，三个人又分头散开，撇下方沅，各做各事去了。

方沅无语，这三个怕是有剧本的吧？

尤迢电脑屏幕里的音乐 MV 还被定格在那里，画面里是方沅和白鲤拥抱在一起的瞬间。方沅脱下外套，转个身就看见了。他替尤迢关掉后，返回电脑桌面，猛然被吓了一跳。

怎么连电脑桌面都成了 MV 宣传海报了。

这哥们存心的吧……

方沅无奈地摇了摇头，立马给尤迢换个电脑桌面，然后回到座位上掏出手机。

其他三人陆陆续续地出门了，宿舍就他一个。方沅这才拔掉耳机外放，让 MV 又单曲循环了一遍。

嗯……的确是很不错，歌很好听，乐队的每个人都很上镜。

F 大，605 宿舍。

前一夜——

"方沅太帅了！眼神杀无敌啊！爱了爱了。"窦姜说。

"别爱啊，姐妹夫，不可欺。"呦呦说。

"对哦，那我瞬间不爱了。还是让白鲤好好疼爱妹夫吧。"窦姜说。

"闭嘴吧你们！"白鲤忍不住出声。

"我就问一句，你敢说你对方沅一点感觉都没有？"窦姜问。

"我为什么要有？他只是我的合作伙伴，学长，我的半个音乐老师，你们别乱带节奏！"白鲤解释。

第二天——

在经历了一晚上关于方白的 CP 八卦后，舍友们的谈话终于正常了一点点。

"白鲤，'最美宣传员'的热度又涨起来了，这次几乎都是积极的评论，看来谈谈姐让你参加这个拍摄真的很对，疯狂吸粉呢。"呦呦说。

"这歌也太好听了，我从昨晚开始循环了好几遍，特别是这段。"窦姜摘下耳机，指了指某段歌词给白鲤看。

白鲤一眼就认出来了："这是方沉改的。"

"哈？"窦姜还有点儿不信，"真的假的？这么有本事？"

白鲤点了点头，嘴里吧唧吧唧地嚼着苹果。方队长的实力可不是盖的。这么想着，作为他的队员，好像是一件很自豪的事。

她低头，手机显示微博粉丝在短短两分钟内又涨了一百，热搜下面的评论量翻上整整一天都看不完。

——小姐姐太漂亮了，人美心善，怎么看都是个好人。也算是给之前泼污水的人啪啪打脸了。

——我就想知道，男女主现实中是一对吗？

——是一对啊，我们学校的金童玉女，郎才女貌。

……

看到这里，白鲤不禁噎了一下，然后啼笑皆非地摇了摇头。

同学们瞎带节奏的能力还真不是盖的。

她收拾了一下书包，准备上课去，谈曜突然给她私发了一个视频："后期内部存的版本，你保存一份哈！"

"嗯嗯。"白鲤秒回了两字，来不及点开视频看就背上包匆匆走了。

等到坐在教室里，她就被别的事吸引去了。原本打算好好听课，结果撑不过十分钟就昏昏欲睡。

那头，窦姜也在课上划水，临时想组队打游戏，于是直接找到了白鲤。

白鲤心想，睡觉还不如打游戏助兴，于是扛枪上阵，直接拉个群，窦姜说

124

她去找其他人助阵。

于是，尤迢立马加入群聊，顺便叫上了宿舍其他人。

白鲤一看，方沅也来了。

想起上次在网吧里的见闻，白鲤预感这次游戏会很精彩。

果不其然，几局下来，她真实地感受到方沅的实力了，只不过，游戏里他的话还稍微多点，下了线，在微信里就不吭声了。

还真是忙啊……

玩累的几个人开始在群里瞎聊起来。

这时，某兄弟突然在群里提起MV的事，说自己没有会员下载不了视频，能不能走个内部福利。

白鲤自然爽快地答应了。想起谈曜才给自己发了视频，她就发了过去。

群里收到视频的几个人纷纷点开。

过了一会儿，白鲤尴尬地看着屏幕上的"消息已发出超过两分钟，撤回失败"，一脸窘迫外加濒临暴走。

她这算是被算计了吗？

群里迅速沸腾起来。

"原来这才是重头戏，珍藏版啊？"

"天啊，姐妹，知人知面不知心，你竟然偷偷藏了一个'男女主甜蜜剪辑'版，躲在被窝里偷偷地看？怪不得你昨晚睡那么晚，熬夜剪视频去了。"

"原来如此，嫂子好努力啊。是不是送给方沅的礼物？"

"这波操作666啊，借问方沅怎么看？"

……

白鲤看不下去了，涨红着脸开始在群里用表情包刷屏，硬生生把列表里所有表情都发了一遍。

还好方沅始终没有出现，白鲤松了口气，然后解释："大家听我说，这是误会……"

过了一会儿。

"好的。我们都懂。"

"懂。不过，用电脑中毒了这个借口会更好。"

于是，半天后，白鲤放弃了。

她点开谈曦微信头像，立马发信息过去。

"姐！你耍我！你给我出来！"

一秒后，谈曦出现。

"怎么了？这个可是我特地拜托制片人搞的，你觉得不够甜吗？哦对了，我还特地给你爸妈、你哥都传了一份。"

"什么？"

白鲤哭晕在教室里。

我是谁？我在哪里？我要干什么？

方沉下线后，正在写一份分析作业，平时他为了及时处理事情，手机很少关静音，结果提示音接二连三地响起。

在持续了一段时间后，方沉终于有些烦躁地打开微信，消息显示999+。

什么情况？

随意一拖，发现全是乱七八糟的表情包，方沉滑屏划得手酸，为了节约时间，直接在聊天框输入了一句。

"发生了什么？"

这下，刚冷静下来的群时隔五分钟后又一次沸腾。

尤迢同学二话不说就在群里甩了聊天截图以及白鲤发的视频。

"快看啊，白鲤熬夜做的，送你的。"

方沆一听这语气，就知道又是些八卦的戏码，不过，这次竟然牵扯到白鲤本人，心里不禁有些好奇。于是，他破天荒地停下手头的事，正要点开视频看个究竟。

突然，微信消息显示——

你已被挪出群聊。

方沆手指一顿，惊了。这是人生中第一次被人踢出群聊，还是在他刚在群里冒泡说了第一句话的时候。

方沆感到又惊又恼，简直难以置信。

回头一想，群主到底是谁？

过了几秒，他突然想起来，是……白鲤。

与此同时，群里正在被一堆问号刷屏。紧接着，是一个接一个的"鼓掌"和"666"。

"学妹，你果然是有魄力啊，方嫂的位置非你莫属。"

"我已经迫不及待想看你每天压榨方沆的样子了。"

"66666666666！数字已经不足以表达我的佩服之情，我只想知道方沆现在是不是气晕在教室了，绝对是史无前例啊！"

方沆有没有气晕白鲤不知道，白鲤只知道，自己要尿晕了。

刚才生怕群里的人添油加醋乱说话，于是她情急之下直接想出了下下策，二话不说把方沆踢了出去，结果是——手贱一时爽，后果火葬场。

现在的她，坐在教室里慌得不得了，想起下午还和某人约好见面写歌，简直是令人寝食不安啊。

5.

停车场外，看完视频的方沆正低着头若有所思，一时也没想明白白鲤这么做的意思。想来想去，反倒有些心烦意乱，不如不想。

刚要走进车库的入口，突然瞥见白鲤猫着腰走得飞快，方沆一愣，咳了几声，白鲤立马悻悻停了下来。

"呃，这么巧啊？"

方沆看着白鲤若无其事的笑容，忽然想起中午自己被踢出群的事，仿佛被当成了一个见不得秘密的外人似的，顿时隐隐不爽。

于是，他有意地说道："视频我看了。"

"啊！你看了啊……"白鲤原本就在心里纠结方沆到底看没看到视频的事，结果被方沆实锤，只得心虚地抬起头。

方沆见状，心里有些许得意，语气却无谓得很："嗯。"

"其实那不是我做的，是表姐他们……你、你不会误会我吧？别多想啊。"白鲤急于撇清。

方沆飞快打断："我没误会，更不会多想。"笑话，他怎么会花哪怕一丁点心思在这上面多想呢？

方沆摇了摇头，白鲤深信不疑。

也对，学长根本不会在意这些乱七八糟的吧。

这么想着，一个长相清秀的男生突然远远地小跑了过来，单手拦住了白鲤的去路。

"你……学妹，我看了你的 MV，演得很好。能不能合照一张？"

男生的声音在封闭的停车场里格外清晰。方沆站在白鲤身边，顿时觉得自己很多余，他微微眯起眼，借着微弱的灯光打量来人。

"当然可以。"白鲤大方地开口，还和对方聊了起来。

方沆顿时像个不存在的透明人似的，于是错开视线，一脸无所谓地插了一句："哦，那我先走了。"

白鲤还没来得及叫住方沆，方沆就走了，看起来怪怪的。

等方沅重新开着小车出来时，白鲤忍不住抬头观察了下车里的人。

方沅目不斜视，连看都懒得看她一眼，径直开走了。

真是变脸变得比天还快啊，看来还在为那事怪她呢。

白鲤心里不安地揪了一下。

而方沅默默看着后视镜里某人投来的眼神，心里顿时有点释然。但是看到白鲤的表情带着一丝羞怯，是因为那个男生吗？

想到这里，方沅忽然又郁闷了，握在方向盘上的手微微攥紧，油门猛地一踩，车消失得无影无踪。

被男生问到方沅是不是她男朋友的白鲤红了脸有些羞赧，看着远去的车辆，不好意思地挠了挠头，转回头来，尴尬地笑了。

"呃，你别误会啊，他真不是我男朋友，只是一起拍了个MV。就这样。"

"啊！终于到了。"

白鲤气喘吁吁地打开排练室的门，一屁股坐在音箱上。方沅没什么表情，只是认真地坐在桌子边写歌。

"我说，大兄弟，你怎么跑得这么快呀？刚刚那个男生说他女朋友就在车库里取车，想和你拍一张呢……"

方沅这才抬起头来，"哦"了一声。

原来有女朋友……

"我知道了，下次吧。"纸面上的笔尖重新流畅了起来，他抬起头看了看满头大汗的白鲤，忽然有点后悔没等她。

"行！不过，你不会再生我的气了吧？"白鲤突然小心翼翼地问了句。看来，高高在上的方主席被踢出群聊后觉得很没面子啊。

"我已经把你拉回来了，方队，我保证下不为例啦！"

"什么？"方沅疑惑地抬头。

白鲤望着方沆的神情，忽然也摸不着头脑了："啊？难道你刚才不是因为这件事才生气的吗？"

方沆一愣，这才反应过来，于是，像是那么一回事地点点头："哦。没生气。"

"知道了，知道了。"白鲤释然地笑了笑，坐到旁边开始讨论起来。

这几天，白启参加比赛，在外地耽搁了几天。返回学校后，一行兄弟正在食堂庆功，白启才得空刷起微博来，刷着刷着突然看见了一条热搜。

"谈曜 MV 主角疑似恋情曝光！"

什么？

前几天，谈曜甩在群里的那个剪辑版视频已经让他大跌眼界，后来好不容易接受了"只是个 MV 合作"的事实，而且也为白鲤树立了正面形象，他就没说什么，但现在这个热评是几个意思？

很有 CP 感？两人是情侣？难道他们真有一腿，那个名叫方沆的小子到底是谁。

白启立马潜入白鲤学校的话题小组，结果一下子就看到了第一的话题——

"校园最火 CP ！"

闪拍的照片里，白鲤背着贝斯和方沆走在一起，看样子相谈甚欢。

白启立马认出了这是上次见面时"挑衅"自己的那位，顿时更郁闷了。

于是，坐在食堂里，兄弟们正在有说有笑，白启黑着脸不说话了。身边的哥们儿见状凑过头来，调侃了几句："哟，妹妹长大了，留不住了啊。"

白启苦笑了笑，找了个借口提前离席了。

宿舍楼下，排练完的方沆正顺路开车送白鲤回宿舍。

喜欢甜甜
的你呀

130

照理说，在这种全校八卦的特殊时期，两个人应该稍微回避一下的，但当事人都不怎么当回事。

对方沉来说，自打入学来就备受关注，他早就习惯了外头的风言风语，所以压根不会花心思在这些上。而白鲤倒是一心扑在其他正经事上，原本拍 MV 就只是公事并非另有所图，所以对八卦也不多虑，更不会去琢磨外人的瞎起哄了。

于是，两个在外被炒得热火朝天的 CP，各自的态度倒是佛得很，经常一起出入排练室，途中被有心人捕风捉影地拍了不少照片。

此时，方沉的车刚停稳，白鲤打开车门朝他挥挥手就往宿舍楼走。

走到一半她才想起贝斯落在车上了，转过身却见方沉已经下车替她拿了出来。

白鲤小心翼翼地接了过去，忽然眼尖地看见车边站着一个人，此时此刻正黑着脸打量她和方沉，眼神幽怨得不行。

此人正是她的傻哥哥。

"方沉，你快走吧！"白鲤只道大事不妙，为了不让白启做出什么大跌眼镜的事，立马在那边推着方沉走。

方沉有些纳闷，但面上并未显露，只是刚打开车门，边上突然现出一只手，摁住了车门。

"想走？别啊，等等呗。"白启先发制人地把车门关上了。

一种不善的气息迅速在四周蔓延开来。方沉的记忆力一向好，一下就认出了对方正是上次拉着白鲤离场的人。

"有事？"方沉对这个不速之客的失礼感到不爽，但语气上还是压抑住了。

"这话应该我问你。"白启不甘示弱，看了看局促地站在原地的白鲤，又瞟了眼不悦的方沉，更加觉得两人有猫腻，顿时摆起一副查户口的模样。

"来吧，先来说说，你和白鲤什么关系？"

方沆一愣，看来是来找碴的。换作是以前，他会毫不犹豫地回答"没关系"，毕竟这是省去麻烦的最好回答，但这一次……

"你想知道？但我为什么要告诉你？"

见他那紧张兮兮的样子，方沆反倒稳了稳心思，忽然就来了兴致，索性无所谓地抱臂站着，挑了挑眉。

"你！"白启气结地顿了一秒，他捏了捏拳头，忍住了冲动的性子，"那我换个说法吧？都是男人，咱们直接点，你喜欢白鲤吗？是还是不是？"

"喂喂喂！瞎问什么呢！"一直杵在一边的白鲤顿时心一紧，连忙凑了过来，抢在方沆说出答案前的一秒，大喊了一句。

连她自己也不知道在紧张些什么，脸一红，一巴掌拍在了白启的背上："大白天的睁眼说什么瞎话呢，私底下丢人就算了，在外人面前也这样？"

白鲤这话说得明明无心，怎奈听者有意。

外人……

白启的心情顿时好了不少，连确认答案的心思都少了一半。而站在一旁的方沆登时就拉下了脸，不说话了，忽然觉得心情不再美丽，身上无辜地被贴上了"局外人"的标签。

两人的一阴一晴形成了鲜明对比。白鲤却一点没有意识到，拼命地扯着白启离开。

"走啦走啦！我请你去食堂吃学校的招牌菜！"

"等等。"白启心里乐呵得很，但面上仍是板着张脸，他信步走向方沆，语气锐利，"我警告你啊，别打小白的主意，离她远点。"

"说什么悄悄话呢！"白鲤忽然冲过来又把人扯走了，一边扯一边伸出手，指了指白启，又指了指脑袋瓜，试图用夸张的口型无声和方沆说，"这人脑子不太好使，你别介意。"

白启回过神来，瞪了白鲤一眼："干吗呢？眉来眼去？"

"没有，没有……"白鲤赶紧低头打马虎眼。

被留下的方沅五味杂陈。

离开前，白启还特意回头给了他一个得意的眼神。

真是幼稚。

方沅站在原地暗想，远远看着不和自己打声招呼就挽着白启离开的某人，那交缠在一起的手臂，还有打情骂俏的样子……

方沅的心莫名烦躁起来。

这晚，男生宿舍里响起了《阳光总在风雨后》的旋律，洗澡出来的尤迢一脸蒙地看着静静看书的方沅，心里顿时闪过十万个为什么。

"方沅，你……怎么突然听起这种歌了？"

"嗯。"方沅抬头看了下尤迢，忽然意识到什么，"哦对，放了几遍，听腻了？"

于是，他手指一点，切换了下一首。

宿舍里顿时响起了《好运来》的旋律……

尤迢默默地坐回床上，不说话了。

他是受刺激了还是怎么，这爹毛的样子是咋回事啊？

这个问题，大概，方沅自己也在纳闷吧。

6.

期末很快就要到了，自从那天把白启哄走后，白鲤就开始忙碌起来，连带着把和方沅解释的念头也忘得一干二净了。

周二，专业课下课铃一响，窦姜就捂着脑袋趴在了桌子上，叫苦不迭。

"为什么要复习的东西这么多啊！我终于明白那个道理了，这个世界上，最宽广的是海洋，比海洋更宽广的是天空，比天空更宽广的，是考试范围。"

"你知道就好。"白鲤安慰地摸了摸某人的头，"我最近也在忙，忙着去参加一个英语竞赛。"

"怪不得，我看你这几天总熬夜，我以为你熬上瘾了呢。"

白鲤摇了摇头，拿起一份参赛资料。

"非也非也。我熬夜可不是我想熬，是因为黑夜需要我这颗闪亮的星。"

窦姜做了一个干呕的表情，又想起一件事来。

"对了，假期实践！今年假期实践分怎么办啊。我想起来这几天学校有个摊位活动，是宣传假期支教的。我最讨厌什么调研报告了，不如我们去支教，这个也可以算实践分。"

"行啊，但是要有拿得出手的技能。"白鲤意味深长地打量了窦姜一眼，后者立马尴尬地笑了笑，内心受到了一万点伤害。

"好啦。我们是去行善的，公益支教，善小而为嘛，你态度真诚的话应该没问题，而且我听说那里小学部也招手工老师。"

"真的吗！"窦姜的眼睛亮了亮，挽起袖子跃跃欲试。

"真的。"白鲤抱起竞赛资料，一种深藏功与名的气质油然而生。正欲飘然而去，忽然停下脚步，语调一扬，像是想起了什么，"不过……"

"不过什么？"窦姜被搞得又紧张起来。

"我听说，今年支教队员要求考救护证来着。"

又要考试啊！

窦姜把桌上摊开的书直接盖在了自己的脑袋上，趴在桌上朝门口的白鲤生无可恋地摆了摆手。

表示她需要冷静。

支教摆摊持续了整整三天，报名活动如火如荼。尤迢大致数了下报名支教队员的人数，就已经有百来个了。而支教队长的难度虽大，报名的人没有百个也有几十个。

看来，今年竞争还是比较激烈的。

尤迢无聊地坐在摊位上走神，一个人影忽然挡住了倾泻而来的大部分阳光，令他整个人笼罩在阴影里。

他抬头一看，窦姜正含着一根棒棒糖居高临下地看着他。

"兄弟，我要报名。"

尤迢迟疑了一秒："你？你要当什么老师？"

窦姜伸出指头一下掰了好几根："语文，数学，英语，地理，音乐……"

尤迢看得想笑，却还是出于礼貌给憋住了。

"……体育，化学，物理。"窦姜还在数，等到两个手掌都变成了拳头，窦姜终于说完了，收尾道，"这些都是不可能的。"

尤迢当即给窦姜竖了个大拇指，手臂下压的报名表却已经被她抽走了。

"你这是什么表情？就冲你这态度，这支教我还非去不可了。"窦姜不悦地揪了尤迢的耳朵一下。

尤迢立马龇牙咧嘴地护住了耳根子。

"欸，你这姑娘，怎么还动手了？"尤迢那薄而软的耳根子莫名泛红，来回搓了搓，只觉得麻麻的。

窦姜眼尖，飞快地填着报名表，一边忍不住调侃起来："怎么？你长这么大不会还没被姑娘碰过吧？"

"谁说的！"尤迢下意识地反驳。

这时，身边一个玩游戏的哥们儿忽然很不要脸地插了一句："姑娘，你还真猜对了。别看他平时一副痞痞的样子，其实是个纯情男。"

"啊呸！"尤迢急了，一拍桌子站了起来，活像一头被激怒的雄狮。

窦姜抬起头来，愕然地看着反应这么激烈的某纯情少男，竟觉得有些可爱，没忍住笑得直不起腰来。

"纯情男有啥，有句话怎么说来着，静若处子动若脱兔，就看你要做人还是动物？你说是不是这个理。你还年轻，别灰心，我们院的女生多得很，有空多来转转啊。"窦姜一边将写好的报名表往桌上一摊，一边拍了拍尤迢的肩膀，用她贫瘠的知识拼凑出一堆歪理。

尤迢不明觉厉，憋足了一口气哭笑不得。这女孩子还真是说起胡话一点都不害臊啊！

"窦姜，你到底好了没啊！"

那头，站在树下的白鲤撑着把太阳伞，冲有说有笑的窦姜提了个醒。窦姜这才意识到自己说多了，连忙打了个招呼，跑了回去。

"那个女生还挺漂亮的，好像在哪儿见过啊。"摆摊的一个新部员抬起头，问了一句。

尤迢收回落在窦姜身后的视线，淡淡看了眼角落里的白鲤，脱口而出："哦，她啊，方主席的人。"

都说世界上最遥远的距离不是生与死，而是星期一的上午到星期五的下午。

一周后，白鲤终于在突破最远距离后，如期收到了面试通知。

站在教室外，白鲤拿着牌号，透过门缝偷偷瞄了眼屋里的面试官，一眼就看见了坐在最中间的那位。

短而密的碎发在他不经意的撩拨下微微翘起，有种说不出的帅气和迷离，黑曜石般的眼睛严肃地盯着对面的面试者，像在思考着什么。

手指间夹带着的水笔微微晃动，白鲤看见方沉有型的双唇正一张一合地在提问着什么，只不过听不见。

原来面试官是他啊。

白鲤意外之余也在心里松了口气。

距上次见面后，两个人因为各自忙碌也有将近一周没碰上面了。但即便如此，就凭他们一起玩乐队的交情，这个面试肯定不会难到哪儿去。

此时的白鲤万万没有想到，这一周以来的方沉都有些炸毛，而追根溯源，始作俑者还是她白鲤。

教室门重新打开，上一位面试者垂头丧气地走了出来，白鲤立马走进教室，不经意间和方沉来了个对视。但方沉的神情分外冷淡，目光一掠而过，没有半点儿波澜起伏，然后低头看着表格。

这下，白鲤有些纳闷了。女人的直觉告诉她，方沉有点不爽，也许，不只是一点点不爽，是很不爽。

只是，这偌大的学校里，能欺负到他头上的人有谁啊？难道，男生也有生理期？

直到第一个问题抛了过来，白鲤才停止神游。

相比方沉的冷厉，其他几位面试官明显温和亲切多了。每人轮流一个问题，白鲤答得很通畅，眼看着面试的效果越来越好，她越发胸有成竹。

这时，一直低头不语的方沉却开口了。

"白鲤同学，从目前为止的面试结果来看，和你同等优秀的人有很多，你能说出至少三个让我们选择你的有力理由吗？"

白鲤的表情明显一僵，对上方沉那不咸不淡的脸，顿时觉得这人就是在刁难。

算了……

毕竟自己是来面试的。白鲤只当此人心情不好，吸了一口气："呃，方主席，关于这个我刚才好像已经介绍过了……"

在座的其他几位纷纷点了点头。

方沅的神情却僵硬得很。他漫不经心地摸了摸下巴，一语中的："可我不满意。"

想起最近总因为那日的事心不在焉地出岔子，还迟迟等不来解释，心里就像炖着口锅，里面装着闷火，但这烫手的祸又只有一个人能端。

白鲤哭笑不得地露出了一个尴尬神情。看来，方沅是真的和她杠上了。

好在她应变能力极强，重新又想了一番说辞。

话音刚落，方主席又有话说了："第一条能说得简洁点吗？"

白鲤一愣。

"第三条是什么意思，解释一下。"

白鲤苦笑不得。

照理说，面试官这么仔细似乎也无可厚非，但在场的氛围莫名紧张起来，白鲤的条件确实很优秀了，没必要啊。

其余人开始偷偷打量今天的方主席，这是怎么了，难道是和女朋友冷战了？为了避嫌也不用这么刻意吧？

众人的八卦之魂在这有限的空间里熊熊燃烧起来。

相比众人的躁动，白鲤就沉得住气多了。

她好脾气地解释了一番，尽管她也憋屈。

沉默了一会儿，方沅再度开口，不过这一次，语气却柔和了不少："哦……那你还有什么要详细解释的吗？"

白鲤略微示弱的模样太过明显，委屈和愤怒的火苗照映在她眼里，方沅心也不由得软了，始觉自己有些过分和幼稚，一时间竟没忍住问出了这么一句。

然后，在场的人，包括白鲤，都一头雾水了。

解释……解释什么？

过了几秒，白鲤云里雾里地回了一句："有……没有？"

"哦。"方沅咳了两声低下头开始打分。

面试终于结束，白鲤松了口气，打开门准备离开，一位负责人却突然喊住了她。

"白鲤同学，你最想带领的队伍是哪一支呢，贵州、安徽……一共有十支队伍。"

白鲤根本就没想到这是个坑，正想着怎么回答，就被打断了。

"老实说，学妹是不是想和方主席一队？"对方的语气里满是揶揄。

白鲤忙不迭摆摆手，呵呵笑了："哪有的事？没有没有。"说完，下意识扫了眼方沅，这人倒是闷声不吭地等着自己被这些人调侃死呢。

就算再怎么无所谓，也没这么冷血无情的吧，就不怕火烧自己屁股上？

白鲤尴尬而愤愤地拧着门把，身后开始上演大型八卦节目。

"哈哈，方主席队的竞争那是相当的激烈，不过，既然是这么亲密的关系，怎么着也得给走个后门啊？"

"正好，方沅是队长，你面试的是副队，看来是约好了啊！"

"当面试官也要被猝不及防地喂一把狗粮，中午的外卖我看还是取消算了，饱了饱了。"

白鲤一头冷汗地杵在门边，有些无措，又有些赧然——这些人是怎么回事，才过了多久就全然忘了刚才的"方白之战"了？明明不像情侣好吗。

还是说，他们从一开始对自己态度这么温和，也是碍于方沅的面子。全场只有方沅是正常的态度？白鲤本就因面试郁闷，现在又被这个念头吓到了。

忍无可忍下，为了证明自己的清白和实力，她松开门把，坦然地转过身来。

"那个，为了公平面试，我觉得我有必要避嫌。我和你们方主席不是你们想的那样，但也算有点交情，因此，我提议让他退出这一次对我的面试评估，换一个面试官，重新对我进行面试。"

说这话时，白鲤的声音故意放大了不少，生怕竞争对手听不见似的。

这下，门里门外的人都躁动起来了。

这可是闻所未闻的要求。

众人顿时对白鲤的举动感到肃然起敬，又觉得震惊不已。所以，他们方主席就要这么被剥夺评分权利了？

一直在写字的方沅忙不迭抬起头来，露出了惊讶的表情。

看来，是真把人给惹恼了啊……手中的面试表被他揉成一团，抛进了垃圾桶里。

最后，无视所有人的震惊脸，他似有些赌气地站起身来，宣布道："她说得有理，我同意。"

第六话
她是绑匪，他是人质

1.

是夜，月明风清。

605 宿舍里，白鲤盯着手机上的录取短信看了又看，心里喜不自胜，隐隐自豪。

没有方沅的面试对她而言轻而易举，白鲤不仅不后悔这个决定，反倒还觉得轻松了不少呢。

只是不知道，方沅会不会误会她。

毕竟，当时做的决定冲动了些，但也是为了不被人落下话柄，公平竞争嘛！说到这个，方沅那天到底是吃错了什么药，凶巴巴的，看来是吃了火药。

白鲤躺在床上点开了沉寂几天的乐队群，想活跃下气氛，手机显示她被拉进了新的群聊。

群主是方沅。

群名很快被改掉了……白鲤反应了好半天才明白过来，她真的被送进方沆的队伍里了！紧接着，群消息就被一群队员的"问好"刷屏了。

方沆开始在群里发通知，白鲤看着"支教副队"要提前一小时到的字眼，又瞅了下还没整理好的行李箱，立马回了个"收到"，钻进被窝里睡了。

第二天一早，白鲤迷迷糊糊中听到闹钟响的声音，果断关掉。

再醒来，已经快迟到了。

啊啊啊啊！

白鲤滚下床，三下五除二把一堆东西扔进行李箱，猛然想起昨晚机洗的衣服还在洗衣房里。群里的消息不停地催，白鲤一边心虚，一边飞快地奔下了楼。

五分钟后，她抱着一桶衣物气喘吁吁地站在宿舍门前，看着紧闭的门板，习惯性地敲了敲门，无人回应。

没人？

哦，没人。

对啊！没人！

期末考结束的当天舍友就都回家了，只有白鲤打算直接从学校去支教点。那么……白鲤崩溃地扶着脑袋，又一次冲下了六楼，找宿管阿姨求救。

"五分钟内归还啊！"

"好的。"白鲤一边登记一边头冒细汗。

等一拿到救命钥匙，她就飞快奔上楼熟练地开了门，然后风一般地跑下楼还钥匙。

那头，方沆正又一次清点人数，皱着眉拨通白鲤的电话，一遍又一遍的无人接听。这头，白鲤按时归还了钥匙后，筋疲力尽得像只乌龟似的爬

喜欢甜甜的你呀

142

到了六楼。

快到了，就快到了！

白鲤急匆匆地用尽最后一丝力气冲到宿舍门前，然后目瞪口呆地盯着紧闭的门板，脑子里乱哄哄的。

隔壁宿舍的同学扔完垃圾回来，掏出钥匙开门，见状凑过来笑了笑。

"啊，白鲤啊，刚刚看你门没关，我帮你关了。"

白鲤崩溃了，随后，一边抱头吐血，一边连滚带爬地又下了楼。

······

等折腾到集合点时，负责接送的大巴已经不见了。

马路空荡荡，白鲤心慌慌。

她脑海里一边浮现方沅那张严肃的脸，一边叹了口气，掏出手机负荆请罪。

刺眼的阳光迎面而来，晃得白鲤看不清手机屏幕，转身避躲，却冷不防撞进了一个人的怀里。

她抬眼一看，是冷着脸的方沅。

"为什么不接电话？"

"我······说来话长，总之，我被锁在宿舍门外了，唉！"白鲤可怜巴巴地挠了挠脑袋，额前的几缕碎发被汗水濡湿，黏在了一起。

"锁宿舍门外？"方沅的冷硬陡然去了半截，一时又想不明白，一大早被锁门外是什么梗。

"是啊。"白鲤垂着青白眼皮，样子看上去还挺委屈，"我自己把自己锁上了。"

方沅白提心吊胆了一下，无语地扫了一眼："蠢死你算了。"

白鲤点点头："我也觉得，蠢死我算了。"说完，偃旗息鼓地耷拉着脑袋，寸步不离地跟在方沅身后。

"对了，大家是不是都走了？"

"你迟到了半个多小时。"

"我错了……谢谢你，还特地留下来等我。"

"没有。"方沅转过头，表情冷而硬，"我是为了对我的队员负责。"

"好好好，你说什么就是什么。"白鲤一边拖着行李箱，一边拦住开往车站的下一辆大巴。

方沅先上车，白鲤去放行李了。

等她上车时，大巴上的人已经不少。

白鲤从拥挤的人群中开辟出一条道路，远远地看见方沅在最后一排，便快步走了过去。

"欸，我刚才想问你什么来着。对了，前两次我都走得太急了，忘了问歌曲的创作进度怎么样了？"白鲤背着个小包，站在方沅面前问道，顺便从包里掏出了一块面包。

方沅却只是瞅了一眼，别过脸去，戴上耳机。

她还知道提起那两天的事啊……

方沅拧眉，闭上了眼睛。

"方沅，喂，你听得见我说话吗？"白鲤伸出手在他面前挥了挥，后者无动于衷。

"算了，听不见。本来还想分你吃来着，那你不吃我吃。真不知道这段时间哪根筋抽了……这人又怎么了，是姨妈还没结束吧。"

见方沅正听音乐，白鲤放心地嘀嘀咕咕起来，说话声却直往方沅耳边钻。

他面不改色地闭目养神，耳机里却没有一丝音乐，空寂无比。

车内回响着五月天的歌，白鲤吃完面包，下车丢了垃圾，重新上来。

"司机师傅，昨晚有睡好吗，你要是怕睡着，我可以坐前面来一直和你讲话。"

"小姑娘不用了，我很精神。你快坐下吧。"

白鲤点点头，走回方沆身边，刚要坐下，大巴突然发动了。

这么快？

白鲤猝不及防地往前一倾——

下一秒，一个趔趄直接跌坐在了方沆的大腿上，惊吓之余，她的手还很自觉地抓住了方沆的肩膀。

白鲤的脸唰地红了。

那一刹那，方沆只觉得自己的大腿一重，睁开眼后，白鲤红扑扑的脸颊猛地闯进他清冷的眼底。

对视了一秒，两个人不约而同地愣住。

肩膀上，隔着一层布料却还是清晰地感受到了属于她的微暖的指温传来。

慌乱间，那人的指腹又从他脖子上飞快地摩挲而过，像蒲公英的绒毛一般挠得人心痒，然后终于撒了手。

如何能坐怀不乱？

某人心里开始打鼓，脸上却强撑着不发作。

这时，一个大妈恰好从前排走了过来，凑到两人面前，直勾勾地瞥了眼"恩爱的小情侣"，摇了摇头："现在的年轻人啊……"说罢，很自然地一屁股坐在方沆旁边的座位上。

白鲤顿时傻眼了。

与此同时，她发现最后一排的人目光齐齐地望着他俩。

她立即如坐针毡地弹了起来，脸上的热度始终不退，咬字都有些不清晰了："我我我……我坐前面去。"咬了咬嘴唇，声音打战。

"好。"

白鲤立马蒙着脑袋急急地跑到了最前面的座位上去。

坐定后，她对着玻璃窗呵了口气，摸了摸胸口。那里，心跳正莫名其妙地加速，丝毫没有慢下来的意思。

而方沅坐在后排，望着某人落荒而逃的身影，默默将手握成拳头，抵在额间，眼角眉梢的笑像是要溢出来。时间久了，一颗心持续不停地燥热，令他坐立不安。

耳机里的《心经》一路循环……

2.

大巴一停，白鲤率先跳下车去拿行李。

她拖着行李箱一路飞快地走在前头，方沅背着包跟在后面，眼看着某人明明不知道集合点还在那儿瞎转的傻样儿，他快步上前去制止了。

"在那边。"方沅摁住了白鲤的箱杆，指了下。

白鲤这才看见车站入口有一堆人正齐刷刷地盯着他们看。

白鲤不禁红了红脸，于是，硬着头皮抢过行李箱杀了过去。

落在后头的方沅明显感受到某人的闪躲，愣了愣，面上倏地闪过一丝尴尬。

于是，在那堆人眼里，队长和副队俨然就像一对姗姗来迟的闹别扭的情侣。

"实在是不好意思啊。"白鲤扎进人群里道歉，好在原本约定的时间就有预留一部分给突发情况，这才没有错过动车。

一行人浩浩荡荡地走向检票口排队。

排队时，窦姜的电话突然打了进来。

说来也巧，窦姜面试的队伍正好需要一名会开车的队员，主要是为了能开着三轮电动车每天载大家到集市上买食材，窦姜恰好刚拿到驾照。于是，她凭借着出众的吹牛能力以及信得过的车技脱颖而出，成功入选为支教队员。

"小白，我在动车上了，动车里的暖气很足，你那边怎么样了？"

"你在南方露大腿，我在北方冻成鬼。我快要上车了，脚挺冷的。不过，我腿长，供血不足，所以脚才冷……俗称，高冷。"白鲤把手机架在耳朵边，用肩膀支住，一边费劲地挪动行李。

排队的人很多，行李箱的滚轮又不太好使，白鲤松了松脖子，手机差点掉了。

身后的方沅蓦地伸出手，不动声色地替她拿住，冰冷的指腹摩挲过她小小的耳垂。

白鲤转头一看，心一紧，猛地把头偏到另一边，自己腾出手拿了过来。

尴尬之余，她一张嘴又开始胡说八道："冬天最流氓了，总是喜欢对我冻手冻脚。"

流氓……动手动脚……

此话一出，身后的方沅脸色黑了半圈。

身前的白鲤倒是心大得很，没觉得有什么不对劲："欸，对了，你在哪个队啊？"

窦姜的手机却突然被人抢了过去，电话里传来一串熟悉又好听的声音。

"恭喜她吧，她在尤迢队。"

这天傍晚，方沅一行人顺利抵达支教点。

但偏远地方的条件自然比不上大城市，初来乍到的第一晚，村里就停水停电了。而且水和电停得倒是很"及时"，偏偏卡在了白鲤洗澡的时候。

支教还没开始的第一晚，白鲤就感受到了冬天的深深寒意——

"什么鬼？大哥，别逗我啊。"

厕所隔间里，她望着刺啦一下灭掉的灯泡，一时间愣在了原地，手上的沐浴露正正好抹在了肩上。

摸黑捣鼓了一下水龙头，一点反应都没有，白鲤遂光着身子在夜风中打了个冷战，凄凄惨惨地号了起来。

十五分钟前，她还大方地在大伙面前践行中华民族"礼让"的美德，提出最后一个洗澡，十五分钟后，她成了村落里停水停电后的"尝鲜"第一人。

好在带了手机。

白鲤在盆子里摸出手机，定睛一看，信号竟然去了三格。

没事没事，又不是没信号。

白鲤一边安慰自己，一边点开了一条新进来的信息，顿时不淡定了。

尊敬的用户……

手机欠费了，欠费了……

白鲤又在冷风中抖了一下，差点老泪纵横。只有当她交话费的时候，她才会发现原来自己说的话这么值钱。

欠费的白鲤同学飞快地拨通了 10086 的电话，转人工服务。

"您好，请问有什么可以为您服务的呢？"

信号不太好，白鲤哆嗦了一下，正想报一串号码来着，突然想起来这一堆人里，自己只和方沉熟，也只有他的电话号码。

可是现在？此情此景？

白鲤一咬牙，坚信方主席会明智地为她派来一位女同志，于是可怜兮兮地和客服说明了情况。

"……所以，我现在真的又冷又惨，能不能帮我打给我的朋友，让他来救我呢？"

客服明显沉默了一下："不好意思，我们没有这个服务……"

白鲤像被泼了一盆冷水似的透心凉："亲，我不是恶作剧啊，我现在真的光着身子啊，就帮我打一下列表里的联系人电话也不行吗？真的是我朋友。网上不是说这个办法可行吗？"

"祝您生活愉快。"

挂断电话，白鲤弱小而无助，再也不相信网络段子了，呜呜呜。冷不防打了个喷嚏，灵机一闪，又拨通了"12580"。

"请问有什么能为您服务的。"

熟悉的口吻，同样的问题，白鲤确信自己已足够诚心诚意。

那头的客服却正经得很："不好意思，我们不负责这一块。"

"什么？姐妹，你们不是12580一按我帮您吗！"

那头的姐们沉默了，也不知是不是对自己公司的理念也产生了那么一丝丝疑惑。

最后，白鲤又被"祝工作顺利生活愉快了"。

一点都不愉快的白鲤挂了电话，身子和内心都拔凉拔凉的，杵在原地听天由命。

教室里，大伙刚打好地铺，一个个累得接二连三地打哈欠。

方沅却精神得很，杵在门边又一次掏出手机，看了眼时间，心里隐隐不安。

白鲤已经去了半个多小时，怎么还没回。

村落里的人身安全问题出发前他已经强调过不止一次了，洗澡更应该结伴出行，怎么她就敢一个人？

冷月的清辉落在方沅的双眸里，又带着点焦急。很快，方沅把手机收回裤兜里，喊来了队里的两个女同学帮忙。

但是这两个女同学一个正端着手机无畏地在大山里打游戏，卡得不行，一时半会儿停不下来，有些不耐烦。一个倒是对白鲤的晚归有点担忧，无奈天太黑了，外头又冷，不敢也不愿摸黑出去。

方沅作为队长，也不强人所难，反倒善解人意地让大家先休息了，回头到厨房烧了一桶热水，独自一人提着走到了简陋的厕所棚边。

站在厕所门板外，他放下水桶，咳了两声，还没来得及开口，门里旋即响起了那个熟悉的声音。

"谁？是谁？"

"是我。"方沅总算松了口气。

厕所里的人却飞快地顶住了门，把门卡得死死的，声音虽冷得发战，也还带着点最后的倔强："喂喂喂，那什么，你别开门啊，我……我那啥……"

"我知道。"

"你知道就好……"乡间的冷意沿着门缝钻了进来，寒气扑面而上，白鲤又打了个喷嚏，一向有活力的声音跟着弱了下来。

总算逮着个人宣泄下情绪。于是，她鼻子一酸，连说话都不得劲了："我手机欠费了，我还在洗澡，却没有水了，很冷……"

"我知道……所以我来了。"方沅心里一时说不出是什么滋味，顿了顿，嘴笨，好像也说不出好听的话来。

里面的白鲤若有似无地应了一声，再度打了个喷嚏。

方沅遂蹲下腰，将打开手电筒的手机沿着门缝递了进去："这个你用来打光，热水我准备好了。"

"好。"白鲤接过手机，架在了盆子里，一时间有了光，至于水……她忽然有些蒙了，"那水……"

"热水我放门口，你打开门提进去就行。我转过身不看你，等你好了和我说一声。"

里头，明耀的灯光打在白鲤的脸上，潋潋的绯红蓦然浮现。

她一本正经地冲门外警告了一番："那你保证不准回头，听见了没有？一切要听我命令，你要是敢得寸进尺，我捶爆你的头，把你扔到深山里当山村老尸……"

想了想，白鲤突然自个儿起了鸡皮疙瘩，狠狠敲了下头。

为什么要在大晚上这么吓自己？况且，就她？半个方沅都扔不动吧。

于是，她又改口道："把你交给人民警察处置。"

"好。"听着白鲤重又充满活力的声音，方沅嗓音带笑地转过身去，一口答应了下来。

那几分钟像是过了一个世纪那么久，白鲤终于换好衣服走了出来。

一打开门，就看见了方沅正看着自己。

忽然想起刚才自己忘了叫他转过身来了……白鲤猛地清醒，二话不说便抬起脚踹了方沅一脚，方沅也不躲开，"嘶"了一声，原地弯了弯腰。

"怎么了？"

"你还问我怎么了？谁让你把头转回来了？不是说好了听我命令吗！你个流氓，气死我了，我要报警。"白鲤一边骂一边抡拳头揍他。

报警……你手机不是欠费了吗。

方沅愣了愣，识相地把这话吞进了肚子里，感受着某人双拳捶落在身上的力度，没觉得疼，还全化成了鼓点。

其实刚才，她关门的声音连同洗澡的声音在空寂的夜里都很清晰……

这么想着，原本想说实话，又怕把人惹恼了，他低声委婉道："看你比较投入，就没打扰你……"

"放屁，闭嘴吧你。"白鲤又气又赧，又狠命拍了一巴掌在他背上，才作罢地走在了前头。冷月清辉里，气鼓鼓的脸蛋上带着点连她自己都未察觉的笑意。

虽然，这人说话不算数，但不得不承认还算靠谱……

他的出现如暖阳般及时而珍贵，他的安慰也像暗夜里的月光，平缓而亲和。

3.

回去的路上，白鲤不停地擤鼻涕，看来是真的感冒了。

方沅泰然自若地跟在白鲤身后，一手提着水桶，一手打光照明。

"劫后余生"的白鲤虽然感冒了，嘴上功夫倒是一点不减，一路上说着稀奇古怪的故事。

"……高大的狗熊虽然没说什么，但还是把好不容易得来的蜂蜜分给了兔子。兔子望着狗熊前一秒还欠揍的脸，愣了下，最后还是和她说了一句话……你猜，是什么？"

走在前头的白鲤忽地停下脚步，转过头来，眯眼看了下夜色中的方沅。

方沅提着水桶，晃荡了一下，说："不知道。"

白鲤意味深长地扫了他一眼："这你都不知道，这么简单……"

于是，她又转过头去，走了几步，细小的声音隐在晚风中渐渐传来："兔子对狗熊说，谢谢你。"

风声飒飒，方沅的水桶又晃荡了一下，声音清脆而突兀。

"什么？"他问。

"我说，"白鲤这次认真地提高了音量，"谢谢你，方沅。"

"哦。"方沅脸上挂着笑。

一前一后，两人又各自低下了头，并肩走上楼梯。这时，白鲤像忽然想到什么，停下脚步，找方沅借来手机。

"我手机欠费了，还没来得及给家里报平安呢。你帮我充下话费，钱我晚点还你啊。"

充好话费后，她掏出自己的手机，刚看见白启的十个未接电话，第十一个就响了。

要是让白启知道这么晚了她和方沅还在外头晃……

白鲤冷不丁把方沅摁到墙上，飞快地捂住了他的嘴。事情发生得太过突然，方沅的大脑还来不及接受，白鲤已经接通了电话，嗓音压得很低。

"怎么不接我电话？"

那头传来的声音很熟悉……

白鲤的语气却柔软得很，点头哈腰。

方沅感觉自己又很不舒畅了。

"我到了。一切都好，别担心……嗯……大家都睡啦！"

说到这里，白鲤小心翼翼地捂住手机，一边凑到方沅面前，松开了手，跟个绑匪似的："快，发出打呼噜的声音。"

"……"

空气中，两人对视，一个眼神里尽是小聪明，一个眸中却是复杂不已。

方沅闷声不吭地偏过头去，就是不配合。

白鲤不是绑匪，更谈不上撕票，只好放弃了。

她自个儿在那里自圆其说，对方明显将信将疑。

方沅听得一清二楚，于是，在适当的时候，他突然似不经意地"咳"了一声，不咸不淡地来了一句："走吧，你在这儿不嫌冷吗？"

白鲤心里一紧，抬头瞪了他一眼。

这人怎么回事啊，快闭嘴啊！

方沅的眼里却有种幼稚的得意——我就是故意的。

白鲤又将他的嘴巴捂住。

"我怎么听到了一个很欠揍的声音？你老实说，是不是方沅，是不是？这小子竟然跟你双宿双飞到大山里了……喂？说话啊！喂喂喂？"白启的听力也不是盖的，很快反应了过来。

"你听错了……"

"嘟嘟嘟……"

白鲤刚要解释，信号中断了。也好，省得听白启抓狂了。

挂断电话，撒谎的白鲤脸不红心不跳地把手机揣进兜里，将不悦的方沅忽视了个彻底。

白鲤松开手，不好意思地挠挠头，往上走。

"你刚才不配合我就算了，没必要这么皮啊大哥，皮这一下你很开心是不是？"

方沅的心情百味杂陈，听着她那满不在乎的口吻，气不打一处来。他也不往上走了，只是一言不发地盯着前方，鬼使神差地叫住了白鲤。

白鲤回头："怎么了？"

方沅略带嘲讽地张嘴，心中的那句话一不留神就蹦了出来："为什么撒谎？我要是他，我会不爽。"

"什么鬼？他，哪个他啊？"

方沅一本正经，提高了音量："电话里的那个。为什么不敢让你男朋友知道你的行踪，为什么要隐瞒？"说这话时，他不由自主地观察起她的反应。

"男……朋友？"

忽然，她全明白了。

站在楼道里，她忍不住要爆发出震天响的笑声，转念一想，赶紧捂住嘴蹲了下去。难得遇到方沅这么傻的时候，亏他刚才还那么坑自己……

她脑海里顿时生出几分逗弄的心思。

顺了顺气息，她平静地站起身一脸淡然："对啊，是我男朋友，我怕他知道了不开心，他一不开心——"

"我知道了。"他打断她的声音短促却生硬。

"你知道什么啊？"白鲤一头雾水，重点都还没说到呢。

"没什么。"走了几步，方沅不禁嘴硬地加了一句，"你做得很好。"

"就这样？做朋友的脱单了你不是应该送祝福吗？你那是什么表情？搞得好像我万年单身……"

"没有。那我祝你幸福。"方沅应付道。

白鲤在后头，看着他那副上当的样子，得意地想笑，又堪堪给抑制住了，于是继续开起玩笑："我这也是为你好，我男朋友混社会的，怕他知道了找你麻烦，空手道教练，很厉害的。"

"哦，是吗？"方沅敷衍回应。

白鲤却已经忍不住了，在后头笑得直不起腰来，笑得打战的声音在楼道里响了个彻底。

"哈哈哈，那你是怕了吗？难得看你吃瘪的样子啊。"

方沅遂转过身来，回头望着始作俑者脸上顽劣不堪的神情，一时间全明白了。

一声冷笑后，某人一步一步地下了台阶，直直逼向白鲤同学。

"你耍我？"

"我……这怎么能说是耍呢，猴才被耍，人只能说是开玩笑嘛！"白鲤讪笑着往下走，躲了躲，却被人一把拎住了衣领子，差点没提起来。

"这玩笑好笑吗？"

"呃……不好笑……吗？对，不好笑。"白鲤意识到了危险，识时务者为俊杰，立刻低头，从善如流地交代事实，"他是我哥，亲兄妹。"

"哦。"

"不骗你。"

"哦。"

"我错了。你看，我都和你道歉了，不就开了一个玩笑，你还这么斤斤计较，没必要啊？"白鲤的思路突然出奇地清晰，一把点醒了方沅。

方沅这才松手，整理了脸上的表情，点到为止。

一颗心总算从海里被捞了起来。

"我没和你计较。"

"这就对了。"白鲤挣脱开来，抬起头伸了个懒腰，睁开眼时，看到了璀璨而繁密的星空。

白鲤呆住了，原来乡下的夜空这么美……她扯过方沅的袖子，兴致冲冲地把人拉下楼，一路跑到草坪上坐了下来。

"你？"方沅盯着袖子上的那只手，微微发愣。

白鲤倒是松开得很快，一门心思全在天上。

"快看啊！这里的夜色也太美了吧，你说好不好看。"她转过头来，粲然一笑，天上的月亮顿时消失得无影无踪了，映到了她的笑颜上来，变成了她两道叶眉下的小弯月。

"好看。"恍惚间，他也不知夸的是哪个了。

轻轻抬起头，不期和整个宇宙来了个灵魂的碰撞。不经意间，他又飞快地扫了眼白鲤轻笑的侧脸，创作灵感喷涌而来。

"白鲤，我想到了。"

"想到什么？"

"我想到了那首歌该怎么谱曲，怎么唱了。"

白鲤兴奋地偏过头来："真的吗！那太好了。你说说怎么想的。"

"一时半会儿说不清，回去画给你看。那种感觉就像在黑的尽头寻找光，夜的终点寻找亮……"说完，方沅开始轻声哼出了一段旋律。

白鲤听着听着不禁扮演起另一个声部，和了起来。

在他的影响下，她的想象力也开始天马行空。

"对对对！就是这样！就是这种感觉……"她兴高采烈地在草坪上来回踩节奏，神采奕奕，"快！把我们刚刚唱的那些记下来，回去后立马写在纸上，把剩下的部分都想出来，你说行吗？"

"好。我都记住了。"

白鲤欢呼起来："哈哈，那就好，你的记忆力我信得过。"

方沅笑了笑。

冷风刮来，她本能地裹紧了衣裳，露在袖子外的手不禁哆嗦了一下。方沅看在眼里，忧在心尖。

想起自己的包里还带了几盒感冒药，他拍拍手站了起来："走吧，时间不早了，大家都睡了。"

"好。"

这晚，窗外的月光映着斑驳的影，落在英俊的脸庞上。

楼道里，她像个绑匪，而他，以一颗心为代价，成了名副其实的人质。

4.

学校边的树林里有片小池塘，这个季节早已结了冰。

白鲤站在池塘边，隐隐地能猜到那下面游荡着许多肥美的鱼儿。她一边流口水，一边迫不及待地把自己扒了个精光，破冰而入。

"嘭"的一声，她跳进湖里游了起来，忽然发现自己的脚不见了。

刺猬站在岸边冲她笑得欢畅："猫咪啊猫咪，从今天开始，你就是条美人鱼了呢。"

"我不！我要腿！"白鲤猛地惊醒，坐起身来，嘴角还有口水，一双手胡乱地摸来摸去，"我的腿呢？我的腿呢？还好还好，我的腿还在，吓死我了。"

教室里，正早起穿外套的一行人全部愣住了。

先是莫名其妙地看着白鲤，然后爆笑起来。白鲤原本还睡眼惺忪的，这一笑，把她灵魂都给彻头彻尾地震醒了。

"笑什么笑？不准笑……"口水都没来得及擦干，白鲤一张脸红得堪比窗外东升的旭日。于是，她飞快地把头埋进枕头下玩起装死游戏。

"哈哈哈哈哈哈！"一行人摇了摇头，笑得更欢了。

她好像还挺可爱的。

支教的睡铺搭在教室里，男女生隔开成两排。方沉的床位和白鲤的位置正好是对角线。站在那里，远远地就能看见当事人侧身钻"地铺"的傻样儿，身上裹着件毛茸茸的白色羽绒衫，样子活像一只炸了毛的猫咪，萌得不行。

他心里顿生笑意，又怕一群人真把她给惹毛了。

于是，想了想，方沉摆出了正经脸，冲那几个看热闹不嫌事大的家伙催促道："你们厨房准备好了没？再不去赶不上吃早饭。"

队长一发话，嬉皮笑脸的家伙们立马灰溜溜地走了。

方沉这才走到白鲤身边，不疾不徐："你三四节有课。"

"知道了。"白鲤闷在枕头下的声音弱弱的。

"你不再睡一会儿？"

"不睡了，不睡了！"白鲤腾出手摆了摆，明显不耐烦了。

腿都没了还睡什么睡啊!

她说梦话这习惯还是第一次被公之于众,原本在605宿舍只是个小范围内的秘密。现在好了……一睡成名。

越想越觉得丢人,白鲤面红耳赤地干脆裹起被子滚了滚,不理人了。

方沅低头笑了笑。

扫了眼她铺边放着的感冒药,走出教室时,他心里松了口气。

吃完早饭后,学生们还在上第二节课。白鲤闲来没事就在教学楼里逛了逛。教学区三楼的第一间教室,就是方沅在上课。

白鲤还没走到,就被一阵有节奏的鼓声吸引了。

停下来一看,方沅正被一群孩子围在中间,用脸盆、垃圾桶和筷子组合打鼓。黑板上留有整齐而繁密的数学公式,连三角板都还放在讲台桌上。

看来是连上了两节啊。

白鲤这么想着,又忍不住杵在窗边往里面看。

她还是第一次见有人这么别出心裁的,这里的音乐设备自然不比大城市,方沅却能做到易物利用,三两下就拼凑好了一台"架子鼓"。

人群中歌声齐齐,他的身影覆着窗外的微光,坐在中间,如同在冬日里搭好的红泥小火炉,散热,发光。在简陋的教室里,没有聚光灯,他却万众瞩目。

怎么会有一个人,这么亮眼呢?

孩子们笑得很欢,有几个伴唱,有几个手舞足蹈,面对一个个天真而稚嫩的笑颜,方沅敛起了一贯的冷冽刚硬,转而微微挑唇,笑得柔和又好看。

白鲤倚在窗边,不知不觉中,情绪也被屋内的气氛带动起来,捂着嘴吃吃地笑。

风中似乎传来她熟悉的声音……混在一众人的笑声中，一点都不难认。

方沉转过头来，捕捉到窗外的某人，手上的动作跟着停了下来。

"白鲤，你过来。"他招招手，把人喊进了教室。

他对学生们说："这是教你们英语的白老师，唱歌也很不赖。"

白鲤一愣，怎么莫名就被喊来当助教了？

她打起了退堂鼓："我就是路过，顺便看你上课精不精彩。"

"那你觉得，精彩吗？"

"那当然。队长的鼓技是一流的，大家要跟着方老师好好学乐理啊，千金难求！"白鲤适时拍起了马屁。

一时间，方沉好像挑唇冲她笑了一下："那你也一起，做我学生好了。"

"啊？"

白鲤顺着他的目光，看见了角落里的一把吉他，恍然明白。

"不行不行，吉他我不太行。"她摆手推辞。

"知道你不熟。我来弹，你打节奏。"方沉和气地递给她筷子，然后抱起吉他重又坐了下来，拨了个和弦。

白鲤就这么被簇拥着上台了。

孩子们还没和她正式见面，自然有些认生，但看方老师对白鲤的态度，就知道这姐姐是好人，于是，鼓励的掌声热烈了起来。

"那我试试啊。"盛情难却，她只得硬着头皮配合。

回想着平常耳濡目染的演奏，脑海里陡然浮现这么久以来一起排练的一幕幕，还有方沉坐在角落里低头打鼓的模样。

手上的筷子越发得心应手，孩子们的笑颜也更加亲切而美好。

方沉信任的眼神令白鲤从容了不少。哼唱间，她看见方沉的眼里满满挂着孩子们的身影，快乐而满足。

她又何尝不是？

在充满音乐的教室里，两种音色又一次融为一体。

而两颗同样想传播希望与欢乐的心，终将会越靠越近吗？

"靠近？我怎么可能主动挨他那么近，明明是那小子另有企图，在我意识不清的时候占我便宜！"

"那你就说，是不是你主动牵的人家？"

"……可当时那种情况，千军万马都杀过来了，哪里会料到那头猪站在旁边啊？"

"那你连人手猪蹄都分不出来，怪我喽？"

"也不怪你，你又没养过猪。谁让那小子的手细腻得跟女孩子似的，我牵着跑了大半天才反应过来。"

"哎哟，连触感都记得那么清晰呀？"

教室里，白鲤把热水放进包里，架着手机，饶有兴致地打趣那头的窦姜。

这姑娘一大早就打电话来和她吐槽昨晚发生的事，原本还担心是遇到了什么危险，没想到是和尤迢的"患难情缘"——

昨晚，队里一行人吃饱了闲着，计划摘果子。一个人负责打手电筒，一个人负责扔砖头。谁知道，弄巧成拙，树上正好住着马蜂，窦姜一用力，就把窝给端了……

情急之下，她阴错阳差地拉了一只手狂奔起来，奔着奔着，后面那位突然连声说"别跑了，再跑下去要迷路了"。

回头一看，某人傻眼了。黑灯瞎火的，没想到她拉的人竟然是尤迢！

总之，窦姜这个男人绝缘体终于导电了！白鲤自然操心起来。

"什么触感！和你的方沉待去吧。"电话那头的窦姜也不是吃素的，迅速回怼了过来。

白鲤顿时炸毛："喂喂喂，怎么又扯起我和他了？好好关照下你的尤队长吧，惹恼队长你吃不了兜着走。"

"谁吃不了兜着走了？我豆浆就是比他油条有营养，怕他不成？"

"一大早的，一门心思和我比谁有营养是吧？"

电话那头，尤迢的声音突然清晰无比地盖了过来，白鲤立马乐了，弯腰笑得合不拢嘴。

这时，方沅背着准备好的物资，施施然出现在她身后。

看她乐不可支的样子，他开口："什么事这么开心？"

"你这么快就好了？"白鲤回头看是他，一惊，立马捂住了手机。

不料里面还是传来了某人猖狂的回击。

"欸，你听，这是哪家妹夫的声音啊？让我想想啊，真是耳熟……"

话还没完，白鲤已经挂断电话。

"隔壁家不懂事的熊孩子。"她无奈叹了口气，解释道。

方沅倒是觉得这声音有点像窦姜，一语戳穿："她还有妹妹？"

白鲤平生第一次觉得方沅这人话太多了，忙不迭摆摆手："没有的事。我是她妈，闺女的事我能糊涂？"

末了，她不给他一丝继续说话的机会，背包走人。

"我准备好了，我们出发吧。"

5.

"我要出发了，你到底坐稳了没啊？"

"好了。直接走左边那条路，通往集市。"

昨天天气预报显示，连日来的雨天终于迎来了一日放晴，尤迢当机立断决定赶早去集市上补充新鲜食材，司机窦姜一早就起床待命。

说实话，她已经连续几天没有开荤了，从开车的速度都明显能感觉到她的急不可耐。

尤迢坐在车里，盘算着要买的东西，一只手不自主地抓牢了车身。

"窦司机，你能开慢点不？昨天刚下过雨，路很滑，我俩要出了差池翻沟里，就成亡命鸳鸯了。"

"我呸！"窦姜瞅了眼后视镜，狠狠按了下喇叭，"闭嘴吧你，谁和你是亡命鸳鸯了，会不会用词啊？别以为昨天怎么你了，你就得寸进尺啊！"

话音刚落，窦姜在心里给了自己一耳光子。

她这是没睡醒吧，还真是哪壶不开提哪壶。

"我这不是用词不当嘛。昨天那个什么，你看，我们每天那么多事，谁还记得那个啊？"后面那位小声嘟囔了下，随即没声了。

两人不约而同地陷入了沉默。

山路崎岖，一个急转弯，原本以为在可控范围，结果车头甩得太快，一时竟没刹住，就几秒的工夫，车子明显要侧翻了。

"小心！"

那一刹那，两人不约而同地往旁边跳车保命，尤迢下意识就把手伸了出去。

下一秒，他闷哼一声倒在地上，两个人脑子里皆是一片空白。

这不是死里逃生是什么？

窦姜连忙动了动四肢，发现自己除了屁股疼，哪儿都没毛病，放心地松了口气。

"还好还好。"

转头一看，尤迢那小子好像挺痛苦的，看起来像受伤了。她忙问："你没事吧？别吓我啊！"

"没事。"尤迢的声音有些闷。

窦姜感觉自己的脖子下面像垫了块东西，爬起来一看，这不是尤迢的手吗？

他的手擦破了好大一块皮，还血流不止。

"你你你，不会要挂了吧？你才多大啊，都还没娶老婆呢……你这是把手护在我脑袋上啊？电视剧看多了，以为这叫英雄救美？"

尤迢无语。

他盘腿坐起来，捂住伤口笑了笑："紧张什么？你知不知道，英雄救美的前提是'美'？"说完，上下打量了一下某人。

"前提条件都不成立，那你还逗什么英雄？我和你说啊，别以为这样我就会感动得哭鼻子，什么都听你的了。"

"我知道。你们女孩子就是爱瞎想，真麻烦。"尤迢满不在乎地站起身来，假装忽略某人眼里打转的泪，转过身去观察大型翻车现场，"就当报答你昨天救我的恩情了。"

"这能一样吗？谁要你报答了？"窦姜嘴上嫌弃着，一边又背过身抹了把泪，快步跑过去帮忙扶起三轮电动。

"走吧，先去修车。"他捡起车里的一瓶水，冲洗着伤口。少年的眉头依旧舒展得好看，脸上带着笑。

"先去看医生。"她纠正。

"修车。"

"看医生。"她坚持。

"好吧。"他妥协了。

于是，一路上，她叽叽喳喳地又将他的莽撞数落了一番，末了，在初晨的暖阳中，她话锋一转："谢谢你啊，这么义气。从今往后，你就是我好哥们儿了。"

"行。那你别哭了，太丑了。"

"谁哭鼻子了？我这都是给吓的！吓的……"

"你们出门时记得多检查车胎，一定要注意漏气现象。"学生家门前，方沉拿着手机，重新又叮嘱了一遍队员，白鲤站在一旁，也有些担忧。

尤迢翻车的事他们刚刚得知，检查后发现车胎原本就存在安全隐患。

于是，方沉再三通知各队要提高安全意识。

"他们没事吧？"挂了电话，一直在旁边杵着的白鲤终于有了插嘴的机会。

"放心，没事。"

等到吊着的心平静下来，两人才走进学生家里。

今天是周六，学生家访，队里的成员抽签组队，分头行动。

想起这事，白鲤就觉得不太对劲，又总想不明白哪里不对劲。

那天，队里约好了晚饭后进行抽签，其余人正好轮到收拾碗筷，剩下方沉和她坐在餐桌上。这时，方沉突然从口袋里掏出一堆小纸团，让她这个副队先抽一个，其余的人等来了再接着抽。

白鲤赶着洗澡，随便一抽，巧了，正好是方沉。

再后来，据说队里某个妹子对于抽签的结果存在异议，非要再来一次，不过，等白鲤接到通知赶到时已经晚了，连纸团都没了。

"我的那份呢……"

方沉抹了抹鼻子，一本正经："我叫你来就是想问你，你对刚才的抽签结果有异议吗？"

白鲤一愣："没有啊，怎么了？"

方沉正直脸："嗯。没有异议就不用抽了。你可以走了。"

时间回到当下。

方沅和白鲤被分到的两个学生，一个叫冯浩，一个叫晓梅。两个学生平时都很刻苦努力，所以他们或多或少有点印象。

去冯浩家时已快到中午，白鲤拿着精心准备好的礼物，跟在了方沅的后面。大老远，他们就看到站在家门口等候的一对老人。

"所以，浩浩的父母都进城打工了吗？"冯浩家里，白鲤礼貌地接过了冯浩递过来的茶水。

冯浩的爷爷奶奶点头。奶奶说："是啊。一年就回一次家，平常都在外头赚钱。我们年纪也大了，这孩子皮，是越来越管不住喽……"

又是一个留守儿童。

白鲤苦笑了笑，喝了茶水，一时也不知说什么好。

方沅看了她一眼，手悄悄地移到了她的肩上轻轻拍了拍，然后转而对爷爷奶奶说："孩子还在成长，青春期叛逆一点是正常的，浩浩本性善良又正直，我们才来这些天就看得出来，你们作为他的爷爷奶奶，又怎么会不知道？这也是你们做家长的骄傲吧？"

两位老人这才跟着笑了，一边叫来浩浩，一边忙着留人吃饭。

"谢谢你们的好意，不用了。我们还要去晓梅家家访，时间不早了。"方沅婉拒之余，起身把捐赠的物资递到老人家跟前，"这是我们支教队的一点心意。"

"这怎么好意思呢？"

"奶奶，这东西不贵的，你们就收下吧，是我们的心意。"白鲤重又打起精神，笑得灿烂，"你说是吧，浩浩。"说完，她摸了摸小男孩的头。

男孩羞涩地揞了揞眼睛，跑开了。

白鲤的笑意更深了。

等走出浩浩家，白鲤的脸色又凝重了起来。

方沅跟在后面，头一回遇到她这么安静的时候，一时间也不知道怎么安慰比较好。

突然，一阵喧闹传来。

"我怎么和你说的？好东西要学会留给弟弟们，长大了翅膀硬了是吧？"一个女人拿着一个鸡毛掸子就往一个穿着单薄衣服的女孩身上打。

"我错了。"小女孩咬着牙，眼眶红红的。

"那个人好像是……"白鲤转头与方沅对视了一眼。

"晓梅！"两人异口同声，接着，火急火燎地冲了过去。

方沅抓住了晓梅妈妈的手，而白鲤抱着晓梅单薄的身躯，非常心疼。

晓梅是家里的长女，还有两个弟弟，家里重男轻女。她性格内敛，很少跟着大家开怀大笑，就连做游戏的时候也异常怯弱。

白鲤原本以为这只是小孩的性格原因，没想到她的家庭竟然是这个样子，如果不是亲眼所见，她怎么都不会相信的……

被打的前一秒，晓梅还在为弟弟们洗脏了的衣物。

白鲤心有不忍，对晓梅妈妈说："阿姨您好，我们是晓梅的任课老师，来做家访。"

白鲤热情地打招呼，不料被人忽视了个彻底。

"小伙子挺帅啊！"晓梅妈妈像全然看不见她似的，只和方沅打了个招呼。

"谢谢。"方沅皮笑肉不笑地回了一句。

"说吧，她在学校惹什么事了？要是开除了正好，别读书了，早点去打工，补贴家用，她弟弟们的学费也是个不小的数目。"

气氛顿时凝固，白鲤愕然。

方沅反应得快，笑着叫来晓梅，眼里是满满的慈爱："她没惹事，在学校很乖学习也好，你说是吗？"

晓梅下意识地扫了眼妈妈，低下头不置可否。额头上的瘀青像刚留下的一样，看得人触目惊心。

"她有出息没用，女孩子能做什么？"晓梅妈妈语气刻薄。

白鲤心头五味杂陈，也不说话，默默递给晓梅一个洗好的苹果。

"我可以吃吗？"晓梅下意识地要接过，又停下，抬眼见她妈妈横了一眼，立马畏畏缩缩地收回了手。

"留给你弟弟吃。"晓梅妈妈接过苹果放在了盘子上。

白鲤尴尬地站在那里，不知如何是好，方沅不动声色地把礼物袋塞进她手里。

白鲤的脸色不太好。

说明来意后，方沅打算提前结束这次家访。

临走时，晓梅跟着跑了出来，扯住了白鲤的衣角。白鲤蹲下来给了她一个拥抱。

太无力了，她不知道还能用什么方式给这个孩子一点温暖。

出门后，白鲤晃了晃脑袋，只觉这一切像一场梦一般。方沅却不动声色地站在一侧，将她打量了个遍。

"哪里不舒服吗？"他问。

"嗯。"白鲤低低地应了一句。

"哪里？"他驻足。

"心。"白鲤停下脚步，夸张地揉了揉胸口，"心疼。又是留守儿童，又是重男轻女还家暴，方沅，你说我们来这儿，能改变什么呢？"

她滔滔不绝："落后的地区，我们捐赠的物资只能解燃眉之急，这里真正缺乏的，是老一辈的更加长远的教育眼光。"

"你知道刚刚晓梅在我耳边跟我说什么吗？"还未等方沅回答，她压抑的声音蓦然又响起，"她说，她想出去打工给弟弟们攒学费……你知道什么叫无可奈何吗？反正我是知道了。"

她苦笑着踹飞了一颗小石子，边摇头边往前走。

方沅的心猛地揪了一下……

疼得厉害。

6.

这天晚上，副队叶威正在规划家访之后的行程。

方沅侧身倚靠着墙，瞥了一眼他的行程计划，忽然问："明天去登山怎么样？正好搞搞团建。"

"什么？"叶威转过头讶然。

方主席怎么突然这么好兴致了？

"方队，你没逗我吧。趁我欢呼前，请告诉我这是一个假消息。"

"真的，不骗你。"方沅把头枕在墙上，拿起一本书随意翻了翻。

"地形和环境我和村里的人都打听过了。山不高，不累，而且每天都有人上下往来，只要不往偏僻的地方走就没问题，还有，明天是晴天，你通知大家做好相关的准备。"

这话说得认真又缜密，语气听上去一点都不像开玩笑。

"行行行！我把这个消息告诉大家，大家肯定开心死了。"

方沅笑了笑，没说话。

"不过，你突然这么善解人意，不会是后天要我们干什么苦差事吧，先甜后苦？"叶威这话其实问得不对，应当是善解某人意。

方沅翻了翻书，淡然道："你要是觉得不真实，我现在就能让你去办苦差事。"

"别别别！太真实了。"

"那就去吧，这么做是为了照顾你们的情绪，放松一下心情。"

"方队太英明了。"叶威连连鼓掌，去通知大家了。

不过，他回头想了想，大家最近心情看起来不都挺好的吗？

第二天，暖阳高挂。一行人吃过早饭便背着包上山了。

白鲤原本还走在最前面，但外出游玩什么的，她向来喜欢时不时停下来拍这拍那的，再加上昨晚失眠了，走起路来没有劲，慢慢地就掉队了。

偶尔停下来，歇口气，她抬眼就能看见走在最前面的方沉的身影。

这人的体力还真不是盖的，身高腿长，没走几步就将后面的人拉开好长一段距离。凉薄的天气，他身上却只套着一件衬衫，袖子半挽着，还未迎春胜似暮春了。

白鲤身上冒汗，趁大家在前面整顿的时候，一下钻进旁边的密林里将里面穿的针织衫脱掉，塞进背包里。

方沉喝了口水，站在最高的台阶处往下扫了一眼，愣是没看到白鲤的身影。

不应该啊……一路上虽然两个人隔得远，但还是能听见她在后面讲笑话的声音。

又过了一会儿，队伍重新整装待发，还是不见白鲤人影。

方沉拍了拍副队叶威的肩，准备掉头。

"有人掉队了，你带他们先走。"

"不会吧？我数数。"

叶威转头点人数，这么一数，还真少了一个人。

"好像是白鲤。"

方沉没给他废话的时间，把包一拎，一路向下："我去找人，你带队，时刻保持联系。"

"欸！万一遇到危险，你一个人行吗？"叶威扯住他，不死心地要在白天当电灯泡，"要不我陪你一起。"

方沅抽手，走人，一番话有理有据："你跟他们走，群龙不能无首。"

树林里，白鲤重新穿好外套，电话就响了。

她边接电话边漫不经心地在树林里走来走去。她这人有个毛病，话多，能扯个没完。

等打完电话，她已经在林子里徘徊了好久，连自己身处何处都不知道了。

白鲤的胆还是挺大的，明明是孤身一人掉队了，还不忘要亲近山水。

几米外的草丛边，潺潺溪流激滟着清波，自在地流淌，一些不知名的野花在溪边堪堪冒出头来，一点没有过冬的样子。

有点热。

白鲤走过去蹲了下来，把手伸进水里感受丝丝凉意。白色的板鞋踩在湿润的土壤里，土灰土灰的，浑然不觉。

这里的水还真是又清又凉，白鲤打量着水中的倒影，身后隐隐传来一阵脚踩碎叶的窸窣声，沉稳而清晰，越来越近。

白鲤这时才懂得"害怕"两个字怎么写。

手还没来得及从水中抽离，她浑身战栗，一不小心"扑通"一声，连人带包栽进水里。

包是防水的包，人却不是防水的人。

一瞬间，旱鸭子惊慌失措地在水里扑腾起来，使出了吃奶的劲儿："救命啊！天要亡我，水要淹我，龙王要对我下手！救命啊！"

说实话，白鲤滚进水里的那一刻，方沅的情绪是崩溃的，动作是极速的，飞快地跳进水里去捞人。

直到他站在水中，蹙眉看着只到自己大腿处的水面，心情变得极其复杂。再看白鲤……

她上半身来去自如地在水里"浮动"，双手"啪啪"地拍打着水面，那声势，那阵仗，还真是自己把自己吓得不轻。

于是，他就忍不住笑了。

但这里的水的确太冷了，他很快皱起眉头，上前拉住她的手。

"你感冒好了？"他看着扑腾得正欢的某人。

"没有……欸？方沅？"某人大喜，"太好了，你来救我了，我没有被淹死，哈哈哈哈哈！"

白鲤沉浸在"我命久矣"的喜悦中。

下一秒，她整个人突然被一双手从水中半托举起来，小心翼翼地带到岸边。

白鲤顿时吓得闭了嘴巴。

我的妈……她刚刚是被某人举高高了吗？

白鲤惊魂未定之余，闷声不吭地红了脸，假装什么也没看见似的把视线移开，只盯着岸边的树干看。

她一言未发，方沅已经从包里拿出外套，不容分说地盖在了她身上。

她身上忽然一重，喷薄的鼻息擦着她冰凉的头发而过，搁浅在耳边，尤为炙热，令人心慌意乱。

"你怎么回事，一个人跑来这么危险的地方。"他板着一张脸，凶得很。

"我也不知道啊，我就接了个电话。"白鲤目光闪烁地盯着水面，脑子里乱糟糟的。

背上的那东西沉得她一颗心喘不过气来，于是不自在地在暗地里用手拨弄它。

方沅见她坐立不安，动来动去，便疑虑起来。

"你，冷得痉挛了？"

"我没有。"白鲤直起腰身，坐定。

"哦。下次不要再掉队了，走吧。"他转身，弯腰取包。

她立马将衣服从背上扯了下来："你的衣服……我其实不冷。我包里还有件衣服能换。"

"穿着吧。"他语气不带波澜，听不出是关心还是命令。

"在哪儿呢？"白鲤答非所问。

想了想，他又觉得刚才的话似有不妥，补充道："你是副队长，感冒了会影响你协助能力的发挥，从而影响整个队伍的执行力。"

这次，白鲤直接不理他了。

"我的鞋！妈呀，我的鞋不见了！一定是刚刚漂走了。那可是我最喜欢的小白鞋啊！小白！你快出来！我明白了，原来水龙王要的不是我，而是我的鞋，呜呜呜！"

"白鲤，你过来。"方沅哭笑不得。

"本赤脚大仙这就腾云驾雾回家。"

几分钟后，白鲤执意要女儿当自强，光着脚走回去，一边还扬言要和冬天的大地亲密无间。说实话，万一真被方主席背着走，这不是"折煞人也"是什么！

方沅倒是进退有度，不越雷池，从头到尾都没有提出要背她来着，只是走在前面点点头。

"你开心就好。"

"不过，听说这山上有冬眠的蛇，不会被我们吵醒了吧？"白鲤脑洞大开地在后面嘀咕起来。

方沅有意无意地回头看了眼白鲤的脚丫子。

"有可能。"

白鲤瞬间认怂："不会吧。你可别唬我。"

"听说被吵醒的蛇都很凶。"方沅似漫不经心地说。

"蛇也有起床气？嘘！你快别说了。"白鲤一惊一乍地贴近他，紧张之余开始胡诌，"你说，在野外遇到蛇怎么办？"

"你想怎么办？"他反问。

"千万不要惊慌，然后面带温润的笑容撑起一把伞，假装是许仙。"

"你哪儿来的伞？"

"也对……"白鲤转念一想，"那野外遇到眼镜蛇怎么办？"

方沅字正腔圆："打掉它的眼镜喽。"

"你真机智。那万一戴的是隐形呢？"说着说着，白鲤的心情放松了不少。

包里的手机突然响起，是午睡闹钟，今天出来的时候忘记关了。白鲤漫不经心地伸手到包里，偏头一看，正巧看到一棵参天老树下，一条不知名的蛇蠕动着身子，缓缓地移动了起来。

什么情况？

"啊啊啊——死了死了，真的有蛇！救命啊！"白鲤吓得腿软，求生欲极强地蹿到了方沅的背上，嗷嗷大叫。

"快走快走！蛇来了！"她开始疯狂地拍他的肩。

方沅一愣，那蛇，他也看到了。

他的双手架稳了白鲤的腿，从容不迫地走出了林子。

"走快点！"白鲤惊魂未定，像策马奔腾似的指使着方沅，一双手在他背上抓得又紧又用力。

方沅的心跳却有些快，右耳边还残留着某人蹭过的余温。

她其实很轻，一点都不重。

"太可怕了，它不是在睡觉吗？怎么突然醒了？"白鲤开始"事前猪一样，事后诸葛亮"地分析了起来。

"你不是定了'闹钟'，叫人家起床吗？"

白鲤无语凝噎，手上一紧，红了脸。眼看着出了林子，她便从他背上跳了下来，然后"嘶"的一声——

方沉的衬衫就这么裂了。

白鲤震惊地揪着一部分布料，当场被判有"罪"。

她面红耳赤地盯着阳光下方沉露出的方寸肌肤，低下头无话可说了。

而方沉只觉背后一凉，好像漏风了。

他转头一看，冰山脸上也出现了一丝裂痕。再瞅了眼无助的白鲤，他心里不仅不生气，还忍不住生出揶揄她的心思。

"你这么着急干什么，没听过心急吃不了热豆腐吗？"他有板有眼。

"我……我没有，你别胡说！"她涨红着脸，堪堪在他身后比对着撕裂的那部分，"怎么办，我没带透明胶。"

"什么？"白鲤的脑回路果真有够清奇的，方沉忍不住笑了，双手插兜，笑得像个斯文败类。

"没事，我有外套。"

"那不行，我回去给你缝。"她垂下头，愧疚认罪。

为了不给人添麻烦，他本想拒绝，但转念一想，又改了口，眼里有星光般的小雀跃。

"好。"他说。

"天啊，你们是去做了什么啊？微信不回，鞋都没了？衬衫也裂了？

"等等，我怎么感觉这些词连起来，我能写一篇看图说话了呢？"

傍晚，叶威趁在厨房里干活的空当，忍不住凑过去八卦方沅。

方沅忙不迭看了眼角落里的某人，警告他："闭嘴。"

自从他用各种冠冕堂皇的理由说服她，让他背她回村却被一行人撞见后，两人就被狠狠调侃了一番，白鲤明显一副不自在的样子。

他一个大男人，外人怎么说都无所谓了，她一个姑娘家的，脸皮自然薄些。

想到这里，方沅有些心不在焉地把菜倒进锅里。看来，今天的"缝衣约定"是要泡汤了……方沅一个"不小心"，锅里的辣椒粉又多了一勺。

这天，一行八卦的人"有幸"被塞了一顿川味晚餐。

深夜来得很快，众人酣睡，均匀的呼吸声此起彼伏。

白鲤睁着眼睛，倍儿精神地看着黑漆漆的天花板，试图在一众呼吸声中寻找属于方沅的那一个。

所以，他到底睡了没？

白鲤的脑海里乱糟糟的——到底是给他缝呢，还是假装忘了呢？

白天发生的事太多了，她的大脑还没来得及消化。

也许，从很久以前，她和他就因为各种事被捆绑在了一起，言传间，是真是假，从来不是她关注的重点。

但渐渐地，她好像在意起一些东西，在意别人的眼光，在意那群人调侃她时的笑脸。

为什么要觉得做贼心虚，为什么要这么小心翼翼呢？

呸！没必要啊！

白鲤忽然从铺上坐了起来，面不改色，旋即穿了衣裳，鬼鬼祟祟地惊现在方沅的床头，一眼相中了他的——

衬衫。

"你要做什么？"感觉到身后有人，毫无睡意的他期待地翻了个身。夜色里，他若隐若现的一双眼犹如碧海波光，落进她的眼里。

两人相对而视。

白鲤吓了一跳："你没睡啊？"

"没。"

"我……我打算给你缝衣服来着。"

"大半夜的，现在？"欣喜也要沉住气，他绷着脸。

"嗯。"这还不是为了避嫌嘛。她有些尴尬地挠了挠头，生怕被看出自己的那点心思。方沉没再说什么，点点头，迅速从包里掏出一样东西。两人一前一后走出了屋子。

"你怎么还穿着这件？"她问。

"反正有外套。我衬衫就带了三件，其他的都洗了。"

"你有针线吗？"

"嗯。"方沉这才掏出一早就借来的针线包，递了过去。

"原来你早准备了啊，那就好。"她很随意地说。

"自己带的。"他下意识地道。

"这样啊，我还以为你特意去找女生借的。不过，话说你一个男的带这东西，你会用？"

当然。

毕竟他从小就独立自主，但现在的他并不想自己动手。

方沉神色自若地瞎说实话："不会。原本打算来这里学。"

"这里学……呵呵，你还挺有闲情逸致的啊！"白鲤感慨方沉的思路不是一般人能理解的。

"谢谢。"他面不改色。

交谈间，白鲤在昏暗的灯光下低着头，小心翼翼地捏着银针，慢条斯理地穿针引线。微暖的面庞里，带着一种贤妻另有的温柔，一下子将他的心击中得不偏不倚。

方沅不自在地咳了两声，再转头来，人已经伏在他背后开始缝合。

"别动。"她嘟囔了一句，在他看来却好似呢喃。

她的手在身后轻轻移动，不知道为什么，他开始变得有点紧张。

"别动啊！"她又责备地拍了他一下，语气轻巧，在他看来又好似娇嗔。

他的心一抖，背上的针毫不留情地与他来了个亲密接触。

他闷声一哼，白鲤下意识地把手捂了上去。

"没事吧？"她粗心大意地问，用手指摩挲了下他的伤口。

他心思细腻地感受着，耳朵却忍不住慢慢变红。

"你……"

她这是在耍流氓吗？！

她飞快地放开手，闷声不吭，脸颊带着点绯红，像樱花的颜色。

方沅的心敲起了鼓。

"我没事。"压住了心头的一股躁动，他不动声色地转过头来，目光深深地看着她。

"你……你悟性那么高，干脆找别人学自己缝吧。"就这一瞬间，她好像已经想了很多，又不敢深想。

恐怕是白天脑子进水了吧。

于是，她连抖了十下头，试图把"水"抖干净，随后赧然地把针线一丢，急于告退。

"我困了，我眼花了！晚安！"

他敏锐地捕捉到她耳垂上的粉红，也不纠缠："晚安。"

等人消失得无影无踪了，他把衣服脱下来，三两下利索地解决了。

他嘴角翘了翘，忽然想起什么，从口袋里掏出忘记扔的抽签纸团，一一打开，每一个里面都写着他的名字。

其实那天，不是她去得迟了，而是他有意通知晚了。

可如果上天把人送到了面前，是不是应当想方设法地把她绑在身边呢？

第七话

好男人才不乘人之危

/

XIHUANTIANTIANDENIYA

1.

支教的半个多月过得飞快，结束后，假期已然进入尾声。

傍晚，白鲤坐在驾校的教练车上，明目张胆地偷懒。她飞快地在聊天框里输入"您的假期已余额不足"后，一键发送到游戏群里。

自从那天组建了游戏群，假期里，一行人经常在闲暇时聚众娱乐。当然，也包括那位曾经被踢出群聊的方主席。

"让你练'S'形线路，你在干什么呢？"教练突然凑到窗边，把某人抓个现行。

白鲤笑得心虚，拉手刹，过弯道，侧方停车，然后又开始偷懒了。

群里的消息刷得有点厉害。

尤超：多少钱一天，我买了。

舍友米虫：他出多少，我出双倍价。

舍友佩奇：楼上的，你楼上那位社会实践去支教了，你呢？完成了吗？

可还睡得好?

窦姜:哈哈哈哈,兄弟不嫌多,多了窝内斗。说到这个,你们假期都做了些什么?

白鲤终于插得上话了。

——练车考驾照,弹琴学乐理。

楼下一排人瞬间撤回一个又一个消息,真实展现了"学渣遇学霸,不得不叫爸"的场面。

尤迢: 6666666,打扰了,正在外面聚餐的我表示——书山有路先干为敬,学海无涯八宝作粥。

窦姜:我家小白就是"白鲤"挑一,学有余力还玩乐队,让你们眼红哈哈哈!

尤迢:那我就不得不倾情推出我家方沉了……

两个人开始在群里乐不可支地怼了起来。

过了一会儿,某兄弟终于忍不住出来画重点。

——楼上的二位,什么你家我家的,那两位不才是一家子吗?

众人异口同声:对哦!

群里瞬间被各种姨母笑的表情包刷爆,白鲤半坡停车完,靠在树下一脸蒙。

突然被提到是怎么一回事?

她赶紧在群里随意发起另一个话题:话说"三八妇女节"快到了,你们都准备礼物了?

"准备开饭了!方家的男人们,快出来吃饭。"

方沉从房间里走出来,神清气爽地坐在餐桌上。他拿起筷子前,低头扫了眼手机,群消息仍在不停地刷屏。

方沉抓重点的能力一直很突出，一下子就看到了某兄弟发的一句——

大嫂真是太贴心了！对母上大人的节日这么上心，我看以后进了门，方阿姨也跟着享福了。

方沉低着头，不声不响地勾起了嘴角。

这声嫂子听着舒心。

怡然之余，他支起筷子夹了一颗菜花，放进弟弟方正碗里，眼里是满满的笑意。

"要多吃点菜，知道吗？"

"哥，你怎么了？"方正猝不及防"噎"了口饭，受宠若惊地看了眼方沉。

哥哥的语气太过柔和，这不是真的哥哥！

怎奈"假哥哥"没有给他说废话的机会，夹起菜直接塞进了他嘴里。

方正机械地嚼动着嘴巴，默不作声地往旁边的位置挪了挪，心里无数个问号：哥哥突然宠爱我了怎么办？

厨房里，方妈妈闻卿神神秘秘地捅了捅老公方程的腰。

"刚刚怎么回事，你看见了没，你儿子在笑？"

方程一副"你没睡醒"的表情，端起盘子走人："你看错了。"

"也对，好几年都没见他笑过了，我就说嘛，劝他找医生，一定是脸部肌肉的问题。"闻卿笃定地下结论。

回过头，方沉正安安静静地在那里吃饭，一如既往的表情。

群里的消息正刷得紧，白鲤现身说法给各位的妇女节礼物支招儿。

——你说的礼物，我们这些男的表示欣赏不来啊！我看不如给我妈买副麻将好了。

——你真是个实用的儿子。儿子，介不介意给爸来个游戏机？

——你滚。游戏机365天都能买给自己，我妈的妇女节一年就这么一个！

白鲤及时画重点：这位仁兄说得很对。私以为，你们男生更应该在这种节日好好地和妈妈增进一下感情。你看吧，谈了恋爱，一年还有 12 个情人节能给女朋友过，但妈妈呢？不注重母子情感的男人不是好男人啊！

下面的回复开始吹起彩虹屁，一个男同胞冒出来：受教了。

方沉盯着手机上的"好男人"三个字，顿时咳了几声，有种被踢出局的感觉。但是，他向来是一个悟性极高，践行能力极强的人。

抿住一口饭，他不动声色地点开了某购物软件，选购，下单，嘴角带笑，立马给自己扳回了一局。

方程饭吃到一半，手臂又被人捅了一下。

闻卿口型夸张："我没看错吧，你儿子真笑了？"

方程也不虚张，扫了眼方沉，眉头跟着皱了一下，筷子上的豆子啪嗒掉在桌上。

"你没错，你肯定没看错，应该是我们都看错了？"

这时，桌上的豆子忽然被人夹住，二老抬头，大儿子正慢条斯理地把豆子放进纸盒里，唇畔间还带着未消散的笑弧。

"爸，慢点吃。"

"什么？"

方家的餐桌上，两男一女皆石化，惊讶万分地看着方沉。

方沉却像没看到似的，又把头埋下喝汤，下定勇气似的："对了，那个什么，明天妇女节，家里会有花送过来，妈你记得签收。"

冷冷的语气带着点生涩，但在其余三人看来，已经是感情丰富，温柔得过头了。

天啊！他这是被什么附体了吗？

方家的餐桌上顿时被投了一颗惊天炸弹，方正屁颠屁颠地去开了电视机，还是看动画片压压惊吧。而方妈妈从一开始的又喜又惊变成了乐极生悲，甜中生苦："儿子，你没事吧。"

"没有。怎么了？"

闻卿：一定有！今晚就开家庭会议，刻不容缓！

大方和小方：好的，无异议。

当事人方沅：好男人就是我，我就是方沅。

周六，吃过午饭后，方沅如期到排练室给白鲤开小灶。

经过一个假期，白鲤的技术不退反进，并且在乐理知识上有很大的提升，已经能和方沅讨论一二了。

认真的女孩最美丽。

方沅倚在排练室的门边，视线透过鼓谱轻轻落在白鲤的脸上。后者正专心致志地在琢磨一段伴奏，疏松的刘海乖巧地耷拉在脸颊边。

过了一会儿——

"不如开开门透个气，这里面久没通风，好闷啊。"白鲤咳嗽了几声，抬起头看他。

方沅把眼睛重埋进鼓谱里，"嗯"了一声，顺手把门拉开了。

新鲜空气瞬间涌入排练室。

而门口正对着的楼道里，一双火辣辣的眼睛正悄悄盯着里面的人看，此人正是方妈妈闻卿。

经过大方和小方连日来的共同讨论，她很快决定调查一番——是什么能让冰山发生如此巨大的转变呢？

方妈妈压下大份赌注：一定是女人。

于是，在强烈的好奇心驱使下，她决定亲自尾随方沅刺探实情。而现在，她已经嗅到一丝丝的不对劲了。

排练室里，音箱连接线分布得有些繁乱，黑色的线堆在黑色的地毯上。

开了门，方沆准备走进角落里打鼓，脚却踩在了一根音响连接线上，微微一挪，他不慌不忙地抬脚，谁知地上的连接线已经被月老的红绳附体了——

缠绕着把人绊了一下，他生生朝前扑了过去。

他本能地寻找前方的支撑点，刹那间却发现离他最近的是白鲤。

此时的白鲤完全陷入了被支配的恐慌。她连贝斯都没来得及取下，就被某人太过生猛的动作吓得往后倒，眼看着脑袋就要重重地砸在音箱上，方沆飞快地伸出手撑在音箱上，另一手托住了她的后脑勺……

"嘭"的一声——他来不及痛呼，心跳的声音已经盖过一切。

那一瞬间，他柔软的嘴唇重重地落在她的额头上，他猛地撑起身子弹开了。亲近只一秒，如梦似幻，却很真实。

她……她被吻了？

白鲤像一只受到惊吓的猫咪，抱着贝斯蜷缩在音箱上，无处可逃。她一张脸烧得厉害，脑袋后面却清晰地感受到一层柔软的铺垫，像是被人温柔地揽住。

两人的鼻息交错在一起，双眼的距离很近很近。

方沆的视线落在她细碎的睫毛上，脸开始发烫、发烧。

果然，太近了，大脑会眩晕，心跳会失调。他抑制住心中的冲动，不再失神，猛地支撑着音箱站起身来，往后退了几步。

"抱歉。我被绊倒了。"他说。

"我知道，尤逴天天喜欢乱扔连接线。"白鲤涨红着脸捞起地上的水杯猛灌水，心跳吵个不停，面上却不动声色。

见她不语，方沆也不敢轻言妄动了，手背的疼痛感隐隐传来。白鲤瞥见，那里一片红肿。

"你没事吧？"

门内的白鲤有点愧疚，门外的闻卿却情绪激动——这姑娘怎么这么眼熟呢？

她恍然间想起，屋子里的姑娘不正是生日时上台的那一位吗？

果真有猫腻！

再看看，眼下这是什么神仙画面啊，她真后悔没有抱一团玫瑰来撒个满堂红，又或者，这时候就应该来一首《婚礼进行曲》的大合奏嘛。

这位出彩的音乐指挥家抬起头，努力抑制住流鼻血的冲动，鬼鬼祟祟地抽出手机拍照，正好被前来练歌的尤迢撞见了。

"嘘！"她转头示意。

"阿姨，你怎么在这儿？"尤迢见她这么谨慎，压低了嗓子。

"我、我来拍婚纱照啊。"闻卿心不在焉地摆摆手，注意力全在镜头里。

"啊？"某人顿时吓得没了魂魄，这……

方沅知道他妈要再婚这事吗？

2.

查明真相的方妈妈走了，顺带把尤迢给掳走了。

"别啊阿姨，我特地来练歌的呢。"

"人家小两口生米还没煮成熟饭，你去凑什么热闹呢？走走走，阿姨请你吃饭去。"

上一秒还震惊的尤迢，下一秒变得有点哑口无言，合着他就是个电灯泡啊。

一个晃神，尤迢还没来得及反应，便被方妈妈强行拖走了……

排练室里，同时响起的消息提示音及时挽救了尴尬的两人。

打开来看，乐队群里尤迢突然爽约。

——啊！我出了点状况，下午不去排练了。

面对面的两位立马揪住机会不放。

方沉：？

白鲤：哈哈哈哈哈哈哈哈哈！为什么？

过了一会儿，尤迢在某妈的眼神支配下，弱弱发出了以下字段：

——你们一天不在一起，我一天不想当电灯泡！请你们原地在一起！现在立刻马上！

这小子是抽了吗？

白鲤瞬间从脸开始自燃，一时间后悔点开了这个群，不仅没有成功转移注意力让气氛得到解脱，还像是自掘坟墓。

于是，白鲤一个眼色，尤迢很快被退出了群聊……

方沉"踢人不眨眼"："让他冷静一下，学说人话。"

白鲤竖了个大拇指："队长英明。"

很多时候，气氛就是这样，前一秒还相对尴尬的两人，这一刻因为有了共同的"敌人"瞬间产生共鸣，之前的坎儿就算过去了。

两个明白人不约而同地开始了新的话题。

"你想打鼓吗？"方沉提议。

"你是说，我们换个乐器玩？"白鲤心里早就琢磨方沉那套贵重的架子鼓了，现在某人主动提，她自然不会放过这个机会，"好啊！其实做个鼓手也挺帅气的。"

方沉背过身去拿鼓槌，嘴角勾起一抹腼腆的弧度，等再转过身来，已然恢复平静。

"你说，这个底鼓怎么用呢？"白鲤接过鼓槌，坐在椅子上，疑惑地低头。

"用脚踩着那个踏板。"

"这么多鼓，都不知该敲哪个好了哈哈！快，方老师指导下！"白鲤茫然地随便敲了几下后，求知欲猛然生发。

方沅索性放下贝斯，坐到了她身旁，淡淡地说："你要是喜欢的话，我教你。"

"是说一对一指导，开班的那种吗？"

"嗯。"他拿起另一只鼓槌，为她示范了一下手势，"你看，握槌的时候你就这么扣腕，也可以这样……立腕。你得让你的手有足够灵活活动的空间。"

"我懂了！是这样吗？"

"不太对。是这样……"他伸出手，宽厚的手掌完整地包住了她握着鼓槌的手。

触手生温。

这一次，心里的小鹿已经不受控制。无措间，她忽然站起身来，把鼓槌还给了他。

"按我这速度，要打个节奏型那得多久啊，你干脆来一段？正好我部门里有很多你的小迷妹，向我讨你的演奏视频呢。"

"行。"他坐回鼓架前，挪了挪椅子，等她把摄像头调好，开始了演奏。

这一段来得很激情澎湃。

看着方沅忘情地沉浸在节奏的世界里，白鲤忽然觉得一直以来，音乐都是相通的。不同的乐器不过是以不同的视角去展望音乐的世界，而她和方沅，无数次地配合，不过是换了一种音乐语言在进行对话。

正是因为理解了彼此，才能有更好的演奏共鸣。

手里的视频快要录好，排练室的门却忽然被人打开。房东阿姨的脸赫然露了出来，上面写满不高兴。

"欸，我说你们怎么回事啊，太吵了！现在都几点了还打鼓，楼上的有意见了。今天不许练了！再这样我不租给你们了啊，扰民问题我都强调好几次了，怎么就不长记性呢？"

白鲤连连赔笑："好好好，阿姨，您别生气啊，我们这就停。"

几分钟后，白鲤和方沉冒雨跑到了最近的地铁站里。

这雨来得突然，两个人一点准备都没有。

头顶上，各自撑着的外套都湿淋淋的，裤脚也被溅湿了，人却没遭殃。相视一看，都笑了。然后不约而同地收起外套，往地铁站里的贩卖机走去。

来两杯热气腾腾的牛奶。

白鲤搓了搓有些冰凉的手，方沉将热饮递给了她。

"谢谢。"

"你看，那是什么？"他突然提醒。

白鲤往后一看，过道的角落里，坐着一个流浪歌手，支着小话筒正在卖艺。手里还抱着一把有些破旧的吉他，样子有点儿沧桑，唱出的歌也饱含故事。

"我曾经给一个路边的卖艺人打过箱鼓伴奏。"他握着纸杯，被牛奶滋润过的嗓音略带醇厚。

"那一定很有趣。"她没有问他为什么这么做。

"有人会觉得挺无聊的，又或者，是大闲人打发时间的一种方式。"

"怎么会？"她一饮而尽，把盒子准确无误地扔进了垃圾桶里，"那一刻，你一定觉得很充实很快乐。"

他不动声色地点了下头，笑了。

"打节奏，就是不断地重复精彩。"

"你带箱鼓了吗？"

"嗯？带了，在车上。"

"那，不如现在就去精彩一下？"她忽然扯着他的手腕，不由分说地把人拉到了流浪歌手身边。

在说明来意后，对方欣然接受了白鲤的提议。

过了一会儿，方沅打着车里带来的伞，一手抱着箱鼓，站在地铁的那一头远远地望着白鲤。白鲤已经蹲在那儿欢快地拍着手，和流浪歌手一起唱歌。

方沅一步一步地接近，星海般的双眸里沉淀着自己也未曾发觉的温柔。等他坐在箱鼓上，又一次为街边的歌手打起鼓时，脸上的笑意已然藏不住。

白鲤在他身后鼓掌，那一刻，他转过头来，回眸一笑，众生颠倒。

一时间想了很多，又好像认清了什么。被"吻过"的额头开始发烫发热，白鲤的心呼呼作响，急了。

欸！这人怎么回事，别对我笑啊！

你知不知道，你笑起来……怪好看的？

3.

"怪我手速慢？这不可能啊，我写字贼快的！但收卷的时候我才写了半份卷子，我废了我废了。"

"你不会做？"

"我会啊！但是你没看这老师要求多离谱吗？每题800字啊！这是两个小时内能完成的任务吗？"

春日下，方沅打开车门，倚在边上看着尤迢，一字一顿："那是每大题800字，不是每小题。

"考试不是让你写论文。你要多考虑出题者的意图。"

"他想我死。"尤迢拍了拍方沅的肩，然后抱头转身，走起了崩溃型"S"

路线。

"你去哪儿？"后面关怀的声音追了上来。

尤迢挥挥手，不带走一片云彩："不用安慰我了！无情的生活击垮了我，我要去爱心协会里用爱填满我的心！"

方沅摇了摇头，告别了地主家的傻儿子。

近期，爱心协会组织免费的家教活动，帮忙连线校外有需求的家庭和校内的学生，提供上门补习的服务，这是社团的传统活动，也是重头戏。尤迢接到任务准备去摊位上看看，还没接近目的地，就被一抹熟悉的身影吸引了。

摊位上，一个身材高挑的中年女子正弯腰和部员交谈着什么，脸上的面罩尤为引人注目。

"你好，请问是校外的家长需要家教服务吗？"尤迢凑过去问。

中年女子的面罩缓缓揭下。

"方阿姨，是你？"

闻卿一把揽过尤迢进行秘密交谈："是的，你别和方沅说我来过啊。不过既然你在我就省事多了，我们家小孩需要爱心家教，教英语的。"

"方弟弟？"记忆中，方沅的弟弟好像也是个学霸啊。

"不是，我说阿姨，凭你们家的条件，完全可以在外面请一个金牌教师什么的……"

"我家不需要金牌教师，就需要一个金牌儿媳。"方妈妈冷不防打断了他，语出惊人。

尤迢愣住了。

"您是说白鲤啊……"

"怎么样？她也报名参加了吗？"

"我记得她好像每学期都报名来着。"

"那没问题，我就要她了，你做中间人，帮我们对接一下？"

"这样啊……"尤某人忽然犹豫，这一次再这么帮着亲娘坑方沅，不会被直接卷铺盖扔出宿舍吧？上次就被踢群聊了。

此时的尤迢并不知情，验证他们兄弟默契的时刻到了。

"你就说帮不帮阿姨这个忙吧？"方妈妈的眼神期待满满。

俗话说，女人似衣服，兄弟如手足，自己都这么七手八脚地裸奔了二十几年，总不能让兄弟也跟着这么受苦下去。

于是，尤迢心一横，豁出去了。

"阿姨，您放心吧，一定把佳人送上门！"

这晚，饭后，闻卿突然接到了一通电话，一听声音，按捺不住激动的心情，通话变成了如下画风——

"啊！小白！终于接到你的电话了。"

"你好……"这家人怎么这么热情？电话那头，白鲤被这么有爱的称呼吓到了。

"叫我方阿姨就好，不过以后就改称呼了！"

怎么有点听不懂？白鲤有点蒙。

"我是F大这边的家教老师，想事先了解一下，您家小孩的英语水平大概是什么水平呢？方便我准备一下补习的方案。"

"方案？都行呀。人来了就对啦！补习这事其实不急，来日方长，以后就是一家人嘛。"

这家人怎么怪怪的？

"那，方便问一下小孩的成绩大概是什么水平吗？"

"小学，98分、99分吧？"

192

"阿姨，您确定是为小孩补英语这个学科吗？我建议可以考虑一下其他相对薄弱的科目呢。"

"其他的好像满分。要不，你来了再看看适合补哪个科目？只要你能来，我们一定满足你的要求。"

白鲤有点束手无策了。

但无论如何，答应下来的事还是要履行承诺，况且是部门里走正规渠道安排的，应当不会是什么暗黑组织。

事实证明，这家人不仅不是什么暗黑组织，还和蔼可亲。

周末，白鲤第一次到方家报到，开门的人是闻卿。她衣着端庄得体，气质浑然天成，一上来就热情地把白鲤请到了屋内。

不同于那晚接到电话时的"浮夸"，这一次，闻卿女士慎重地决定要恰到好处、循序渐进，不可太过急进而吓到未来的儿媳妇。

因此，白鲤在报到时并没有觉得有什么不妥，相反，她总觉得这家人带给她一种亲近感。

不知为何，这种亲近感在见到方正小朋友后越发深刻，白鲤暂且将这种熟悉感归结为眼缘。

不得不说，方正年纪虽小却唇红齿白，好生俊俏，而且，她算是明白了，自己根本就不是来补习的，而是来提优的，这小子的智商在同龄人里遥遥领先。

几天相处下来，他们一大一小相交甚欢，原因是两个人都喜欢看美剧和动画片，并且都追同一个明星哥哥。方正不仅要到了白鲤的电话号码，还总在闲暇时 call 她联络感情。

于是乎，乐队排练时，方沉时不时看见白鲤在角落里软声软气：

"欸，亲爱的小方，今天有没有好好完成任务啊？"

"哈哈，我明天就去啦，给你带好吃的呢。"

"最近比较忙，周一的考试你加油呀，给你爱的鼓励哦！"

白鲤那神情，那语气，别提有多温柔和蔼了，简直就像恋爱中的模样。

方沅连日来坐立不安，寝食不佳，在家里渐又失去了"神采"，而方弟弟就不同了，最近在家总是突然嬉皮笑脸的，还在线上和别人聊个不停。

一大一小，两人一个坐在沙发左侧和白鲤千里刷屏，一个坐在右边落寞地盯着白鲤的头像，内心戏有点丰富——

群里怎么还没有人说话？尤迢这小子倒是给点力啊！嗯……不如私戳？说点什么好？

在白鲤又一次拒绝了乐队排练后的聚餐，几次要被请吃饭的尤迢终于忍不住调侃了："白鲤，又这么急着走？最近是忙着约会还是怎么的？"

"约会？"白鲤忙不迭摆摆手。

后面，方沅的耳朵竖得高高的。

白鲤解释："我是去给人补习，哪里是去约会啊。"

尤迢突然心虚，不提这茬子事他都快忘了自己背着方沅做了什么瞒天过海的把戏了，也不知道方沅发现了没。

尤迢当即决定闭嘴不提："行，那你快去吧！应该快迟到了？"

"对啊！不说啦。"白鲤扬长而去。

方沅原本被提起来的心也跟着放松了。

那边白鲤人还没走远，吉他手小伟忽然"精分"："凭我男人的第六感，白鲤一定不是去家教的，这是个幌子！"

"什么意思？"一直不说话的方沅开口了。

"我猜她是约会，和男生去看电影了。"

"依据？"

"你看啊，她今天穿了裙子，接电话时也容光焕发的，刚才又那么迫不及待，这不是去和情人幽会是什么？"

"您可真聪明！"尤迢对着小伟的头猛地就是一拍。

方沉倏地冷下脸来背着包径自走了，今天的天空不再美丽。

"欸，你去哪儿啊？"一向精明的尤迢被撂在后面忽然蒙了。

"没胃口，你们吃。"

"我们吃就我们吃。"

尤迢摇了摇头，这小子最近真是怪里怪气的。

傍晚时分，白鲤坐在方弟弟的房间里和他相谈甚欢。

"方正小朋友，我们来梳理一下这部分知识。"白鲤像往常一样做课程收尾，但这一次方正好像不太配合。

"白姐姐，这些我都懂了，我们可不可以讲点别的？"

"那你想讲些什么呢？"

"给我唱首歌吧，你唱歌好听。"

白鲤一头雾水："你怎么知道姐姐唱歌好不好听呢？但要是你喜欢，你认真上课，我每次来都给你唱首歌好不好？"

"我觉得按次来算不好，我想到了一个一劳永逸的办法。"

白鲤的重点：这孩子超纲成语用得很不错嘛！聪明的孩子真是令人赏心悦目。

她笑道："你说，是什么办法呢？"

方小朋友语出惊人："你嫁给我哥，做我的嫂子，我不就每天都能听到你唱歌了吗？"

门外的闻卿一脸满意地捂住嘴笑，小方果真孺子可教，试探得好啊。

门内的白鲤则表示受到了惊吓，缓了缓神，只当童言无忌："方正小朋友，成年人的世界呢比较复杂，你哥哥感情的事不能这么随便，要讲究两情相悦。"

"难道，白姐姐你不喜欢我哥吗？"

"呵呵，关键是，我连你哥是谁都不知道啊！"白鲤尴尬地笑着。

这时，方正的房门突然被人打开，一抹熟悉的声音从背后传来："出来吃饭。"

心中莫名不安，白鲤回头一看，方沉清俊的身影就这么倚在门边，真人无疑。

一秒的诧异后，方沉的眼里带着些藏不住的闪烁，随后将视线落在她身上。

而当事人正石化般端坐在桌子边，扭着头纹丝不动，完全像受到暴击。

"他就是我哥！"来得早不如来得巧，方正立即站起身来，一语点醒梦中"鲤"。

门外的方妈妈见机凑了过来，母子三人的身影又一次清晰地摆在了白鲤面前。

"你是方正，他是方沉，这是方妈妈？"

这画面有点熟悉啊……

白鲤的脑子一时间乱成团，怪不得总觉得这家人眼熟，原来就是上次在生日宴上遇到的！她的眼力什么时候能有点长进啊？

4.

——白鲤的家教，你安排的？

某餐饮店，正在吃饭的尤迢突然收到哥们的短信。内容很简单，语气很难判定。

这该怎么回？是要委婉地受死还是直截了当地受死？

尤迢有点忐忑，想了好一会儿，方沅这人最不喜欢拐弯抹角了，便试探性地回了一个字：对。

良久，那头的回复过来了。只有一句话：下次请你吃饭。

啊啊啊啊啊！那么问题来了，这是真的谢谢他，还是鸿门宴呢？

与此同时，白鲤正对着一桌的美食移不开眼。

她左手被方弟弟攥着，右手腕被闻卿轻轻挽住，母子二人你一言我一语地邀请她留下来吃饭，还特意强调是为了感谢她而做的丰盛晚餐。

白鲤委婉地推拒了几声，肚子却很不合时宜地发出了"咕噜"一声。

"你看，我就说你饿了吧，来来来，先喝点汤垫肚子。"

看着闻卿一脸姨母笑的样子，又想起那天生日宴上"被安排"的恐惧，白鲤连连给方沅递了好几个眼神。

后者倒是一身休闲服，半声不吭地挪开椅子坐下了，还顺带伸手递上一双筷子。

这人倒是置身事外悠闲自在得很呢？

筷子都送到嘴边了，不接就显得不近人情了。白鲤只好"束手就擒"，尴尬之余，连声说谢谢，在方沅身边坐下。

方沅的脸色看不出太大的波澜起伏，心里却和明镜似的。

尤迢的安排他可以算误打误撞，而闻卿的做法明显是有意而为之，费尽心思把人弄到家里来无非是好奇，想一边了解白鲤，一边看看他的反应。

这么想着，心里莫名还有些期待。方沅默不作声，他不发言自有人会忍不住。

闻卿夹了块鱼肉放进白鲤的碗里，似有意无意："小鲤啊，你和我家方沅认识吧？"

白鲤耿直地点头："是啊，没想到这么巧。"

事到如今还以为是巧，白鲤还真是傻……方沉的眼角不动声色地溢出笑意。

"那，你们是什么关系呀？关系好吗？"闻卿又试探道。

白鲤不假思索："挺好的。毕竟是经常一起排练的关系嘛！"

话音刚落，身旁，方沉的腮帮子突然不动了。

"呃，只是这样吗？"闻卿又问。

"不是……吗？"

"这样啊，我以为，你和方沉在谈恋爱呢。"

"噗"的一声，香甜的汤水直接从白鲤鼻腔里喷了出来，捂都捂不住。

白鲤此举一出，全场凝滞。

杵在一旁的方沉忙递给她几张纸巾，白鲤手忙脚乱地把脸蛋埋进纸里，唯一露出的两只耳朵已经红得像锅里的番茄了。

"小心点小心点，没事吧？"闻卿拍着背给她顺气。

白鲤缓了一会儿尴尬坐回原位，往嘴里塞了块肉，试图掩饰刚才的尴尬。

"我没事……"白鲤埋着头支支吾吾，"然后，我和方沉，也没事……"

声音虽小，在场的人却都听清了。

方沉手上的动作有一秒的停顿，但仔细想来，她说得也没错。

他们确实还没走到那一步。

不过，对面的方妈妈显然是一副"不入虎穴安得虎子"的态度。

"没关系啊，来日方长嘛！你觉得我家方沉怎么样呢？"

白鲤的脸又红了，扫了眼旁边那位，脑海里迅速甩出玫美墙上贴着的九字真言，大众评价客观无疑：相貌佳，心肠好，能力强。

"咳咳……"这下，旁边那位不淡定了，今天的饭菜怎么有点甜？

眼看着闻卿张嘴又要甩出什么重磅话语，白鲤倒是很有远见，伸过手

喜欢甜甜
的你方

肘私下捅了捅一言不发的方沅，后者却莫名不想帮腔了。

他想看看白鲤的反应。

于是——

"这样啊，真好。我看你们俩还是能成的哦。"闻卿愉快地下结论，顺带暧昧地朝白鲤眨了眨眼睛。

白鲤连忙往嘴里又塞了一口饭，严严实实地堵上了嘴巴，假装没有回答的空间。

这时，一直被忽略的方正弟弟开口了，瞥了白鲤一眼低声问："白姐姐，你的脸怎么这么红？"

"我、爱、吃、辣、椒。"白鲤咽下饭，立刻舀了一勺辣椒拌进碗里，这种程度她还是撑得住的。

然后……

旁边那位不知是心疼她手短不方便拿，还是有意逗她玩，也来凑热闹："那你多吃点。"

一勺辣椒又被送进碗里，白鲤手抖了一下，强撑着笑："谢谢您啊。"

晚饭过后，方爸爸正坐在沙发上看新闻，某妈突然把外套扔了过来。

"这么好的天气，我们是不是该出去锻炼身体？"

方程扫了眼窗外："黑不溜秋的，去哪儿锻炼？留家里看……"

老婆一个眼神，他后半截话立马咽了下去。

"哦，对对对，家里的老传统，每天都要运动。"

"对啊，小区里每晚都组织跳广场舞，孩子他爸就好这口，每晚都拉我一起去。"闻卿取下腰间的围裙，穿上外套直接把方程往门外带。

厕所里，正在拼命漱口的白鲤竖起耳朵，满脸问号。

她都还没走，主人就要走了？这什么情况？

白鲤立马从卫生间走了出来，准备一探究竟，岂料，主人没有给她反应的时间。

"阿姨，你们要出门啦？正好，我也要走了。"

"走？别呀！"闻卿摁住白鲤的肩，往后一转，信手拈来，"对了，方沉刚才还说要和你说点事呢，正经事。方沉！你说是吧！"

厨房里的方沉擦了擦手，深知闻卿葫芦里卖的什么药。但是，这药他还挺想要。

于是，他淡淡抬头应了句："哦。"

方妈妈一听，倍感欣慰。她站在门口，回头，一下又捕捉到角落里磨蹭的方正。

"弟弟也跟着一块去啊。"

"我不！"

"真乖。"

方正直接被夹带出门了。

左手老公，右手儿子，闻卿拖家带口地把人轰出了家门。

偌大的空间只剩下方沉和白鲤两人。后者还有点蒙，回头看看门，再瞧瞧厨房里的某人，心生疑惑。

"你刚才说什么正经事啊？"

方沉慢条斯理，不慌不忙地走了过来。

"嗯……宣传歌的进度我差不多弄好了，今晚讨论下，可以的话就这么定了。"

"对哦，不过你速度可真快。那我们现在讨论吧，写好的东西呢？"

方沉心头一颤，手稿放在排练室了。但，给他点时间，他可以凭记忆迅速复原。

于是，方沉面上坦然地走到客厅，开电视："手稿放书房了，前两天方正去我书房玩，有点乱，我找找看，你先看会儿电视。"

白鲤应允下来。不料，他刚打开电视，白鲤却自个儿乐了，三两步走到电视机前一个劲儿地"舔屏"。

"天啊，这档综艺！我男神！对哦，差点儿忘了今晚八点准时开播。"白鲤好看的眼睛里开始冒星星。

"你很喜欢这个男的吗？"杵在一旁的某人突然问。

"对啊！都说是男神了，我能不喜欢吗？"

"要是给你一个机会，你会和他在一起？"

"你说呢！不过，我配不上我家男神嘻嘻！"白鲤说完，赶紧又往厕所跑，热情似火，全然忘了上一秒还打算收拾包袱走人的念头，"我去上个厕所立马回来啊，省得等下错过精彩的部分。今晚绝不能错过我家虎牙小哥哥的首播呢，我的心头最爱啊啊啊！对了，你慢慢找，没关系，我可以等！"

说完，一阵风从方沅的身边刮过，带着丝丝冷漠和无情。

喜欢，男神，心头最爱……

等厕所的门关上了，方沅手指一点立马换台了。想了想又直接把电源掐断，处乱不惊地再把遥控器的电池掰了下来，顺带走到电视机旁，幽幽地把藏在后面的电源也拔掉。

一连串动作一气呵成。

过了一会儿，白鲤兴匆匆地从厕所里出来。

"我来了我来了！我的小哥哥！啊？电视怎么黑屏了？这是咋回事啊？"白鲤目瞪口呆，二话不说凑到电视机前捣鼓起来。

摁了摁开关键，始终没有反应，于是，她扭头求助："你家电视机坏了？"

"不会吧？"方沅有条不紊地从书房里走出来，然后拿起遥控器，热心肠地替白鲤摁了几下开关。

　　电视毫无反应。

　　"刚刚还好好的，可能是欠费了，或者电源烧了。"某人思路清晰地寻找原因，顺便走到机盒前认真研究起来，简直是有求必应的好人。

　　白鲤抱头崩溃："不会吧，这么巧？你家电视机是天生和我家小哥哥磁场不合？"

　　"嗯……大概吧。"一想到白鲤要坐在他的身边，明目张胆地盯着另一个男人看，方沅的心里就不自在。

　　"好吧。"白鲤天真地跪了，只觉得自己今天真是倒霉，回头开始急着找手机了，电视不行她还能用手机上网看直播呢。

　　"我的手机呢？"白鲤忽然想到手机放厕所了。

　　一溜烟往厕所里钻，手机就摆在洗手台，白鲤一捞走人，谁知越急越乱，衣袖不小心碰到洗漱台边的牙杯，牙杯瞬间倒了，紧接着牙杯里的牙刷也不能幸免，跳下洗手台直接拥抱马桶了。

　　白鲤傻眼地看着"游泳"的牙刷，思路断了，脑海里浮现一道选择题：这支牙刷是方正的呢？还是方爸爸的呢？还是方妈妈的呢？还是……方沅的呢？

　　"怎么了？"见白鲤一直闷在厕所里不出来，方沅好像意识到发生了什么，默默出现在门边，问道。

　　白鲤忙将人挡在门外。

　　"没什么没什么。"她心里飞快地在搜寻解决办法。

　　但是白鲤错估了方沅的身高，在她内心慌乱之时，方沅的视线早就越过她的头顶，一下就发现了端倪。

　　"我的牙刷……"

喜欢甜甜
的你呀

"啊！"白鲤暗地里掐了自己一把，嘀咕道，"我就猜，是他的吧。"

"所以，"方沅走进厕所，定定地看着马桶里的牙刷，大胆作出猜测，"你把我拦在门外，是打算捡起来洗一洗，再放回去吗？"

少年居高临下地垂着眸子，一双眼里有些许调侃的意味。

白鲤立马否认："怎么可能！我没那么缺德好吗，我只是不知道怎么取出来。"

"我倒是比较关心，今晚怎么刷牙。"某人双手抱臂，好整以暇地又将人往里逼了一步。

白鲤双手摸索到后面的墙壁，忙贴着墙，一张脸面红耳赤地强撑着笑："我……你家不会没有备用牙刷吧？"

当然有。

但莫名地，他就是不想承认。

"没有。"他斩钉截铁地回复道。

眼看着他扬起手，摆出要打人的架势，她吓得闭上眼睛，脱口而出："那那那……那我给你买！"

男人高高扬起的手却轻轻落下，拐了个弯，纤长的手指在她的发丝上滑过，抖掉了上面沾染着的一小张纸屑，声音很轻："别怕，我不怪你。"

5.

恰逢超市打折，605整个宿舍发动大采购。

白鲤推着购物车，在拥挤的队伍里努力不被人流冲散，嘴上也不闲着："你们说，食人族吃什么呢？"

"问这个问题简直是在侮辱我的智商！"窦姜捞起一袋洗衣液放进购物车里，"当然是人啊！"

"那如果有一天，食人族的人都出家了，打算吃素，那他们吃啥？"

窦姜愣了，答不上来。

一行人纷纷出谋划策，这脑筋急转弯一时半会儿还真拐不过来。

最后，白鲤索然无味自报答案："当然是吃植物人啊！笨！"

推着购物车经过卫生用品区，一排牙刷华丽丽地从眼前晃过，白鲤停下脚步，眯着眼扫了下标价，取过一个双人牙刷扔进购物车里。

"怎么突然想起买牙刷了？"窦姜随口问。

白鲤并没有多想，脱口而出："给方沅买的，正好两支装便宜喽。一支给他用，一支我自留。"

某人说完这话就径自往前走了，背后的人异口同声地追了上来："什么？！你给方沅买牙刷？"

窦姜："你为什么要给他买牙刷？你们同居了？"

呦呦："为什么买情侣款，你们在一起了？"

玫美："你要给方沅刷牙？"

白鲤两只手捂不住三张嘴，只能用一双白眼扫过三个脸蛋。

"这事说来话长。"她一边往前走，一边简洁地解释了下那晚发生的事。

过了一会儿，故事结束，重点浮出水面。

四个人不约而同相视一看，脑海里都浮现了一个疑问：所以，方主席后来是怎么把牙刷弄上来的呢？

这个问题大概只有方沅自己知道了。

自从那晚白鲤和方沅讨论了宣传曲后，就敲定了最终的版本。

爱心协会加班加点，终于及时把这首歌放了出来。

上线几天的时间里，朗朗上口的旋律便在网络上引起热烈的讨论，作曲人方沅和白鲤再一次成了关注的重点。

排练室里，尤迢一如往常地做话筒试音，回头一看，方沅和白鲤一前一后走了进来。

"欸！我们的年度作曲新星来啦！"

一进门就被这么夸，她可不敢抢头功，谦虚道："应该说，这歌大部分都是方沅创作的，我只是提了一点小意见。"

"小意见，却是关键意见。"方沅淡淡补了一句。

"啊？"尤迢和白鲤同时发出惊叹，并且扭头望向他。

尤迢难得见方沅夸人，自作聪明地助攻起来："听见没？你才是他创作的重要灵感！俗话说，每一个成功男人的背后都有一个伟大的女人！"

然而，这同义转换一点都不合格，方沅直接把乐谱蒙他脸上："闭嘴。"

白鲤为他默哀地比了个鬼脸，让你皮！

因为明天就要开始校园音乐节，虽然这一周以来乐队的排练都很紧，但一行人为了能发挥出最佳状态，排练得都很拼。今天，一轮排练下来，已经天黑了。

尤迢他们饿得不行，勾肩搭背地先去店里了，方沅在后面锁门，白鲤有意磨蹭了一会儿，然后从包里掏出牙刷塞进某人兜里。

"喏，给你的。"

"牙刷？"方沅摸了摸口袋，大概能感觉到是什么东西。只不过，这牙刷好像不是一支，是两支啊……

他抽出来一看，一蓝一粉，还真是。

"这是两个人用的？"

白鲤这才意识到忘了把自己那支先拆开留下了，连忙改口："不是，就给你一个人用的。"

方沅的眼神停留在她脸上，白鲤有点心虚，余光触碰到粉红色那支牙刷，忽然又觉得这谎话一点说服力都没有，便老实交代："就是买一送一嘛，原本我是打算一支还你，一支留给自己用的。"

昏黄的夜灯下，白鲤的表情好像有点儿无辜，脸颊带着点红粉，她沉默了一会儿突然扯起嗓子，声音软软的："你可别误会了。"

"你觉得，我误会什么了？"

脑子一愣，她答不上来了，整个人像失了神一般，开始发蒙。她的脸有些发烫，一颗心提到嗓子眼儿。

"没什么，没什么。我先回学校了。"为了藏住自己有点欢悦的心跳，她决定赶紧扭头跑。

"白鲤。"他忽然喊她的名字。

"怎么？"

白鲤停下脚步，转过头来。

树影下，他的身躯凛凛，声音带着点温柔的笑意。

"明天加油。"

音乐节的场地安排在校体育馆，舞台广阔，观众席位前所未有的宏大，还没开始表演，白鲤望着那黑压压的人群，一颗心跳个不停。

这么大型的舞台活动，她是第一次参加。

方沅人缘好，到后台和他打招呼的人很多，白鲤却没几个认识的。于是，她下意识站在另一边，贝斯被她抱得紧紧的。

尤迢化完妆，拎着话筒走过来。

"我想上厕所。"某人第 N 次念叨。

"怎么？后悔没带夜壶了？"

白鲤体谅他是个傻子："哪儿凉快哪儿待着去。没看到我很紧张吗？"

见她脸色的确不太好，尤迢停止了调侃，往后一指："喏，你姐妹来了。"

白鲤转头看见窦姜的脸，总算舒心了一些，把心里的紧张一股脑儿倾吐出来。

"咋办，万一我搞砸了怎么办，辜负了乐队这么久的努力。"

"小样儿，可把你能的，你们方主席和尤学长的风头是你一个小小的错误能掩盖得了的吗？"窦姜拉了把椅子坐下，信手拈来一堆歪理。

尤迢在一边禁不住笑。

窦姜怕他这个烦人精打岔，扭头瞪了一眼，尤迢作势拉上嘴上的拉链不说话了。

"那如果是严重的错误呢？"关键时刻，白鲤可没那么好哄。

窦姜一吸气，一时半会儿没想出来怎么回答，便眼疾手快地朝身边那堆人一指，说："你们方队救场。"

巧的是，窦姜话音刚落，那头方沉便从被包围的人群里走了出来。

不知是听到了什么，他定定地在白鲤身边停下，低头，笃定："没关系，你犯错了，我兜着。"

白鲤愣了愣神，还没反应过来怎么回事，那人已经被人群簇拥到聚光灯下了。

窦姜开始不依不饶了，又是起哄又是暧昧地朝某人眨眼："听见没，你闯多大的祸都有人替你收拾烂摊子呢！"

白鲤急得推她："滚滚滚，一边去，演出要开始了。"

但奇怪的是，他一句话，却令人十分受用。旁人的多少句安慰好像都抵不上他的一声承诺，上台前，她的确安心了不少。

即便前面是战场，是枪林弹雨，又如何呢？

演出很圆满地结束了。

白鲤果真顶住了巨大的压力，不负众望地在舞台上游走自如，发光发热。结束时，她头一回感受到被作为焦点围在人群中的感觉。

"乐队的贝斯手不就是当初那位'最美宣传员'吗？还是 MV 里那位女主角！"一些人纷纷前来和白鲤表达欣赏之情。

"小小年纪，又是拍 MV 又是弹贝斯的，还真是很有才华呢。"团委老师亲自夸奖白鲤，白鲤不好意思地红了脸。

蜂拥而来的鼓舞和喜爱之情让白鲤有些失了神，杵在人群里远远地朝另一头望去，那里，方沉也被层层包围着，高挑的身姿形成一种天然的优势，整个人被笼在灯光下，柔和而英气。

对他，是感激，是感动，也是欣赏，还是别的一些什么……

她的心突然被什么撞了一下，怦怦作响。

一时间，目光所及之处，除了他，再无别人。

这，是不是就是喜欢呢？

6.

因为之前艾滋病的推广曲迎来了很多好评，所以，社长决定办一场小型的庆功宴。

作为歌曲的原作者，这种场合自然少不了方沉。

"悠着点吧，他们都是高手，高手如林啊。"白鲤站在一边，小声跟方沉说话。

虽然早知社长一群人上了酒桌都是不依不饶的类型，但方沉的人缘和人气明显比她想的还要好。酒店包厢里，已经到的人见到方沉入座，纷纷和他打招呼问好，有的二话不说上来就是一杯敬。

说实话，白鲤是有点担心的。

"放心，我也是高手。"方沉偏头，表示不用担心，单薄的唇缓缓吐出几个字，有种难见的俏皮。

事实证明，方沉的确是元老级的高手，千杯不醉。

倒是白鲤，被人又是夸又是捧的，自己也因为开心，一杯接一杯，喝得不亦乐乎，到头来把自个儿给灌醉了。

方沉全程一直盯着白鲤，生怕一个不小心，她就……吃别人豆腐了……

差不多快结束的时候，已经是深夜。

尤迢同学差不多等于半个废人了，瘫在椅子上神色迷离，拉也拉不动，铁了心要睡在酒店里。白鲤还软在另一头的沙发上，方沉挪不出多余的手，没有工夫和这小子磨蹭，一个电话，把宿舍里的其他两位叫来护送尤迢了。

"那白鲤……"社长一行人还保持着些许清醒，揪着白鲤说要一起送回去。

"不用了，我送她。"

"你今天是我们的客人，还是大恩人，怎么好意思呢？"社长的脚步半颠着，就要去叫醒沙发上的白鲤，被方沉一手拦住了。

不愿她被吵醒，方沉拧眉，神色微戾："让她睡，睡醒了我带她回去。你们先走。"

方沉的意思很明显了，社长等人也不好再说什么。

传闻他们是情侣关系，现在见方沉的表情，看来真有这么回事。想通了后，社长便不再推辞，带着一伙人离了场。

白鲤睡得很熟，醉卧时的她乖乖巧巧。

等那些人都走远了，方沉很轻易就把她腾空抱了起来，一双手托住她的脑袋，让她的头轻轻伏在自己的肩膀上。

虽然也喝多了酒，他的脚步却仍旧稳健，或许，是因为她醉了吧。

她醉了，他总该做清醒的那位。

夜风有些凉，等到了车边，他轻轻把白鲤放进车后座，然后将外套盖在她身上。皎洁的月光沿着车窗倾泻在她酡红的面庞上，有种纯洁无瑕的美。

他俯身缓缓抽出垫在她脑袋下的手，一张脸贴她很近很近，近得能闻到她身上散发出的淡淡香气，像栀子花的味道。

这一刻，内心忽然有了吻她的冲动。

盯着她的唇瓣，他全然恍了神。

缓缓靠近，缓缓下落……却在即将贴近时又缩回身子，整个人从后座抽离，关上了车门。

站在车外，他暗自低着头笑了。

比起不明不白的吻，他更想要的是一个肯定的回应，而不是乘人之危。

白鲤在一阵头疼中醒来。

隐隐约约回想起昨晚的事，记忆却在睡着后戛然而止。

记忆可以被忘却，她干过的蠢事却不能被抹净！

宿舍里的几个人见她醒来，一个个都凑到她床头围攻起来。

窦姜："天啊！白鲤，昨晚你被方主席抱着回来的你知道吗？"

呦呦："而且，你太重了，方沉抱着你的时候手骨折了！"

玫美："现在在医院呢，姐妹的脸都被你丢尽啦！"

骨折？医院？

"真的假的？"白鲤一个鲤鱼打挺从床上坐了起来，脑子乱哄哄的，一颗心被吓得失神，掀开被子就急着下床，"完了完了，方沉在哪个医院？伤得重吗？现在怎么样了？"

"担忧"二字赫然写在某人脸上。

白鲤火急火燎地套衣服，动作之快就是百米冲刺都比不上。窦姜一行人就静静地杵在那儿看着她手忙脚乱，过了一会儿，憋不住了，三人齐齐

喜欢甜甜
的你哟

210

笑成了猪叫。

窦姜："哈哈哈哈哈！这你都信？你对你们家方沅的体力太没自信了吧。"

呦呦："小样儿，还挺原形毕露的嘛！都这样了，还不承认你喜欢人家呢？"

玫美："方主席是把你抱到了六楼，但手没骨折，而且现在还被你捅上热门话题了。"

"哈？"白鲤一头雾水，袜子只套了一只就被窦姜扯到了电脑面前。

电脑界面显示，昨晚她发了一条微博，内容是感谢方沅的，感谢他一直以来在音乐上为自己提供的指导，还为艾滋病日的宣传活动提供了帮助……一连串肺腑之言，除了指名道姓外，她还特意@了方沅本尊。时间显示，发博时间是凌晨两点。

而那个时候……刚好是她半夜醒来上厕所的时候。

敢情她上完厕所还鬼使神差地做了这么一个壮举？这么想着，好像迷迷糊糊间她确实捏了一会儿手机。

真是喝酒误事！

再看评论区里，大部分都是鲜花玫瑰和祝福。

——天啊！深夜被喂了一波狗粮，女主角出来@男主，看来是实锤了！

——这种委婉的表白方式太温情了吧？陪伴是最长情的告白，方主席简直是好男人中的战斗机了，一直陪小姐姐成长呢！

——呜呜呜呜！妹子出来发声明了，男神是别人家的了。

——连名字都是一对，出生时就注定是一家了好吗？

不知是哪位精明的小伙伴最先发现了两人的"姓名密码"，指出方沅和白鲤的名字刚好能凑成一个成语——"方圆百里"，紧接着，下面的评论纷纷开始调侃起来。

——自从之前 MV 发行后，就粉上这对校园 CP 了，现在仔细一看，连名字都这么投缘。

——我身边本来很多方沅唯粉的，结果看了小姐姐发的这段，太励志了。已经路转粉，萌这对啦！是我们想要的爱情了！

评论区里群众嗑瓜嗑得不亦乐乎，白鲤这个当事人却坐立不安。

一颗心七上八下的，躲进厕所里，她不厌其烦地把整个评论区翻了个底朝天。这种感觉太过微妙，和以往的任何一次上热搜都不同。

这一次，她的失误好像有点恼人，又有点儿刺激。心里的声音总忍不住地指使着她为那些好评点个赞，脑袋瓜却烫得发蒙，手指发软。

方沅看到了吗，他会怎么想呢……

食堂里，尤迢同学也正有此问。

他无赖地拖着腔调，一个劲地打听昨晚的事："兄弟，喝蒙了的我昨晚到底又错过了什么？怎么一大早你们又背着我上热搜了啊！"

方沅扫了他一眼，反问："你不也背着我把人送到家里来了？"

尤迢同学顿时心虚不吭声。

上次某人承诺的那顿饭还不知道是不是鸿门宴呢。

做好了被批评的准备，尤迢一根筋绷得紧紧的。

没想到，方沅像早就看出了他的心思似的，举着筷子轻敲了敲他的碗："吃饭吧。说了这顿我请你。"

"什么？不是鸿门宴？你认真的？"方沅的态度不但很平静，言谈间竟还有种强忍笑意的错觉，尤迢将信将疑。

"嗯。"

"那！等等！你的意思不会是……啊啊啊！我明白你的心思了，你是真对人家有意思了？"

喜欢甜甜的你呀

之前和白鲤绑定的时候，这人脸臭得啊，可是看看现在……看来是妥了！

"咳咳，既然如此，采访一下方先生，请问你现在对再次上热门话题怎么看呢？"

方先生沉默了。

就在尤迢以为当事人选择无视问题的时候，方沅再度开口，语气不卑不亢："不是你说的，要发动人民群众，并相信人民群众的力量吗？"

"腹黑沅"冲某人挑唇笑了一下，尤迢同学佩服得五体投地。

"是在下输了……"

第八话
恋爱碰壁进行时
/
X I H U A N T I A N T I A N D E N I Y A

1.

周一，上课铃一响，白鲤背着包第 N 次踩点入座。对她这样的优异学生，专业课老师一般睁一只眼闭一只眼，白鲤讪笑着躲开讲台上的目光，打开包一看，深吸了口气。

很好，把一切和课堂无关的东西都带上了，唯独忘了带课本。

窦姜很义气地把课本挪过来同看，一面不忘揶揄她："自从发了条热博，你这两天就心不在焉的啊，老实招来，是不是因为某人呀？"

"别瞎说，好好上课。"白鲤忙推她。

被戳中心事……的确，自从发了那条微博后，她总会时不时想起方沅，揣测他的心思。

不知不觉又走神了。

还是淘宝的物流提醒把她的意识拉了回来。

"哟！你买的贝斯音箱到啦！"窦姜凑过来看。

"是啊……"为了更好地练习贝斯，她决定自己入手一个音箱，只不过——

盯着商品界面上的音箱尺寸，白鲤犯愁了。

"买的时候一时爽，现在这个又大又重的东西怎么搬上楼呢，更何况是六楼啊。"

学校的快递站边，白鲤坐在又大又重的快递箱上四处张望，来取快递的同学几乎都会悄悄瞄一眼。

没办法，她也不想，她实在是搬不动啊。

找窦姜，窦姜这货一直说"来了来了"，来了半小时还没看到个影子。

算了，还是靠自己吧。

想着，白鲤从快递箱上蹦下来，打算靠蛮力把它拖到宿舍楼下。

一双手越过白鲤的视线，撑在了快递箱的一角。白鲤扭过头，望见了方沉那双眼睛。

有一瞬间空气似乎都停滞了……等到反应过来，白鲤迅速把放在快递箱上的手收了回来，像触电一样。

"你、你也来拿快递啊。"白鲤偏过头，事实上，她也不知道自己该怎么跟方沉说话了。

"我是来帮你的。"方沉淡淡地说，语气里却让人感受到了一丝丝温柔。

"啊？"白鲤愣住了。

什么情况？难道是窦姜这家伙……就知道她想偷懒，哼！

一只手在白鲤头顶上揉了揉，他说："发什么呆，带路。"

"啊……好好好。"白鲤回过神，捂住胸口，一颗小鹿乱撞的心好像要跳出来了。

宿舍门外，方沅大气也不喘一下地扛着音箱，冲在前头的白鲤早就将大门敞开了，没好意思让方沅一直扛着，连忙招呼他放到宿舍的某个位置。

"就这里！"

"好。"

方沅轻轻将箱子放了下来，拍拍手，视线不由自主地落在白鲤的书桌上。

书桌上贴着壁纸，但是壁纸上的图案认不清，因为……东西太多了。

白鲤本来还蹲在地上拆箱子，突然发现某人没声了，抬头看见他的眼神正直直盯着她杂乱无章的书桌，上面是乱七八糟的化妆品和书本，顿时气血上涌。

糟了！她"放荡不羁""不修边幅"的样子都被方沅看到了！

一张脸如天边的火烧云，白鲤立马跳到书桌前，伸手挡住——

"早上出门太赶了，我忘记收拾来着。平时不是这样的！而且爱因斯坦的桌面就挺乱的。"

一连串解释信手拈来，方沅先是一愣，然后忍不住握拳抵在嘴边，笑了："你是挺聪明的。"

白鲤愣了，才不管有没有台阶下，一个劲儿地开始赶人，双手贴在他后背上往外推："东西搬到了，谢谢你啊！你快走吧，女生圣地不宜久留！"

不推还好，一推，方沅绕过音箱，敏感的脸颊直接蹭过了某个软软的东西，像是棉织品。

拿手挡开，两人纷纷转头盯着那玩意儿看了看，挂在床头的一件粉红色内衣直接乱入画面，随后在眼前无限放大……

"不许看！"白鲤条件反射地伸出双手捂住方沅的眼睛，然后把他往门口推。

"你这样我看不见路了。"方沅的嘴角挂着一抹笑。

"你还想看啥！我说不能看！"

"好。"你说不看就不看。

楼道里，方沅转而欣赏起旁边那位红扑扑的脸蛋，还没来得及说点什么，几位不认识的姑娘擦肩而过。

"啊！这不是学生会主席吗？"

"白鲤，带男朋友来玩呢！"

"祝你们玩得开心，另外，小心宿管阿姨哦。"

白鲤脸瞬间爆红，脑子一抽，二话不说掏出十元钱，装腔作势地塞进方沅手里。

"谢谢送货上门，小费不谢。"

堂堂学生会主席沦落为送货小哥，这名分……有点降得太快了吧。

2.

十二点的闹钟正好响起，白启挎着包迎面而来。

正好就撞上了白鲤推着方沅走出宿舍楼的场面。

糟了。

白鲤自己都忘记了白启今天要接她回家吃饭！

眼看白启离他们越来越近，白鲤伸出手做了个"制止"的动作，开口解释"不是你看的……"这样啊。

白鲤没有说完话，就看见哥哥越过自己走向了方沅。

"你干吗呢？"白启一手将白鲤护在身后，看向方沅的神色充满了警惕和戾气，"又是你！你怎么又来找碴？"

方沅还没来得及回答，白鲤立马从哥哥身后跳出来，拍掉他扬在空中的手："哥，他来给我搬音箱的！你别这么凶行不行！"

"不行！"白启把人瞪了一眼，白鲤悻悻地被他挡到了后面。

"搬什么音箱？都是借口吧。男人都是一样的，你别以为我不知道你怎么想的！"

白启的情绪是劈天盖地的潮涌，方沅的反应却是波澜不惊的湖潭。

"有话不妨直说。"

"直说就是，我警告你，别对我家小白想入非非，离她远点！唔唔唔……"

白启话还没说完，白鲤的手严严实实地捂在了他嘴上。

白鲤一字一句，正儿八经道："'菲菲'是谁？什么'菲菲'？我想念你做的红烧排骨了，赶紧回家吧！"

"我话还没说完呢！"白启口齿不清，咬字时音准都飘了。

白鲤："等你说完，我就饿死了。"

她忙给方沅使了个眼色，然后强行把白启拖走了。

回家后，针线是该用起来了，得好好缝上白启的这张嘴！

这晚，白家。

吃完饭，白鲤为了拒绝哥哥的思想教育，早早地装困躲进房间了。

一想到中午的事情，白鲤就觉得心里堵得慌。

方沅会生气吗？还是会耿耿于怀，渐渐疏远她呢？

夜晚的春风有点凉，白鲤打开窗，裹着被子在床上滚了滚，又强行冷静地做了几组仰卧起坐，最后，还是拿起枕头下的手机点开了方沅的对话框。

输了又改，改了又删，删了又输，终于发了一条。

——在吗？中午的事你别介意啊，我哥这人刀子嘴豆腐心，我代他向你道歉。

对话框里迟迟没有回应，白鲤每隔十秒看一次手机，心情渐渐失落。

看来，方沅真的生气了，不打算理她了。

白鲤心酸之余，悲从中来，就在这时，对面那人突然回话了。

言简意赅。

——你哥哥说得没错。

啊？

白鲤慌了，努力回想白启说了些什么，但越深入想，一颗心越像被吊在空中没个定数，扑通扑通跳个不停。

所以，他是在说哪句没说错呢？是要离她远点的提议呢，还是……

喜欢她呢？

她在床上滚来滚去，心中已经飘过了无数种想法，却又不敢轻举妄动，也不知如何作答。

良久，见迟迟没有回复，那头又传来了音讯。

——早点休息，晚安。

晚什么安啊？白鲤又一次失眠了。

第二天上课，白鲤顶着黑眼圈走进教室。

"我的妈呀！你是去修仙了？"窦姜很快发现了端倪。

"修什么仙啊？我本来就是仙女。"白鲤从书包里拣了本书垫在桌上，满脸倦意地趴下了。

"那你知不知道，仙凡恋是犯天条的？"

"什么意思？"白鲤一夜没睡好，脑子都转不动了。

"傻，意思就是你恋上凡人了呗！"窦姜这个小机灵鬼，一下直戳少女的心事。

白鲤心一颤，庆幸自己把头埋在了臂弯里，看不出异样，不过，也懒得搭理她了。

"思念是一种病，让我猜猜，你昨晚是不是相思成疾，难以入睡呀？"窦姜这个烦人精，又来了，又来了。

白鲤猛地抬起头来，狠狠掐了某人的大腿一下，脑海里又回想起昨晚的短信。她一颗脑袋沉甸甸的，又晕又涨，声音懒散："你闭嘴。不是你想的那样……"

教室四周突然涌来喧嚣的声浪，盖过白鲤的声响。

"哎哟？不是我想的那样，是哪样啊？"窦姜飞快地转头看向窗外，那里，方主席正定定然地杵在走廊里。

白鲤被她用手捅了一下，听见教室外的躁动，抬起头来，一眼就看见了熟悉的身影，心跳陡然漏了一拍。

教室外，方沅有些慵懒地倚靠在墙边，手里拿着东西，低头若有所思地在研究些什么，整个人像被晕染了一层光亮，格外耀眼。

是个让人怦然心动的男生。

来来往往的女生有不少认出了他，有一些直接上去打招呼了。岂料方沅转了个身，直接背对着她们，一手握拳搭在墙上，一手插在裤兜里。

他看起来像是在等人……

白鲤的脑袋涨得更厉害了。

"来找你的？"白鲤极力镇定地收回视线，也不知道自己在说些什么了。

窦姜哼了一声："你在说笑吗？我和他？谁和谁啊？"

"我……难道冲我来的？不会吧。"

窦姜毫不留情面，一语戳穿："我的小祖宗哦，都这个地步了，你让董永情何以堪啊？"

与此同时，白鲤的手机屏幕亮了，一封信息来得很及时。

——下课后，一起去看音乐会吧？我等你。

没错！发件人！就是门外那个！

一瞬间，血液发烫，头昏脑涨，白鲤埋下头趴在桌上，下一秒又想把脑袋钻进抽屉里。此刻的她，又想笑又想哭，内心慌得不得了。

下课后一起去看音乐会？

这怎么行呢！不行！

今天早上出门急，完全素颜的她一点都没有做好和他一起出门耍的准备呢，但总不能告诉他，她要回去换个衣服，化个美美的妆吧？

于是，下课铃一响，人潮汹涌，白鲤情急之下丢下他直接遛回了宿舍。

方主席一个不留神，扑了个空。

人生中第一次主动的方沅就这么被人放了鸽子！

3.

食堂里，方沅也不吃饭，一声不吭地坐在椅子上，注意力全在手机上。

所以，主动约女孩子，女孩子却见了人就躲，这是怎么回事呢？

百度告诉他，这叫委婉式拒绝，也算冷处理了。

——难道就没有别的可能性吗？

匿名小方正在网络上寻求广大网友帮助，巧的是，一位直男前来解答。

——兄弟，依据我多年的感情经验，真的，你是没戏了。

——依据？

匿名小方心一抽，周身拔凉，饭桌上的舍友顿觉汗毛竖起。

——她之所以这么做，是因为你们原本是好朋友啊，好朋友之间的拒绝就得委婉，她直接走人就是不想正面伤害你，而是间接告诉你，放弃吧。懂吗？

手机也不看了，方沅的心情跌落谷底。他神情僵硬地站起身来，往门外走："你们吃，我走了。"

"欸欸欸！他什么情况啊，来了食堂不吃饭？"尤迢举着筷子，回头喊人，岂料，被舍友佩奇摁住了手，示意性地摇了摇头。

"根据我这几年的同居经验来看，你现在问他，他绝对不会多说一个字的。"

米虫："对对对，你看不出来吗，他从一开始走进来时就魂不守舍的。他现在身上的这种冷，不是平时那种温度，而是跌了不止20度啊！"

"都零下了！"

分析有理，兄弟三人纷纷点了点头。

"那你们觉得，是什么事能让咱们方主席这么生无可恋、茶饭不思呢？"

一行人眼神噼里啪啦地交流了起来，过了几秒筷子一敲，观点极其一致——

"女人！"

兄弟们的猜想一点都没错。

下午的排练，方沆前所未有地迟到了！

光是这一点，尤迢就觉得事情不对劲，再加上早到的白鲤明显在谈话时魂不守舍的，明眼人一下就看出来了。

白鲤坐在一边心不在焉地调音，尤其是这个时候方沆来了，她变得更……心不在焉了。虽然极力在控制自己胡思乱想的心，但还是没掩饰住自己失落的神情。

白天，她一时慌乱跑回了宿舍，折腾了半天穿着打扮，才想起给人回个话。于是，过了很久很久，方沆才收到消息。

白鲤：我先回宿舍。

有些事情不趁早就叫很不巧。被放鸽子的方主席本就失魂落魄，再接到这么一句没头没尾的回复，解读出来的语气自然冷冷淡淡。一个人在宿舍失落了半天，史无前例地受挫了。

"开始吧。"方沆调整好，对自己的队友说。

大家对视一眼，点了点头，一起说了"好"。

他的神色微戾，鼓点喧嚣而炸裂，有种不同于平时的狠厉，像是在宣泄着什么，越敲越快，越打越来劲儿，白鲤跟着渐渐有些吃力了。

一段过后，明显察觉不对劲的小伟给尤迢使了个眼色，尤迢摊了摊手：这速度，我也不知道咋回事呀？

一时间，室内气氛尴尬不已。

白鲤看在眼里，难受在心里。一向和鼓手交流的她为了缓解氛围，转而和尤迢更加活跃地互动起来。

"欸，刚刚那段唱得很好听啊。"

"突如其来的夸赞，在下表示受宠若惊……"

两人你一言我一语地说笑，室内的气氛渐渐回温。角落里，被冷落的方沆心却凉了又凉，一张脸沉得如洇开的墨般。

白鲤和尤迢的热情谈话像是在刻意暗示他什么……

于是，接下来的排练渐渐陷入鼓点和贝斯的节奏总对不上的问题中，方沆一直阴沉着脸，白鲤见状，不知也不敢说些什么，被动地跟着一会儿飞快一会儿又慢下来的节奏型。

两个当事人一点都没有进行协调的意思，尤迢这个做主唱的表示心很累。

这样的伴奏真的有毒啊！

终于，一首过后，尤同学忍不住了，亮出了他耍得特别溜的乐器——退堂鼓。

"不练了不练了，今天就提前结束吧，我和兄弟有个约！"

直觉告诉尤超，方沉有事，并且还是天大的事！

排练散会后，尤超把中午滴水未进的方主席拉进了餐馆。他殷勤地点了一桌好菜，然后坐在方沉对面一边吃一边开始打探："说吧，你和白鲤到底怎么了？"

方沉保持沉默。

于是，他看着尤超自个儿吃得津津有味，然而自己胃里半点没有饿的意思。

"欸，这菜还挺好吃啊！这种无所牵挂的日子还真是自在呀！"

方沉表示受到了刺激。

过了一会儿，尤超饭也吃完了，半句话还没套到，开始有点急了。一拍桌子佯装恼火："欸，做兄弟这么久，头一回见你婆婆妈妈的，你还是不是个男人了，快，有事说事！没事把剩下的菜吃了！"

吃剩菜……已经身负重伤的方沉又被人恶狠狠地"凶"了，方沉表示很不开心，有点脆弱，一个冷厉的眼神就这么扫了过去，尤同学瞬间软了。

"行行行！算我求你行了吧？我真的受不了你们有毒的伴奏了，请你们赶紧和好吧！"

见对面的人态度诚恳，几乎要声泪俱下，方沉这才松了口："没吵架。"

"那怎么了？"

"她不理我了。"

"啥？怎么回事？"

方沉深吸了一口气，双手抱臂往前凑了凑："我被拒绝了。"

"什么？你竟然也有被拒绝的一天？"

不知道是不是方沉的错觉，他感觉尤超的眼里竟然闪过一秒的嘲笑。

这实在不是过不过分的问题了，简直是丧心病狂啊！

随后，在方沉强大气场的震慑外加眼神压迫下，某人才掩着嘴憋住，换成难以置信的语气："问题出在哪儿？"

方沉遂把事情的经过全部说了出来，尤迢越听越觉得想笑。

末了，尤迢还不知死活总结道："所以，这就是你昨晚大半夜还在那儿听伤感情歌的原因？"

"滚。"

方沉薄唇轻启，捞起桌上的一块肉二话不说塞进他嘴里，然后冷冷地走到冰箱那里拿了一瓶啤酒。

尤迢见状，腮帮子咀嚼着，语气终于认真起来："兄弟，你别丧气。这事还有转机，包在我身上了！"

4.

晚上，挑了个空闲时间，尤迢在群里活跃起来。

——这群最近是凉了吗？别再背着爸爸偷偷学习了，孩儿们，组队游戏吧。

舍友米虫和佩奇一前一后现身。

——早就在玩了。

——没问题，随叫随到！

尤迢的如意算盘打得刚刚好，千呼万唤地把窦姜和白鲤也@出来了。等她们纷纷答应后，回头再叫上了方沉，刚好六个人，可以开局对打。

都说打游戏能增进男女之间的感情，那么，把方沉和某白凑一组，两人总要有交流的吧？打游戏的时候铁定放开了，一来二去，关系不就缓和了吗？

等到那时候，一切迎刃而解啊……

尤同学内心的小九九算得明明白白，开了队就在那边点名喊人。岂料，这位仁兄似乎高估了自己的操作魅力……

队伍一组好，眼疾手快的那两个哥们儿已经全在方沅队里了。

这什么情况？

——平时方沅又不怎么上线，这游戏我可比他熟！我们一起出生入死了这么久，这是几个意思？

——傍大腿的意思。

——大神的第一次也比你的第 N 次强啊，哈哈！

尤迢一口老血差点吐出来：你们给我回来！

可别坏了他的好事啊……

——我们不！

尤迢急急忙忙要打开微信，打算私聊兄弟们里应外合。这时，白鲤和窦姜却双双加入了他的战队。

尤迢傻眼了。

此刻，他仿佛可以感受到对面传来的方主席冷冽的目光，把白鲤抢走了是几个意思？

尤迢：这不是我要的快乐啊！

于是，尤迢心急如焚，手一抖，直接当着大家的面把白鲤请出队伍了，不带一丝丝犹豫，仿佛失了智。

事情开始有点儿意思了。

白鲤和窦姜相视一眼，一头雾水。然后，不明情况的窦姑娘立马跟着退出队伍，杀了出来。

——姓尤的，你几个意思啊？看不起我们女孩子吗，你竟然踢我家小白！

尤迢表示很无辜很惊慌。

——不好意思！手抖，真的！

——手抖你还玩游戏？

窦姜啐了一口，重新在游戏界面喊话。

——给你一个将功赎罪的机会，把人给我请回来，不然我也不玩了。

此时此刻，尤逍同学已经思绪混乱了。当着大家的面骑虎难下，又不好明着交换队员。莫名地，在某人的驱使下，完全忘记了自己是来干吗的，他听话地照做了。

等回过神来，游戏已经开始了。

独自一人在车里的方沅心情开始异样。

若是平时，他一向是带着队伍杀伐决断，岂容对方有一丝丝反杀的余地，但是今日，敌方阵营里是白鲤……

这个安排未免有些残忍了吧。

眼下看来，白鲤无论是操作还是角色等级都是最容易先被干掉的那个，并且，这也是最有利于取得胜利的策略。但，这么做是不是显得有些针对她了呢？

她会认为自己是在为被拒绝的事报复吗？再者，他似乎打心眼里下不去手呢。

方沅思绪混乱地领导着队伍曲折前进，迂回作战，另外两人全然摸不透方沅今天的心思了。

"怎么回事？方沅，这不是你的风格啊！要杀就利落点嘛！"

方沅开着麦暂时没说话，过了一会儿，提出了一个让自己心安理得一些的方案。

"我今天有点累，你们打前阵，我掩护吧。"

另外两人跟着沉默了一会儿，然后，开始大胆猜测，口无遮拦。

"你就老实说吧，你是不想杀嫂子？"

227

"我可看出来了，你专门揪着另外两个人打，唯独不打嫂子哈哈！"

这两位不知事情经过，一口一个嫂子的，叫得方沅心糟糟。

"闭嘴。"

方沅一个狠心，终于转被动为主动，上前打头阵杀了几下，对面那三人平均掉了不少血量，纷纷私下跑开了。

方队三人乘胜追击，白鲤来不及疗伤补血，后面咬得死死的，已经被砍得快挂了。

白鲤悲从中来，狼狈不堪地四处乱跑，生怕看见屏幕灰掉。其余两人正分别在和尤遐、窦姜对搏，自己面对的可是大神级别的人物。

白鲤慌得不行，走位明显乱成一团，方沅却在此刻突然停止了攻击。

咋回事？死机了？还是断网了？

白鲤顿生绝处逢生的喜悦，反应及时，立马跑去补血了。没想到，方沅还真一声不吭地站在那儿，完全就是断网的节奏啊。

方沅看着白鲤乐呵呵跑走的身影，一时失笑，索性把鼠标放在那儿不动了。

白鲤又喜又惊，补完血后又神采奕奕了，正当她要躲过方沅直接跑去和队友会合时，方沅突然动弹了！

白鲤乐极生悲，又开始惊慌逃亡，样子极其狼狈。

眼看着某人四处逃窜的身影，方沅又一次心软了。此前，他可是算好了每个招数大概的伤害指数，生生为白鲤留了条命。

谁料，就在他动情而心软之时，后面那两位猪队友已经双双跑去补血了。于是，方沅就在这千钧一发的时刻，猝不及防被对面三人同时围攻了！

机会难得，三人对一个，方沅的血头一回去得差不多了，局势很紧张。

尤遐和窦姜也快不行了，眼看着白鲤刚补完血，气力最多，这小姑娘的团队意识瞬间爆棚。就在最后的关键时刻，白鲤手速惊人地使出了大招，直接围着方沅一阵爆砍，三两下就把方沅给 KO 了。

没想到有一天她也能拿下高手的人头。白鲤虽有些怯但也有点开心，下手时可是不带一丝丝犹豫，甚至可以说是冷冽而无情啊！

就这样，所有人都目睹了一代神级玩家的陨落。

这简直是活生生的郎有情而妾无意了！

一直在动恻隐之心的方沅彻底受伤了……

还来吗？

不玩了不玩了。

方沅脸一黑，尤迢的计划泡汤了。

第九话
不止一点喜欢你

XIHUANTIANTIANDENIYA

1.

"所以，事情就是这么一回事，我哪知道你们没人理解我啊。"

"怪不得，我说呢你为什么踢人，但是你真的是太笨了，你就不能事先和我们商量好吗？算了，还有机会，我有一个想法，你仔细听着……"

自尤迢把事情搞砸后，两个各自为好友操心的人又聚到了一起。

经过这几天的观察，窦姜算是想明白了，这两人只要不在一起就怎么都不好，只有在一起了才会迎来各自的晴天。

正巧，她家是做服装买卖的，为了在课余时间赚点钱，窦姜思来想去后便在网上开了间淘宝店卖衣服，货源直接有了保障。只是，店铺要上新，需要模特，尤其是那种随便都可以当衣架子的人。

白鲤无论是从外形条件还是名气上来看都很适合，而男模特嘛……

一想到即将上新的情侣装，窦姜就觉得这是一个绝佳的机会，所谓一箭双雕，不仅可以省钱，还可以……

喜欢甜甜
的你

回头，她就怂恿尤遛出马了。

排练室里，一山和小伟来得稍晚些。

但排练没多久，就又提前结束了，主要是白鲤有事告假。

她明显有急事在身，连告假的原因都没来得及说明，一个电话就被那头的人叫走了，走得火急火燎，却也不忘和大家道歉。

方沉作为队长没说什么，一个点头就放人了，白鲤的心急他看在眼里。

没过多久，几公里外，窦姜站在医院门口，看着手机上的短信露出了狡黠的笑容。

一切照计划进行。

她转头一看，小白正心急如焚地从另一头飞奔而来。

"啊啊啊！豆浆，你没事吧？你别吓我啊，伤到哪儿了？伤了筋还是断了骨了？"白鲤神情焦急地在她身上摸索来摸索去。

窦姜连忙抓紧来人的手，大手一揽，把人带进了怀里，径直往医院边上的小吃店里走。

"我没事！"

"你不是说你出了事故，伤得很重吗？"白鲤一路急得鞋带都掉了。

窦姑娘却"义愤填膺"地捶了捶胸口："是啊！我站了很久的CP宣告没戏了，我的心太受伤，难过得都心律不齐了，这不是重大事故是什么？我一定要来医院旁这家我最喜欢的店吃点东西补补心！"

所以，自己这是被耍了？白鲤气得哑口无言，冲着始作俑者就是一脚："你有病！"

"罪人"笑得没心没肺："欸，你别走啊！对对对，你说得没错，我是有病啊，我真的有病，所以你带我去看病呗，医院就在这儿，你去哪儿呀……"

事实证明，骗什么都不要骗平时好脾气的小姑娘。一旦真和你急起来，一条街的小吃都不够赔偿她的精神损失费！

为了求得白鲤的原谅，窦姜同学足足哄了她一个下午，外加牺牲了钱包里的两张大钞，方才被赦免，而接下来几天户外拍摄的工钱才是重头戏。窦姜同学深感自己接下来几天都只能喝豆浆了。

"明天还得早起去拍照，早点回去吧。"她第N次催逗留在外浪的白鲤。

白鲤表示心情不太好，要多吃几根冰激凌。

"吃完这一桶我就回去。对了，你还没告诉我明天来拍摄的那个男生呢！"

说到这个……

窦姜挠了挠头，挑唇一笑："放心吧，是你喜欢的类型。"

隔天早上，窦姜联系好摄影师，载着一车衣服到拍摄的公园。

白鲤坐在车后座上昏昏欲睡，还没来得及做一个美梦，窦姜就和她说到了。

白鲤下车就急着找厕所，因为是第一次来这里，自己沿路问沿路找，等解决完已经有一会儿了。

但原路返回时，被告知搭档还没到。

白鲤倒是很宽心，先化妆吧。等化完妆，久坐不动的她开始起身活动筋骨，坐在树荫下左也看看，右也看看，带着妆容的脸开始冒汗。

脱妆了……

白鲤浑然未觉，窦姜发现得及时，赶紧又拉她再补补妆。就这么来来回回补了几次妆，又折腾了很久，搭档还是没来！这下，她有点儿坐不住了。

"窦姜，你这是请的谁啊？你确定约好时间了？"

"我确定，我确定！"窦姑娘掩着手机，立马给尤迢发短信问怎么回事，竟然还没搞定？

白鲤忙出主意："那要不打电话问问？"

"这……"窦姜表示，并没有那位大佬的电话，于是，心虚地安慰已经等到天荒地老的白鲤，"再等等吧，再等等，很快就来了。"

"真的吗？"白鲤将信将疑，"比预计的时间晚了这么多，这人到底什么来头啊，还耍大牌啊！等会儿见了面，我得好好和这个人讲讲什么叫守时观，什么叫基本修养！"

"呃……"举着手机的窦姜突然抬头看了眼白鲤，不说话了。

白鲤不明所以："怎么了？"

窦姜默默把手一指，视线直直落在她身后。

白鲤顿生一种不祥的预感，弱弱回头一看——

见鬼了？

一时间被自己这个想法蠢到了，揉了揉眼睛，却见方沅脸色郁郁地站在自己背后。她伸出手指戳了戳，是他本人没错啊！

等等，她刚刚说了什么来着？

说他耍大牌，不守时，没修养？

白鲤的脸唰地涨红，杵在原地石化了。

她支支吾吾："那个，你怎么在这儿？这么巧？"

方沅的脸色不太好看。

他临时被叫来帮忙，能应承下来已经是下了很大的决心，毕竟他只是个被拒绝的可怜人，但眼下看来，好像又被兄弟给坑了？

前几天，白鲤排练到一半走后，尤迢说起窦姜淘宝店的事。上新的情侣装很多，需要男女模特一起拍摄，而追着白鲤来的人很多，就看白鲤喜欢哪个挑哪个了，此时再不出手，可别追悔莫及……

所以，白鲤是去挑搭档了。

这么一说，方沅把重点全拎出来了。

反正，被拒绝得惨兮兮的他并不是她喜欢的人。而且，她还有这么多候选的小伙伴呢。

方沅当时心情不爽，说话也跟着锋利起来："哦。那就尊重她的选择，这事强求不来。"

"你认真的？你放弃了？"

"嗯。"

"比珍珠还真？"

"嗯。"

昨晚否决得坚定不移，然而，今天早上……

从尤迢口中得知白鲤被临时放了鸽子，约好的摄影师一天的工钱好几百块，请求他来帮忙救救场。

方沅从一开始的不信到将信将疑，再到想入非非……

嘴上说着不要，回头开车出门转了几圈，花了些时间，最后莫名其妙就停在了尤迢说的地方。

他刚走到树下想看个究竟，结果就听见自己被吐槽了，然后，一切真相大白……

2.

关心则乱，乱则被坑。

此时此刻，方沅虽然气自己这么不争气地又来了，但一颗心又忍不住为她着想。

喜欢甜甜的你呀

234

毋庸置疑这是个局，他认栽。但，明显就不知情的白鲤似乎已经等了很久了，他是要走还是要留？

又是不悦又是心软，方沅一身休闲装，双手随意地插在兜里，迎着风，盛着光绕到白鲤面前，目光不偏不倚正正好落在她身上。

这画面太真实了……

白鲤的内心已经在搭台唱戏，疯狂地组织语言想着怎么解释。那头方沅却突然把复杂的视线挪开，也不理她，直接坐在化妆师那里化妆了。

明明前一秒还决定做个有尊严的男人，潇洒走人来着……

这头，白鲤还在一边不知所措，一边疯狂向窦姜递眼神：咋回事啊？也不提前说一声？

窦姜眼神复杂：我哪知道你吐个槽都这么天时地利人和啊！

这气氛得缓缓！

白鲤又跑去上厕所了。

这一次，厕所里排队的人还挺多，白鲤等了很久，直到解决完走出公厕，迎面就被方沅给"逮住了"。

"怎么不接电话，都在等你。"方沅皱了皱眉，仿佛终于找到了失踪孩童般虚惊一场。

白鲤却觉得他的表情很不爽："我、我等厕所花了点时间。"

"那走吧。"他不冷不淡。

"嗯。"

两个人紧挨着往拍摄的地点走，一路上又相对无言，各自的内心世界却都有些吵闹。

她是很想开口的，比如，他为什么会答应窦姜来拍摄，为什么之前没有告诉她这一类的问题，还有，刚才的事，她并非有意……

与此同时，一些话也正在方沅心里酝酿着。

就在等她的这段时间里，他好像想了很多，最后想明白了一点。

无论如何出挑，他也不得不承认，这世上有一种心动叫认栽。

自从遇见了白鲤，他就乱了阵脚：他第一次如此在意自己的失败，明明他是一个承压力极强的人，而且，明明已经被拒，却还总是忍不住想靠近，他向来不是优柔寡断的性子……

看来，他是很喜欢白鲤啊！

一直在带路的方沅突然停下了脚步，白鲤重重地撞在了他的背上。

上一秒，她还满脑子的纷杂无措——难道要一直保持这种零交流到拍摄结束？

话都说不上两句，更别提肢体接触了。

白鲤想得好好的，要随意扯个话题活跃活跃气氛，下一秒张嘴，一不留神却变成了一句话："那我们音乐会到底还去不去了？好像是连续好几天呢……"

这是被撞出心声来了吗？

白鲤捂着额头的声音渐渐细小，方沅的步伐一顿，回过头来，眼里有点愣神。

"嗯？"

他腾出一只手垂放在身侧，朝她走近了一步。

"我……你没听到就算了。"

这人是故意的吗？白鲤有些不高兴地往后退了一步，佯装无所谓地低头，垂落的眼神中带着点少女的倔傲。

"你不是不想去吗？"他努力抑制住心中的波澜，面上有点冷。

"谁说我不想去了？"她抬头，回击得飞快。

"哦，那你是不想和我一起去了。"他略微转过身，视线拉得很远很长，假装漫不经心。

"去你的方沉,你个蠢蛋。不对,你是傻子加蠢蛋的结合体,俗称傻蛋!"见这人实在不解风情,白鲤突然委屈得不行了,一股热血就这么冲上脑袋,又气又羞,骂骂咧咧之余也忍不住了,上前就是一脚,方沉猝不及防。

"什么意思?"

白鲤也不说话,又往他跟前凑了一步,踮起脚扬起头,飞快又轻巧地在他唇间啄了一下,柔软似梦境,如蜻蜓点水般让他回味无穷,又像过了一个世纪的甜蜜。

"现在懂了吗?我就是想和你一起去看音乐会,要是你不想就算了!"白鲤气鼓鼓地望着他。

方沉的心跳突然没了规律。

那一瞬间的甜美他觉得远远不够。

来不及等她有反应,他倏地伸手揽过她的后脑勺,低头重重地吻上了她的唇,他贴近时,眼底还带着久未消散的笑意。

明明前一秒还很"傻"的方沉怎么突然变了样?

嘴角的力道很深很用心,白鲤的心跳出问题了。

她有些慌又有些热,沉重的鼻息交缠在一起,无处安放的两只手下意识地揪住衣角,闭着眼睛。

直到他垂放在身畔的那只手悄悄包住了她绞着衣角的手,她才缓过神来,慢慢开始回应这个吻。

良久,带着尚未平息的呼吸,她执着于确认:"方沉,你是不是有点喜欢我?"

那人没有立刻回答,只是捧起她的脸,很近很近地凝望了一秒,转而重重地吻了一下她的眉骨。

"错了。"他抬头摇了摇,笑得清浅却深意。

"什么？"白鲤红着脸，眼神无措。

那人却背过身去，笑得很深很深。

这一次，他的语气是从未有过的温柔："我不是有点喜欢你，而是，很喜欢你。"

事情不对劲。

等拍摄进入尾声，窦姜才后知后觉地反应过来。她看了看方沅，表情和平时一样臭，但他望向白鲤的眼神简直能掐出水来了。

她又将视线望向白鲤，当看到白鲤红得不能再红的耳朵时，她瞬间了然。

这两人绝对是有事啊！

等到结束，窦姜手一伸，拉着白鲤往车那边走，边走边问："怎么姐妹，有情况啊。"

白鲤默不作声，眼睛里却是带着笑。

刹车声突然响起，窦姜回过头，是方沅的宝马车。

"白鲤，上车。"是方沅清清淡淡的声音。

一时间，白鲤左手窦姜，右手方沅，莫名就被两辆车给夹住了？

"欸欸欸！白鲤，你不和我一起坐车回去了啊？方主席，你怎么和我抢人啊！"窦姜好像反应过来了，又一时理不清，站在车门边调侃。

白鲤的耳根子顿时爆红，看看这儿又看看那儿，左边是尴尬，右边是轰炸式盘问，哪个都令人难为情！于是，她犹豫了一下，迈开腿就往公交车站跑，边跑边说："我我我……我今天还没为环保做贡献！"

剩下的两个人面对面看了一眼，服气了。

这晚，605 宿舍被惊天八卦炸了，炸宿舍的带头人：窦姜。

3.

近来，学生会里的干事们开会时，都觉得有点反常。

也不知道是不是大伙一致的错觉，昔日严肃的方主席好像不那么冰冷了，偶尔心情好，还能在他脸上捕捉到微笑的痕迹。

部长A：看来珍视明滴眼液，我值得拥有了。

部长B：滴什么眼液啊，你没看错，我觉得方主席那叫喜上眉梢。

部长C：此话怎讲？

部长B：自古以来，英雄难过美人关，我看方主席一定是情场得意，被女人给融化了。

"原来如此。"

众人一致点头，转过身来，却发现某人就站在会议室门口。

"咳咳咳……"大家的尴尬都凝固在了脸上，按他们对方主席的了解，开会聊八卦肯定得挨批啊。

怎料，方主席几步上前拿了文件，轻快走人，心情似乎不错。见大家都紧张兮兮地看着他，方沅不紧不慢："怎么了？你们继续……"

众人：乱了，乱了，全乱套了。

方沅走出会议室时，不禁失笑。

既然两个人确定心意了，下一步是不是该约会了？

想到这里，他不动声色地掏出手机，百度一下。

——第一次约女孩子该说些什么？

这头，白鲤正在参加家庭聚餐。

餐桌上，其他人都在谈天说地，只有白鲤有点分心，眼珠子没过几秒就瞄到微信列表上，点开某人的头像，想了想似有不妥，又按了返回键，如此循环往复，白鲤有些急了。

这人怎么还不找自己说话呀？

坐在白鲤身边的谈曜察觉端倪，余光很快发现了这人正对着方沆的头像发呆。于是，聊着聊着，似有意无意地提起。

"上次我去小白学校，重遇了一个学弟，人很聪明，很有音乐天赋，为人处世也很稳重……就是上次和小白一起拍 MV 的那个男孩子。

"可以说是学校里的风云人物了，他和小白好像很好啊！小白，你说是吧？"

白鲤的心中顿时烧着股炙热不息的火，愣怔一下，抬起头来："啊……对。"

方沆被夸，她心中莫名跟着自豪起来，思绪不禁又飘回到前几日……整颗心都变得甜甜的。

白妈妈觉得好像话里有话，开始八卦起来："欸，这么一说我想起来了，小白，你和那个男孩子到底什么情况呀？在谈恋爱？"

问题来得太突然，白鲤一口糍粑噎在喉咙里，灌了好几口果汁，下意识就想否认，脑海里却蓦然浮现方沆那张放大了贴近自己唇畔的脸，一不留神，开口就变了一句："哦……差不多吧。"

"嘭"的一声，餐桌上的白家人齐齐放下了餐杯，白启更是直接拍桌而起。

"什么叫差不多？"异口同声。

白鲤一慌，赶紧喝了一大口水，说："算是了，算是了！"

"真的吗？"白家一行人，除了白启的语气是暴走型的，其余人的语调皆轻快地上扬着。

白鲤心一横，想着早晚都要来，便点点头默许。

喜欢甜甜的你呀

240

这一下，小哥白启炸了："我不同意！"

谈曜比当事人的反应快多了："为什么？"

"白鲤还小，还傻了吧唧的，万一被骗了呢？再说了，知人知面不知心，这个男的人品可不可靠也是个未解之谜。"白启正式开启黑人模式。

谈曜像是和白启杠上了，优雅地反击："他骗得了白鲤能骗得了我们这么多人？人家的人品是公认的好，你呢？"

"我？我怎么了？"

谈曜抿了口果汁，笑了笑："人家比你帅，比你有能力，比你聪明。"

"敢不敢来比？"

"不信你让大家评评。"

谈曜点了点手机，打开微博，上面有人晒出了方主席一年拿的各种奖学金和赛事奖章，包括和本人的合照。

白家人虎躯一震。

白妈妈伸出手，把自家儿子扯回了座位上："确实比你帅哈！虽然你从小起点比较高，比你妹妹优秀得不要太多，但现在不得不承认，你妹妹找了一个天才，联手后的确是把你比下去了。儿子，你不妨考虑也找个很厉害的老婆？"

这……怎么还被催婚了呢？

白启吃瘪之余，白妈妈仍在继续造成伤害："这么帅的男孩子真是赏心悦目啊，也不知是哪家的儿子，基因这么好，做妈妈的应当也很漂亮吧。"

谈曜一笑："阿姨你好聪明。他妈妈可是音乐指挥家闻卿，就是你年轻时很喜欢的那位！"

"什么？"这下换白妈妈拍桌而起了，张了张嘴，激动之余把臭小子用力拍了一下，"哈哈哈哈哈！我就要和闻卿成为亲家了，果然，生十个儿子顶不上一个聪明的女儿啊！白鲤！加油！这事我看没问题！"

"怎么没问题了？"白启表示还有话要说。

他的"母上大人"翻了个白眼："你是杠精吗，可闭嘴吧你。"

"？？？"

吃完饭后，吃瘪的白启同学满腔愤懑无从发泄，只得在网路上寻求出路，闲来无事，扮一扮方沅的黑粉角色似乎也不错？

很快，白启开始混迹在微博、B站评论区等一系列有方沅出没的地方。

——现在女孩子的审美都是这种冷冰冰类型的吗？我表示两个人一点都不配。

在某条方白CP粉的评论下，白启同学开始追根溯源当代小姐姐的审美水准。

刚评论完，那头惊现好几条回复。

——哪儿来的黑粉？滚一边儿去。方大神不配你配喽？

——一看头像就是个男的，吃不到葡萄说葡萄酸？

——萝卜青菜各有所爱！等你哪天能比方大神更有出息了再来吧！

白启一口老血吐倒在键盘上，打字速度前所未有地快了起来。

——男的就不能发表言论了吗？我还是他未来的哥呢！他还得喊我一声哥。

不对啊！打到这里，白启莫名觉得中计了，怎么还以方沅"进门"了为前提了呢？于是他把打好的话悉数删去，重新改了。

——反正，我就是不喜欢他，一定是给女方灌了迷魂汤！

这下，评论区里空降一名忠实CP粉怒怼了起来。

——你怎么知道人家有没有被灌迷魂汤？一边儿凉快去吧，吃饱了撑的没事干？

白启急火攻心。

喜欢甜甜的你呀

——我见过真人，你见过？

那头也急了。

——我不仅见过真人还把真人给亲了，你算老几？

白启浑身鸡皮疙瘩都起来了，呀呀呀呀！这人是疯了吧？还接吻呢，被恶心到了。

——您牛！给我一百万我都不想吻他哦，您赢了！

那头的人回答：可不吗？我接受你的夸奖哦！

白启忍无可忍，灌了口水继续来战。等大战几回合后，实在被这伶牙俐齿的粉丝气得不行，抑制住黑人账号的冲动，他出房门倒水喝，冷不防和走出房门的白鲤撞了个正着。

"气死我了，林子大了什么鸟都有。"白启抱怨。

"我也被气死了。刚关注话题，就被一个黑粉气到了。"白鲤也从冰箱里拿水喝。

"说说看，怎么一回事？"

"有个黑粉，十足的神经病，看等级是菜鸟一只，一上来就喷我家方大神。"

白启一惊，怎么这么巧？

"那个账号的名字是不是叫'誓死不做方沉的舔狗'？"

白鲤背影一僵，猛喷一口水："你怎么知道？"

白启的脸顿时黑得不要不要，水也不喝了，额头上直冒冷汗："那个人就是我。"

"什么？"

自家兄妹"反目成仇"，成为网路对手？

白鲤三两下上前，对着某人的背猛地就是一巴掌："你就是那个神经病？"

话不多说，就是一顿暴打。

厨房里的白妈妈被惊动了，出来制止："你们这是干什么呢！"

白鲤告状："妈！他背着我上网黑方沆！"

"什么？傻小子！立马和你妹妹道歉！"

就这样，从小到大很少挨骂的白启被自家妹妹 KO 了。

4.

回房后的白鲤出了口恶气，心里轻松不少，闲下来后，心里免不了又开始思念起某人。

看来，冷冰冰的方沆是很难主动了……白鲤打算率先发起话题，那头的对话框却在最后时刻抛了过来。

方沆出现得有点及时。

——你在干吗？

白鲤眨了眨眼睛，差点喜极而泣——木愣子开窍了啊。

这话其实欠妥，我们的方沆怎么会是木愣子呢，应该说是步步为营的新手，假以时日将很快成长为成熟的老司机。

——我在替你回击一个黑粉。

——那结果怎么样？

——完美得不行。

某白立马邀功，那头犹豫再三，发来了一个摸摸头的亲昵表情。

——我家姑娘能说会道。

白鲤欣喜地接受了表扬，转念一想——什么？我家？方大神用了"我家"欸！

白鲤抑制住内心的狂喜，板起脸来。

——谁说我是你家的了？

那头没了声响，白鲤顿时有些急了，方主席是不是太经不起调戏了？

未曾想，过了良久，那头的人发来了一句。

——既然盖过了印章，岂有另属他家的道理？

印章？什么印章？

白鲤蒙了，冥思苦想了好一会儿，突然明白过来！

那一瞬间，嘴唇微微发烫，白鲤的魂儿都要飘了，一颗心被撩拨得不行。

——哦！不和你说了！不二家就不二家喽！

屏幕那头的方沅失笑，心里也涨涨的。

——白鲤，和我约会吧？

参照了几百条约会开场白的方沅还是选择了最简洁朴素的这一条。

——好。

白鲤心情激动。

他们的关系终于“尘埃落地”了。

“好不起来了，一点都不好。”食堂里，窦姜茶饭不思地敲着筷子，整个人都被做生意的事抽干了精气神。

这些天来，她的淘宝店虽然顺利开张了，也有了“方白 CP”的支持，但宣传面远远不够，流量和访客都很少。衣服没卖出去几件不说，还有人买了衣服一言不合就退货差评的。

创业初期的窦姜表示受到了严重的创伤。

出餐口处，尤迢端着碗一下就看到了座位上的窦姜闷闷不乐，三两步在她对面坐了下来。

白鲤也在，刚结束假期回来。她打招呼：“欸，尤迢。早啊！”

“早。她没事吧？垂头丧气的。”

"我看起来像没事的吗？"当事人开始叫苦不迭，"我快破产了。"

"啊？说说看吧，怎么回事。"

窦姜一五一十把事情说了。

白鲤一边吃饭一边安慰："万事开头难，你再等等吧，事情会有转机的。"

"但愿吧！"窦姜的脸上头一回出现了心如死灰的神情，一顿饭下来，念念叨叨着自己的心血算白费了，从前那股力拔山兮气盖世的气势全无。

这样的窦姜莫名让人不适应。

尤同学也不知怎么了，一顿饭竟跟着食之无味了。

不知白鲤是不是有未卜先知的能力，没过两天，窦姜的淘宝店果真一连卖出了好几件衣服，开心得一宿没睡觉，对着客服聊天记录爱不释手地看了好久。

"小白！你真是我的幸运星，你是我的大贵人嘻嘻！按现在这个走势来看，销量一天天涨，我的未来指日可待啊！"

白鲤表示自己有点虚，不过是安慰了几句，她可没想到有这么大魔力。

"别！您可别记我头上，这可不是我的功劳，您的贵人是那位买家才对。"

"也对哦。"窦姜对着屏幕笑得合不拢嘴，"你们功劳一半一半吧。记住了，我们的目标是'向钱看，向厚赚'！"

下午的课老师临时请假了，窦姜和白鲤白跑了一趟教室。白鲤想先回宿舍写作业，窦姜突然想起自己还有快递没拿，兴致冲冲地往驿站跑。

拿快递的人有点多，尤迢排队的身影却很显眼。

"同学，你也来拿快递啊？"头上被人一拍，尤迢回头一看，原来是窦姜。

"是啊。你来干吗？"

"我也来拿快递。"窦姜从货架上认准了货物后，拿了就往扫描口走去。

队伍移动得很慢，窦某人开始寒暄："你们男生也经常买买买的吗？"

尤迢低低地笑了两声："还行吧。"脚底的步伐开始往前蹭。

窦姜眼尖，有些奇怪，问："你干吗呢？好好排队啊，你急什么？"

"我……人有三急。"尤迢答得飞快，眼底那种闪躲的心虚却压抑不住地往外冒。

窦姜顿时明白过来，阴阴笑了两声："兄弟，承认吧，你是不是买了什么我们女孩子见不得的东西啊？"

窦姜没羞没臊地凑近了他的耳旁，缓缓吐出四个字："充气娃娃？"

某人顿时脸皮薄红，脖子一梗，耿直地说："胡说八道。"

"是不是胡说八道，拿来看看不就知道了？"窦姜这个好奇鬼，一言不合就来抢他的快递。

尤迢抓着快递袋往身后藏去，胳肢窝猝不及防被人挠了两下，只得举双手投降，心里暗叫不妙。

窦姜捡起战利品，"体贴"无比："放心吧，我不会告诉别人的。"说完，就去看快递单上的商品标注，这一看看出问题来了。

她脸色一垮，不由分说把快递袋拆了，自己发出去的货物就这么兜了一圈回到了自己的手上，白高兴了一场。

"是不是你干的，你自己说。"人赃俱获，窦姜同学的气焰很旺。

"你听我解释啊，我不是想骗你，我就是想告诉你，你卖的东西还是有人喜欢的。"

窦姜反问他："你这不就是为了安慰我吗？"

她有点气有点"丧"，拿着衣服一时半会儿想不出什么收尾的办法。

"行吧，你不用说了，回头我给你退货退钱。是好哥们儿的话，就犯不着背地里用这种方式对我表示同情。

"现在我知道真相了，更可怜了，不是吗？"

这人神情沮丧，越说越觉得自己惨兮兮，已经走投无路要到朋友花钱怜悯的地步了。

快递站门口人来人往，不知道的还以为这位仁兄和女朋友吵架了。

架不住大家的灼灼目光，尤迢连忙把这家伙拉到角落，解释起来："你别多想，我真不是那个意思。"

"不是那个，是哪个意思？"窦姜的好心情已经跌落谷底，望向尤迢的神情让人心慌。

那一刻，也不知怎的，他心一急，一个正色，站在快递站门口有板有眼地大声说："我的意思是，我是因为真心喜欢才买的！"说罢，把窦姜手里的快递又抢了回来。

快递站门口的送货大叔听见了，瞅了眼尤迢。

尤迢紧紧地把快递护在怀里，生怕别人抢了去，一米八的高个子，面对一个一米六的手无缚鸡之力的姑娘……送货大叔抖了抖身上的汗毛。

"真的吗？"听了他的说辞，窦姜一时间持怀疑态度。

尤迢不紧不慢，娓娓道来："真的。那天听你说了后，我去逛了你家的店，没想到衣服都挺喜欢的，我就买了啊。"

"真这么巧？"她又追问，脸上的神情舒缓了不少。

见她心情似乎好了点，尤迢忍不住勾手指，弹了弹她的脑袋，有理有据："不巧，只不过正合我意！"

自从开了店，淘宝店的事对窦姜来说可上心了。

这天，正好微信上有个同班同学来咨询价格，聊着聊着顺带提起了一些题外话。

"小姜啊，你现在都宣传到学校里来啦？专门请人搞街头宣传？"

窦姜一头雾水："没有啊？小本买卖哪还有钱去请人宣传啊？"

"但是我刚刚明明在学校路上看到有人在发宣传单，就是你的淘宝店啊！"

"在哪儿？"

"生活区的大路上。"

关上手机，窦姜立马赶到了现场。虽然心里已经大致有了想象，但看到那人站在树荫下拿着宣传单扇风乘凉时，心情还是很难平复。

她静静跟着那人的步伐走了一圈，见他被人直白地、委婉地拒绝了几次后，终于忍不住上前，拍拍他的肩膀。

尤迢转过身来，手上的东西飞快地藏在身后。

"怎么是你？"

"怎么不是我了？我路过。"

明知道他手中拿着的是什么，只要一句责怪，一份强势就能把证据抢过来，窦姜还是忍住了，膨胀得像气球那般大的一颗心骤然漏了气。

"你在这儿干吗呢？"

尤迢堆起满脸笑容，似乎难以启齿，想了一会儿，笑着说："专业课作业，搞一点儿调查问卷来着。仅限男生。"他特意强调，生怕她抢了宣传单去。

这人怕不是傻子。

窦姜的心顿时也被头顶的烈日笼罩住，强烈的暖光透过胸膛打在心上，有点暖，急于确认的念头在一瞬间消失得无影无踪。

她决定装傻。

"这样啊，你身上这件衣服还挺合身嘛！"她拍拍他的肩，也不拆穿。

"真有眼光，你可不是第一个这么说的人了，不过还是得谢谢你家的产品物超所值啊！"尤迢扯了扯胸前的布料，上面印着的蜡笔小新有点可爱。

窦姑娘却觉得，他比蜡笔小新好像可爱多了。

她背过身去，眼角竟然有一点点湿润。她一直以来都不是多愁善感的人。

"你喜欢就好。"

"我喜欢啊。"

挥手告别后，窦姑娘走远后回头望去。

那少年冲着她扬手，很肆意地笑着，带着毫不掩饰的开心……

喜欢甜甜
的你呀

第十话

陪你上课，应该的

1.

明天就是和方沅的第一次约会了。

深更半夜，夜猫子白鲤从床上爬起来，第 N 次打开百度复习。

一、当男方主动提出要买口香糖时……

二、当情侣抱着同一桶爆米花进入电影院时……

三、当……

白鲤越看越激动，大脑越发清醒，无法入睡，在床上亢奋了足足半夜。

第二天，方沅的车停在楼下，白鲤姗姗来迟。

"不好意思啊，昨晚复习得太晚了。"她心直口快，差点儿说漏嘴。

"复习？你最近要考试？"方沅一边替她开门一边问。

白鲤笑得心头发虚："复习英语单词！"

方沅笑笑，没说什么。

第一站是游乐园。

白鲤还没下车，眼神在接触到过山车时已经发光发直了。

上了大学后，她就很少来游乐园了，窦姜恐高大部分项目玩不了，呦呦情趣高表示不理解童心未泯，玫美嫌幼稚大概是"提前衰老"。

于是，在时隔几年后，白鲤终于又一次有机会到游乐园里耍了。

她表示很开心，转过头兴奋地问："你怎么知道我喜欢玩这些？"

方沅笑得宠溺，看着某人的眼光像看着三岁小孩一样："你不就是小朋友吗？"

白鲤的脸颊透着薄红，把头一蒙，蹿到小商店前去买果饮了。

方沅在后面气定神闲地攥着票，走在她身后，跟得紧，生怕一不留神把人弄丢了。

"一杯柠檬水，请问你们还需要什么吗？"方沅走到时，白鲤已经准备掏钱付款，他眼疾手快，先一步扫码付款。

他说："不用了，一杯就够。"

白鲤的心顿时"鸡飞狗跳"。

当男方提出只买一杯果饮，只要一个冰激凌时就意味着……他想和你一起享用！

这这这……这是要和她共用一根吸管吗？啊啊啊！间接接吻呢！

白鲤被自己的念头撩得不行，脸上的温度"噌噌"地往上升，抓过那杯果饮，低着头飞快地走在前头。

好在方沅腿长，三两步追了上来。

"怎么一个人走这么快？"他面色无异。

白鲤却面红耳赤，好不容易鼓足勇气，颤颤巍巍地把饮料递到方沅面前，心情很是复杂："你……要喝吗？"

下一秒，方沅只是扫了一眼，语气淡定："你喝吧，我不喝……"

某人的表情顿时有些垮。

"哦。"自作多情了呢!

她不知道的是,方沅从小到大都不喜欢吃零食喝饮料……

于是,游乐园之行变成了白鲤心有芥蒂的尴尬之旅。

一直在到达第二站海洋馆前,方沅的心情也跟着高低起伏着:这是不开心的意思吗?

早知道应该邀请她去玩旋转木马的,似乎比较符合她的气质啊?

他又转念一想:不对,一定是因为没能去和小朋友们玩蹦蹦床而不开心了。

方沅决心弥补一下。

两人刚进海洋馆,方沅就特意领着某白走进小店铺里挑选纪念品,据说女孩子都喜欢这些精美可爱的小玩意儿。

店里,售货员阿姨的眼睛全程都不离方沅,而方沅的眼睛则全程都黏在白鲤身上。

"这个,喜欢吗?"凭借着良好的品位,他挑了一串小海豚钥匙扣,轻轻放在了她的掌心里。

白鲤有点惊讶:"这不像你的品位啊。"

"我照着你的喜好来的。"他朝她眉开眼笑地,好像云破月出的那点儿光影。

白鲤着实被方沅的笑容苏到了,心头一颤,不开心的念头好像都成了过往云烟。抓过钥匙扣,她的眼睛笑成一条线。

"你还挺了解我的。"

方沅一挑眉,见她笑了,连着说话的神情都像沾了甜蜂蜜。

"就这个了。多少钱?"

售货员阿姨看呆了,一个不留神,给开了个半价。

方沅握着钥匙扣，默默地跟上又一头栽进商店里的白鲤，她头上的发圈上缀着只小猫咪，随着她的奔跑，一晃一晃的，可爱极了。

进海洋馆前，白鲤抱着一桶爆米花在门口排队。

当男女双方把手伸进同一桶爆米花里，渐渐地就会把手握到一起。

这念头跟了白鲤一路，心思都放不到玻璃那侧游动的海洋生物上，视线总有意无意地飘向方沅垂放在身侧的手。

他怎么还不吃爆米花？

想到这里，白鲤又一次把手伸进桶里，表现得一点都不刻意："这爆米花真甜啊，真好吃，你要不要也来一点？"

方沅正在为白某人普及科学知识，口干舌燥的，看了一眼零食，见她捧在怀里一个接一个地扔进嘴里，像爱极了吃这东西。

他不抢喜欢的女孩爱吃的东西。

于是，方沅微笑着摆了摆手，说："你吃吧，我不吃。"

"这样啊……"白鲤却有点不开心，一路走下来都闷不吭声了。她从口袋里掏出一颗口香糖，不经意地扔进嘴里咀嚼起来。

这是她的习惯，不开心了就喜欢嚼口香糖，用劲地嚼，像是要把所有不开心都融进去，最后再一口气吐掉，和伤心彻底说再见。

就这样，她嚼啊嚼，嚼啊嚼，后面那人突然叫住了她，声音带着点儿隐忍的笑意，她听了更气了。

"你为什么不开心？"

方沅的观察能力的确不是盖的，但白鲤可不打算坦白那点儿心事。

"我没有。"

"说实话。"

"我真没有。"

"我知道。"方沅突然改了语气，温热的指腹在她脸颊上刮了一下，声音低低的，带着点自我的责备，缓缓道来，"吃口香糖，这个意思，我看过。"

不巧，他只懂得这个，但好在没有太迟。

"别生气了。"他伸出手指轻轻地捏了下她的脸颊，一张帅气逼人的脸却在下一秒缓缓靠近，填满了她的整双眼睛，"你是不是想我这样呢？"

他的语气带着点调戏的味道，被揭穿的白鲤红着脸，想躲却来不及，一句"我没有"还没来得及说出口，他的吻已经严严实实地落在她的唇瓣上，像是要和她一起分享糖果的香气。

一回生二回熟，方沅的手紧贴着她的耳朵，恰到好处的力气和进退有度的吻，连同海洋馆柔和的灯光映在她脸上，有种春天的余味。

一切都很安静美好，如果没有乱入的熟人会更好……

"哥，白姐姐，你们在做什么？"

两个人齐齐转头，背着包春游的方正躲在角落里，一眼认出了自己的亲哥。

"我们……"白鲤老脸一红，对着方沅的背猛地就是一巴掌，背过身直接把头埋进了爆米花桶里，用生命在吃爆米花。

方沅看看弟弟，又看着她这一壮举，怕她闷死，抓了抓她的小辫子，让她消停点。

"我们在做成年人该做的事。"方沅脸不红心不跳，一点都不顾及未成年人的感受。

方弟弟表示不想被迫早熟，有点委屈："哦。那我回家了？"

"等等。"方沅突然警惕。他想了想，这事还是亲口说比较好，否则会有点麻烦。

方沉直接喊来弟弟，摁住了小朋友的头，语气似哄似劝："别和妈说你遇到了我们。"

"我懂。"方弟弟早就明白了这是怎么一回事。

"你得保证。"

"我保证。"离开前，小孩子举双手投降，咧嘴一笑跑了。

白鲤方才从爆米花里抬起头来，恢复正常。

头顶上的爆米花掉了一颗，被方沉恰恰好接住，塞进嘴里，嚼了嚼。过了半晌，突然施施然道："是挺甜的。"

"我就说吧。"

"没你甜。"

白鲤被调戏得不知所措。

2.

约会结束的当晚，方沉一回家就被闻卿围攻了。

攻势有点强，方沉不由得把无奈的眼光落向方正。

"说好的保密呢？你才小学就不讲信用。"方沉打算以理服人。

"我……我一不小心说漏嘴的。"方正表示，委屈的脸上带着和白鲤当初发传单时一样无助的神情。

方沉勾起回忆，语气顿时有点软了，这让方正很惊奇。

"你对我不讲信用，欺负我，可以。"方沉正在阐释他的这套理，"但是，你这么做，同时也会给你嫂子带来麻烦。欺负她，不可以。"

"为什么？"

"兄弟妻不可欺。所以，要对嫂子好，懂了吗？"

方正同学点点头，哥哥"病得不轻"！

白鲤昨天约会，第二天就在食堂见到了空降的方沉一家，整个人还有点蒙，神情恍惚。

方沉看在眼里，脸色也不好看。

他早知这个进展太快了，会吓到白鲤，然而他妈妈还是说风就是雨地来了。

"叔叔阿姨平时不是挺忙的吗，怎么会这么巧来学校吃饭？"趁着长辈去点菜的空当，白鲤扯了扯方沉的衣角，神情有点无辜。

方沉表示的确令人头疼，他们这一块已经成食堂的聚焦点了。

"别慌，是来看我的。"方沉试图安稳她。

"真的吗？可你不是经常回家？有什么好看的？"

方沉把视线从桌上转移到白鲤脸上，不动声色地打量了一番，语气带着笑："也是，你比我好看。"

白鲤老脸一红，哑口无言。

很快，闻卿一行人拿着吃的回来了，白鲤连坐姿都不敢懒散。

就算不是来看她的，做绿叶也要做最完美的绿叶。于是，方沉的眼底一接触到白鲤那副丝毫不敢造次的乖乖女模样，藏不住笑了。

这时，白鲤的手边摆了一碗汤，抬眼，方妈妈笑意盈盈："孩子，别只顾着吃，喝点汤呀。"

汤一碗一碗放下，除了方沉面前没有，其余每人皆一碗。

"方沉，你……"

当事人还未来得及说话，方妈妈的表情亮了。

"方沉一个人喝不完一碗的，他和你喝一碗。"

方沉的眼神瞥到了碗里仅有的一个汤匙上，再看白鲤，果不其然，她尴尬地红了脸。

自己调戏她就算了，亲妈怎么也来瞎凑热闹？

方沅有点私心，为了照顾某人的脸面，起身又去拿了一个汤勺，放进碗里。

回来时，闻卿已经在造势了。

"小白啊，你是和方沅在谈恋爱吧。那……你们进展到什么程度了呢？我这两天翻了翻家里的户口本，总觉得缺了一个你……"

方正："我爸常说，家里阳盛阴衰，需要一个女人分权……"

闻卿："嗯，小小年纪挺有觉悟的嘛。"

她转念一想，又转向另一侧，对着方程的大腿猛地一拍："什么？你的意思是我在家里集权喽？"

方程立马咳了几声，扶正眼镜，一脸失忆了的表情："小弟弟，我有这么说过吗？"

说完，方程迅速转移话题："话说，我觉得现在最重要的事还是方沅谈恋爱了哈，我们是不是应该干杯？"

闻卿首肯："对对对！这是重点。"

然而，并没有杯子。

方家三人纷纷拿起汤碗干了一碗……

白鲤已经傻眼了。

"祝小白早日进我们方家！"

这调戏人的节奏还有完没完了？

方沅终于咽不下饭了，这几位表现得过度兴奋了吧。再低头一看，白鲤的饭已经去了大半碗，一双眼睛充满了惊恐，满脸都写着：我在吃饭！我无法回答！我听不清！

方沅于是打算做一个明智之举，他转过身看着白鲤，问："你吃完了

258

吗？"

"嗯嗯！"白鲤一秒意会，如获大赦般地跟着他起身，不忘殷勤地帮他取过外套。

"妈，等会儿她还有课，我们先走了。"不等家人的回应，方沅拉着白鲤的手径直离开了食堂。

忍不住感慨的方妈妈：连逃跑都配合得这么默契啊！

教室里，方沅将白鲤送到座位上后没有立马离开，方沅略略环视了周围，直接在她旁边坐下了。

白鲤表示有点蒙。

"你……你不是说你有事吗？"这人怕不是准备和她坐在第一排听课吧。

光天化日下，在老师面前秀恩爱，这不太好吧？

方沅觉得并无不妥，揉揉眉心，笑："陪你上课不算有事吗？"

"原来你是早有预谋的！"白鲤哑然之余，拿出课本嘀咕了一句。

"这怎么能说是预谋呢，是享受。"

本姑娘甘拜下风，某人好像越来越"上道"了？

只是，这么一尊大神坐在自己身边，还是特意屈尊来陪课的，这让人怎么好好听课……就拿刚才走进教室的十个人来说，其中就有九个饶有兴致地打量了一番他俩，紧接着，两人左右两边和身后开始一个又一个地坐满，时不时地把目光聚集在这对 CP 身上，抻长了脖子似在探听些什么。

白鲤无奈之余，伸出半个手掌捂了捂脸，对方沅小声道："我们不如去最后一排吧，你不难受吗？"太引人注目了。

方沅微微一看，两人果真被包围了，但是——

"没事。第一排看得清，坐习惯了。"

白鲤真恨不得现在就"啪啪"为某人鼓掌，以表佩服。本来还想再找个理由往后坐，教室里已经黑压压一片，很难有双人座了。

　　任课教授正好走了进来："欸，今天到课率这么高，什么情况啊？既然这样，我卖大家一个便宜，点个名？"

　　大家纷纷说好。

　　白鲤凑近方沅，咬耳朵："这个老师很少点名的，还好我今天没逃。"

　　"怕什么……你逃了我顶着。"言外之意是，你去外面风流我在前线顶着。

　　白鲤被他这一波又一波的耿直话撩得不行，一颗心七上八下的，都没法专心听课了，差点错过自己的名字。

　　"白鲤！"

　　无人回应。

　　"白鲤！"

　　"到！"

　　怎么是个男声？老师抬头一看，有人正半伸着手臂，面不改色地替走神的白鲤喊"到"呢，而这人不是别人，还是有过好几面之缘的方沅。

　　这下，一向风趣的教授也忍不住了，镜片后的那双眼睛来来回回打量着这对小情侣。

　　"哎，我怎么看到不是这堂课的人也来了？方沅,带女朋友来上课呢？"

　　白鲤幡然惊醒，大家都在看着他们。

　　突然被提到的方主席却一点也不慌，难得笑颜："不是，是她带我来上课。"

　　教授很少见他这么有说有笑，一张能说会道的嘴也不饶人了："哟！秀恩爱啊，这么听你小女朋友的话？"

　　教授开腔，众人开始起哄。

白鲤从一开始就又蒙又慌，现在又被大家伙调侃，心里着急，一个激灵暗地里掐了一把他的大腿。

方沉微微一痛，该说的话还是说了："教授您以前常对我们说，真理是人类进步的阶梯。女朋友说的都是真理，既然是真理，我为什么不听？"

"哇哦！"教室里，被莫名塞了一大把狗粮的孩子们炸了，有不少人已经在朋友圈提到这对校园CP了。

教授难得见课堂气氛这么热闹，也跟着失笑："你小子嘴上功夫还是厉害啊。不过，你倒挺有眼光，白鲤是我见过为数不多的女才子了，脑子灵光，成绩也好，果然能制服你。"

方沉不置可否地耸耸肩，笑了。

于是，众人八卦的声音更加欢脱了，也不管某人已经心慌慌脸红红了。

白鲤表示：课后算账！

3.

"说吧！你是不是故意的，兴师动众地陪我上课，看着大家都快把我调侃死了！"

下课后，教室里的人都走光了，白鲤开始兴师问罪了。

方沉心里早有数，但表情真的无辜。

小有名气也不是他们的错，况且……

"你不走神，我就不替你喊到，我不替你喊到，就不会有接下来的剧情。那你说说看，这事怪谁呢？"方沉挑眉一笑。

和方沉斗嘴真的毫无胜算，那句话怎么说来着，和天才比谁更聪明，你完全没有胜算，应该和他比谁蠢，稳赢。

白鲤脑子一愣，词穷了。说不过他，她心一急，嘟起了嘴："你们男生就是满嘴跑火车。你刚才不还说，我说的就是真理，你都会听吗？"

方沅一怔，这次换他惊愕了。

惊的倒不是白鲤这么盘问人，而是，他的女孩竟然也会调情了？

被这巨大的热情冲得脑袋微昏，他的心有点冲动。他侧过身来背对着窗，看向白鲤的眼神充满和风般的暖意。

他轻轻俯身，白鲤的耳垂一烫，被一只宽大的手贴住了。嘴角送来他如丝般的吻，离去时，齿颊生香。

她终于安静了。他又双手捧起她的面颊，额头贴着她发红发烫的额间蹭了蹭，语气令人心安："我听。你说的我都听。"

白鲤脸巨红，方主席是不是该改名叫"方老司机"了！

近来，白鲤总喜欢大半夜和方沅煲电话粥，睡得也晚，没想到一大早就被谈曜的电话叫醒了，谈曜兴奋地说自己开了一个休闲派对。

由于这一次也邀请了一些圈内的音乐友人，她有意让方沅和白鲤一同参加。

白鲤答应了。

但是，明明前一晚还说得好好的，方沅却临时有事来不了了。白鲤一个人站在会场里，正是傍晚时分，园子里的灯光映在白皙的脸庞上，有种人生地不熟的孤独感。

谈曜端着酒杯去招呼客人了，白鲤接到了方沅的电话。

"你到了吗？白鲤。"那头的声音有些嘈杂。

"嗯，我在会场了。不过，你真的来不了了吗，我好无聊啊……"白鲤难得软声软气地主动和他抱怨点什么。

那头方沅的心一紧，无奈地叹了口气。

"抱歉，我是真的有事陪不了你了。"

方沉已经忙了有一阵子了，这阵子两人见面的次数屈指可数，连她都不知道他在忙些什么，好不容易答应要来陪她，临时又爽约了。

就算是再通情达理的白鲤，心里难免也有些小失落。

但方沉一向是个以大局为重的人，怪不得他。这么想着，白鲤收起了不开心的语气："没事，我就是觉得没几个认识的人，你去忙吧。"

"不多说一会儿，让我陪你吗？"

"不用了。"

"真的？"

"真的。"

"可你不开心？"

"哪有。"她下意识地嘴硬。

"不如你猜我在哪里，在做些什么。你这段时间不是一直想知道吗？"方沉的声音低低的，辨认不清是随口一问还是认真的。

"我猜不到。"她有些赌气似的，连脑子都懒得动了。

那头早有预料似的传来一声低笑，然后，在灯光暗淡的园子尽头，一个临时搭建的舞台倏然亮起。璀璨的灯光太过耀眼，园子里的嘉宾们纷纷侧身看去。

在一众欢呼声中，白鲤吓得转过身。舞台中央，方沉正抱着吉他看着她，带着星辰和大海般的深情。

"我在这儿，白鲤。"声音回荡整个会场。

白鲤已经蒙在原地，难以置信地捂了捂脸——这是什么情况？

不知何时，谈曜已经端着高脚杯站在了她身后，优雅地一笑："这是一个惊喜哦。"

白鲤握着手机的手不自觉地缓缓放下，那头，站在人群耀眼处，方沉的声音又响起。

"白鲤，一直很想为你写一首歌，很抱歉，这段时间冷落了你。但我想说的话，接下来你都会听到，和在场的所有人一起见证我对你的真心。"

话音刚落，现场旋即一片调侃的高呼声，连同响起的背景旋律开始冲击着白鲤的心，白鲤已经愣在原地不知所措了。

很少听到方沅唱歌，这一次却令她惊异。

不同于尤迟的充满磁性，那是一种像甘露般留给人余韵的嗓音，手中拨弄的吉他伴奏配合得天衣无缝，播放的背景乐也是主角亲手制作。

没有乐队的现场，却胜似那样的效果……

在众人的喝彩声中，直到方沅走下台站在自己面前，白鲤都觉得如梦般不真实。

"我在做梦吗？"

"你可以捏我的脸。"方沅带着笑抓起白鲤的手，在自己脸上摩挲了一下。

当着众人的面，白鲤没好意思。

她弱弱缩回了手，又是哭又是笑地小声嘀咕："知道了……又不是没捏过。我们都是根正苗红的人，当着大家的面该正经点啊。"

大伙儿都被乐笑了，这姑娘有点儿逗啊。

方沅也不让她难为情，见她心情好了，领着她逃离了众人的"围攻"，去拿点心吃。

这时，谈曜带着几个圈内的音乐人过来寒暄。

"介绍一下，我妹夫。年纪轻轻很有才，还带着自己的乐队，挺有天赋的，有时间可以加个微信聊聊啊。"

"编曲能力很不错，刚才都见识到了。有机会会引荐的，幸会幸会。"音乐友人坦诚相夸。

"他说得有理。以后有什么问题可以私下交流，音乐路上能帮忙的我一定竭尽全力。我就欣赏有才华的人。"

"是啊是啊……"

面对一群前辈的夸奖，方沅的脸色恢复了以往的稳重，挡在只顾着吃东西的白鲤面前，说道："作为晚辈，不敢当，一定会再接再厉的。"

"那我们不打扰你们年轻人谈恋爱了。"前辈们很识趣地走了。

白鲤吃蛋糕时一不小心把奶油糊在了鼻子上。

刚才见到的可都是名人啊，真怪不得她手抖……

方沅抬手，温柔地替她抹去鼻尖的奶油，末了，不忘捏住她的脸颊，眯起眼笑："小吃货。"

这个笑容绝顶好看。

白鲤也不还手，任由他捏着："方沅，你笑起来这么好看，以前怎么不多笑笑啊？"

方沅的陈年丑事就这么勾起了。

白鲤"哈哈"大笑，一点都不顾及他的情面。

等到方沅的脸色眼看不妙，某人方才救场。她飞快地在他脸颊上啾咪了一下，跑了："别怕，现在能亲你的只有我了。"

时间很快到了5月20日，莫名地，方、白两家人特别看重这个日子，特地约在了某餐厅碰面。

605宿舍里，无处可去的其余三人纷纷发出哀号。

窦姜："今天就是520，哪个250敢在我面前秀恩爱，我就用502把她的嘴封起来，因为我不相信520，没人陪我过，也收不到礼物。我只相信502，一滴永固，三秒即可，永不分离……"

呦呦："是啊，所以人家小白跑去家长面前秀恩爱了。"

"别说了，我酸了呜呜呜，柠檬树上柠檬果，柠檬树下你和我。柠檬树前排排坐，一人一个柠檬果。"

玫美刚说完，窦姜一巴掌摁住了她的头："瞎说什么呢？单身挺好的，我才不和你们做柠檬精呢。"

"那是因为你找不到对象，母胎单身！"

窦姜表情一愣，仰天咆哮："皮痒了是吗！那是因为长得好看的配不上我有趣的灵魂，灵魂有趣的欣赏不来我的皮囊！"

于是，远在天边的白鲤收到了来自玫美的求救短信——窦夫人因为不满母胎单身现状，冲我发怒，血洗605……

白鲤放下筷子掩着嘴偷笑，坐在旁边的方沉看到了。

他凑过来，问她："什么事这么好笑？"

"没什么，没什么……"白鲤收起手机，重新硬着头皮加入两大家族的这顿奇葩饭局中。

白妈妈："闻卿姐，我年轻时就喜欢听你的音乐会，指挥得太棒了，那会儿白鲤还在我肚子里，也是听你的音乐长大的呢。"

闻卿："那真是太有缘了，怪不得我头一回见这孩子就觉得很有眼缘呢。"

白妈妈："这孩子现在能长得这么水灵还聪明，也是多亏了你的音乐熏陶啊。一定是这样！不然以我的智商，怎么能生出这么机灵的小孩呢？"

白鲤内心腹诽：扯远了啊！

白爸爸内心腹诽：这是把我的功劳放哪儿去了？

闻卿却不这么想："胎教音乐是很重要。不如让白鲤早些到我们家来，下一代的胎教包在我身上了！"

达成协议的两个女人："那真是太好了呢！"

白鲤和方沅无语。

白启来得迟，一进门就听见了这个"馊主意"，饭都没来得及吃，就提出异议："不好，不行，不同意！"

杠精来袭，餐桌上三对 CP 出于各自心思，纷纷联手，异口同声："你闭嘴！"

"有本事你在你妹妹之前结婚？"白妈妈式威胁。

"他一定是觉得妹妹先结婚，脸面搁不下，呵呵。"闻卿式圆场。

"胡闹！你是觉得，人家方沅配不上你妹？"白爸爸垮脸。

白启嘴上不说，心里也只得认了。

方沅的才华和能力先撇开不说，这收买人心的能力倒是牛啊。

4.

"白鲤，你怎么还不回宿舍呀，天天在排练室里待着，你不无聊得慌吗？"

傍晚八点，正在排练室陪方沅创作新歌的白鲤接到了玫美的电话。

"我不回去，还在讨论呢。"

玫美的手机突然被窦姜抢走："你别听她的，你就好好待在那儿谈情说爱吧。"

玫美在一旁愤愤不平："我不！快回宿舍！我不能再忍受只有咱俩在家里喂蚊子了！快回来和我们一起分担。"

白鲤一头冷汗："宝贝，不如，你主内我主外？要知道，外面的蚊子也挺多的啊……"

玫美：女人的嘴，骗人的鬼。

挂了电话，白鲤收收心，重新给方沅写谱子了。

自从和她谈恋爱后，方沉的创作灵感便源源不断，几个月以来，乐队开始尝试自产自用歌曲了。值得一提的是，上次在谈曜的引荐下，方沉收到了某音乐公司的合作邀请，而在方沉的一再洽谈下，对方愿意尝试性地让他带乐队一起上阵。

但前提是，要提交可靠的原创作品作为参考……

这段时间以来，大家可谓是呕心沥血。

当然，淘宝店主窦姜也不例外，三天两头往仓库跑，在收益第一桶大额金币后很快将这笔钱投入到了宣传中。

而这一切，离不开一直为她鼎力相助的好兄弟尤迢。

"尤客服在吗？"

"在。"

"这段时间辛苦你了，帮我做淘宝客服。现在我也是有钱招兼职客服的人了，你可以光荣退休了，哈哈哈！"

"你确定不需要我帮忙了吗？"

"不仅不要你帮忙，我还要请你吃一顿大餐呢！"

宿舍楼下，尤迢刚停好单车，就见窦同学站在男寝楼下，大大咧咧地招呼着他。睡醒后微微翘起的短发有种不自觉的可爱，和她天然不做作的性子一样，耐人寻味。

"走啊，吃饭去！"她吆喝着走在前头。

尤迢把车一锁，跟了上去，一张俊脸笑意盎然："好的，窦老板！"

美好的生活等待着这群可爱而有活力的年轻人去体验，当然，生活总少不了一些不期的意外，比如——

今天是恋爱满 100 天的日子，在一起庆祝后，傍晚的宿舍楼下，方沉如往常般送人回来。

临别前的拥抱是必须的，方沅正要例行大事，白鲤瞅了瞅四周，正好没人，决定为今天表现出色的某人颁发额外奖励。

她主动踮起脚，在他面颊上留下浅浅一吻，趁着他惊诧之余，然后捂着嘴害羞地笑了。

方沅表示玩火有风险，点燃需谨慎。

于是，他一个弯腰把白鲤扛着抱了起来，对着她的额头便是一个吻，紧接着，是眉心、眼睛、鼻梁……

这时，黑暗中突然走出一个人影。

白启大侠惊现校园打抱不平："终于被我逮到了，又吃我妹豆腐！渣男！"

方沅表示很无辜，放下羞红了脸的白鲤，耸了耸肩："此话怎讲？"

"她就亲了你一下，你凭什么得寸进尺？"

"方白 CP"哑口无言。

紧接着，白启把家里带来的东西往方沅怀里一扔，说："妈让我给小白的。对了……"白启伸出两根手指，对了对眼睛，又瞄准了这对小情侣，"记住了，大哥的眼睛一如既往地在盯着你，小白要是受欺负了，我和你没完。"

"走了！"

他转身招招手离去。

方沅像是习惯了和白启一直以来的这种相处模式，在沉沉的夜色中失笑。

他的指尖缓慢地划过白鲤下巴，然后温柔地替她整理着皱成一团的衣领：

"我们圆满了，也该给大哥找个对象了。"

"正有此意，不过不急，未来很长。"

"嗯。我陪你成长。"

两人相视一笑，美好岁月可期……

—全文完—

番外一

女朋友是凶手怎么办？

六一节，正在着手考研大事的白鲤表示需要休息。

"快，为我想一个可以停下学业，好好过节的理由。"

窦姜绞尽脑汁，一鸣惊人："你的年纪不适合过六一，但是你的智商可以啊。虽然你的长相过不了六一，但是你的胸可以啊！"

于是，窦同学收获了一只飞来的拖鞋。

姐妹不可靠，自有大神罩。正复习得两眼发酸的白鲤收到方沉的短信。

——再忙也要记得吃饭，少吃外卖，少熬夜。

白鲤嘴上答应着"好的"，回头立马和窦姜约了一波夜宵。原因是白鲤说要停下休息片刻，结果两个人玩游戏开黑过头了，一晃眼夜已深，胃已空……

再一看方沉几小时前发来的消息，好几条，都被她忽略了。

但现在夜已深，还答应过他要早睡的……白鲤觉得自己聪明极了，决心假装睡着，等明天再回。正巧游戏输了，窦姜吆喝着再来几局翻盘，白鲤也就把这事抛在了脑后。

又玩了一局，两个人又一次输了。

奇耻大辱怎能忍受！

话痨白鲤立马用小号在微博上吐槽了。

——吃鸡失败，心好累！我现在就要去吃炸鸡补回来！

两个人三下五除二地穿衣服，破门而出，白鲤的微信软件突然提示有新消息。

她打开一看，竟是方沅的微博评论。

——你怎么醒了？没睡好？

某人心虚得不行，自己根本没睡，不仅熬夜了现在还要去吃夜宵呢，亏得方沅这么信任自己。但是，方沅怎么知道她的微博小号呢？

某人心惊，立马给方沅发微信质问。

说实话，方沅此时的内心有点复杂，经常偷看她微博小号的事情可不能暴露……于是干脆说成"偶然发现"。

白鲤同学：这个偶然发现真的有点巧了。

白鲤没想到的是，还有比这更巧的事。

和窦姜两个人到学校外面的炸鸡店里吃炸鸡喝啤酒不到半小时，方沅帅气的身影突然出现了在炸鸡店门口。

白鲤以为自己出现错觉了，可下一秒，她手里的鸡翅被吓掉了，半杯啤酒送到嘴边，生生被某人截下。

方沅的神情不太好："怎么大半夜跑这儿来喝酒了？"

他就知道那条微博不是开玩笑。

白鲤同学还没回答，窦姜同学袒护道："欸欸欸，你这男朋友管得也太紧了吧，这么黏我家小白啊？总不能我们姑娘家多吃一块鸡肉都要和你报备吧。"

方沅脸一拉，眉宇间舒缓了不少，流露出淡淡的忧心。他转而把视线投向白鲤，温言软语："想吃炸鸡，我随时带你去。但一个人深夜跑出来我不放心你。你微博小号忘记关地址定位了知道吗？泄露行踪不安全。"

白鲤老脸一红，耷拉下脑袋，心里淌过暖流，软声道："我知道了。"

方沅立马奖励了她一个摸头杀，而目击者……

窦姜：？？？

什么叫一个人跑出来，我不是人吗！活生生一个大人，被方主席又一次无视了！

见窦姜神情鄙夷，白鲤顾不得脸红，忙拉方沅一起吃东西，两人互动一波又一波。

又来了，又来了……

这对简直不是人，这种深夜狗粮不能一人独享，窦大侠一个电话叫来了尤迢。

好在尤迢赶到得很及时，四个人乘兴开始玩起了剧本杀。

白鲤第一轮就拿到了"凶手"的角色。

她不会撒谎，有点慌，桌面下，方沅的手悄然覆上了她的手背。

一轮下来，剧情发展成这样。

"方沅，你露出马脚了吧！哈哈哈，直接进入投票环节吧，他就是凶手。"

"我也觉得……"尤迢挠了挠脑袋，迟疑不过一秒。

白鲤心情激动，还是强行抑制住了。

过了一会儿，投票结束，对面两人满脸震惊。

"你们作弊！说吧，你是不是早就知道白鲤是凶手了！"尤迢直指方沅。

方沅不置可否，只是一笑。

"大半夜的玩个游戏都要秀恩爱，实力护妻，没必要吧？"

"适可而止吧你们！散了吧，走了走了。"尤迢说风就是雨，起身就往门外走去。

这下，白鲤有点慌了。

真生气了？

须臾间，方沅递过来一个眼神，白鲤顿时心安不已。

过了两秒，尤迢的脸突然从店门口又凑了进来："我真走了啊？真走了！"

方沅带头淡定，无人理。

尤迢心态崩了："要我留下也可以，你们必须接受违反规则的惩罚！"

"对对对！"窦姜来劲了，在一旁帮腔，"我看让白鲤坐在方沅背上，做30个俯卧撑就行！"

白鲤心疼某人，咋舌："你们还是人吗！"

两人异口同声："我们可以不是人！现在。"

方沅表示体力没问题，白鲤觉得脸皮存在异议，协商一番后还是照做了。

结束后，白鲤面红耳赤，口不饶人："我们一定会讨回来的！"

两轮过后——

"60个啊，不得分期，现在就做。我给你们数。"方沅在白鲤的暗示下，用两轮输赢替她讨回了脸面。

要是知道接下来两轮会输得这么惨，窦姜就不会提出那烦人的惩罚方式了。

"换个惩罚方式成吗？"

窦姜和尤迢纷纷抗议。

这下,白鲤有了人撑腰,底气十足:"那你们一人一端吃同一根面条吧？"

受害者们神情一滞，终于悟到了:

方沅的女人不能惹啊……

番外二
他病得不轻，求诊断！

XIHUANTIANTIANDENIYA

窦姜的网店最近生意爆红。

继白鲤和方沅的倾情助阵后，前段时间窦姜有幸邀请到谈曜给自己做了一番宣传，这下，有明星打 call 的店铺仿佛自带主角光环，从一堆同行中一跃而起，窦老板娘自然更加用心经营了。

为了和店铺的粉丝展开互动，她直接在 B 站更新起了视频，每期推荐新品和唠嗑，互动直爽而不做作，画风幽默，久而久之……

一些男同胞竟然也被她圈粉了。

"采访一下，突然成了一群人的追求对象是一种什么样的体验呢？有没有一种被捧在手心的优越感哈哈！"

窦姜同学只恨不知情为何物。

"我可不需要被别人捧在手心，我自己捧红了我自己好吗！

"长这么大，第一次被这么多人追，可谓是体验感极差！我最烦那些不认识的来搭讪了。还好我学过空手道，上次一男的直接被我过肩摔了。当时出手有点儿重，事后，我寻思着还挺担心的……"

"吃瓜"群众小白咋舌："你动恻隐之心了？然后你去安慰他了？"

窦姑娘一个冷笑，眉头不皱一下。

"怎么可能！我是担心小区的地板没事吧，万一物业大叔找我，我不就摊上事儿了？"

窦姜一边坐在办公桌上打电话，另一头，尤逎神出鬼没地从门前路过，一手一个快递，夹在腋下，脸色又像来"大姨父"了。

这哥们儿最近行为异常古怪，窦姑娘总觉得他是陪着自己操劳过度，以至于内分泌失调了。不过，要论累的程度，她也没怎么让他帮着干体力活呀，顶多就是做做客服，处理售后的事。

挂了电话，窦姜从哥们儿里接过快递，难得语气缓和，语重心长地拍了拍尤逎的肩："辛苦你了，兄弟……我这也是没办法，有些粉丝听不住劝，总往我这里寄东西，快递大叔说我滞留的物件太多了，我总得定期取一取不是嘛。"

尤逎的脸色依旧不太好看。

窦姑娘忙着拆快递，没来得及细想，一门心思全在拆包装的快感上，拆完两个，完全不过瘾的样子。

"不对啊，我记得快递小哥明明说有十几件啊,怎么现在就剩两个了？"

这是有点失落的意思吗？

话音刚落，尤逎的脑海里陡然浮现了十分钟前，自己暗戳戳地把一堆疑似男粉赠送的物件悉数扔掉的场景……他心里莫名不爽，暗自哼了一声，面上若无其事地摆了摆手。

"我帮你看了下，都是些无关紧要的人，不值得你浪费拆快递的时间。"

"浪费是可耻的。知道吗？"

这小子怕是又抽风了,近来的人设完全走起了老干部风啊！病了病了。

窦老板娘愣了两秒，反应得贼快："你自己说，你是不是偷拆我快递？"

尤逊满脸无辜："当然没有。"那怎么能算是拆呢？明明是看也不看就扔了。毕竟寄件人一看就是些不怀好意的哥们儿。

他开始讲大道理："你现在也算半个网红，要做到以身作则，不拿群众一分一毫，懂了吗？职业操守了解一下。"

窦姜同学哑口无言，她最烦听这些道理了，本想一巴掌呼在这人脑袋上，一个电话忽然被亲妈叫走了。

"窦姜啊，后天早上的时间空出来，我上次在那个××书院门口好不容易给你相中了一个很般配的小伙子，已经互相交换信息了，我甚是满意。"

窦姜正被搞得气血上涌，连带着听力也不太好："妈，你买一箱小果子就买一箱小果子呗，还特地打来告诉我？我的娘，你是嫌话费太多了？"

过了三秒，那头的河东狮吼直击灵魂——

"小伙子都能听成小果子！活该你单身！起床吧你，明天九点就给我准时到××咖啡厅和小伙子见面，这个亲你给我相定了。你要敢不去，回头那个淘宝店也别开了，断了你的货源，我说到做到！"

"什么什么什么？"一脸蒙的窦姜挂了电话，还没反应过来，手机已经收到了亲妈发来的详细地址了。

看来这下，这个女人是真不放过她了。

较真起来，连她都要礼让三分啊。

前一刻要呼巴掌的念头立马被相亲这事给盖过去了，回神过来，总觉身后有股幽幽的冷风袭击，她转过头去，尤逊的脸色分明亮了。

"你要去相亲？"

喜欢甜甜的你呀

278

某人下意识觉得是在嘲笑她，一字一板撂下狠话："我摔！瞎说什么呢，你以为我会去吗？姑奶奶我要是去了，我就跟你姓！"

后头竖起耳朵的尤迢总算松了口气……

怎奈，女人的嘴，说谎的鬼。

第二天，窦姜面不改色地走进了咖啡厅，相亲的事被安排得明明白白。不过，赴约已经是她最大的让步了，其他的敷衍了事应付一下就得了！

窦姜心里算得明明白白，连大致的台词剧本都已经想好了，没想到……

还没来得及出场，就沦为了配角？

"你怎么来了？"她震惊。

"我来问问你中午想吃什么，家里的米用完了。"

窦姜还没想明白怎么回事。就在几分钟前，尤迢这哥们儿突然空降咖啡厅，并且，不由分说地挨着她坐了下来，明明空余的位置还很多，看来，他是没搞清楚状况啊？

"咳咳……"

窦姜正要赶人，对面相亲的小伙子先一步开口了，语气疑惑："你们认识？"

"这你都看不出来？"尤迢气定神闲地捞过窦姜放在桌面上的咖啡，端到嘴边，抿了口。他心里虽紧张得厉害，但演技一点都不含糊。

"你现在是特殊时期，不能喝太多咖啡，知道吗！"

窦姜神情一滞，还没从他喝了她喝过的咖啡中反应过来。

"我？特殊时期？什么特殊时期？"

尤迢却悠然地岔开话题，眼神飘到了对面那人的脸上。

"小贝还在家里等着喂饭呢，最近它没什么胃口，我看就该多给它买一些奶粉。"

"它还小，我们还是去超市买奶瓶喂吧。"

奶粉？奶瓶？

对面男子的表情已经开始崩塌，脸上写满了问号。

事实上，小贝是她养的一只小猫咪，平时也会让尤迢帮忙照顾，但是，奶瓶喂奶，在这个节骨眼上提，亏这傻子想得出来？

果不其然，一直在"吃瓜"的男人坐不住了："你结婚了？"

"没有！"尤迢和窦姜终于异口同声。

不料，话音刚落，尤迢又不紧不慢地补了一句："没结婚，有孩子了。"

窦姜一个巴掌猛地拍在桌上，暗暗在桌下踩住了尤迢一脚："我有孩子了我怎么不知道？您可闭嘴吧！"

语气明显有要发飙的迹象，她发誓，这个态度已经暗示得很明白了，然而……旁边这厮竟然微微冲她挑唇笑了一下，几秒后，当着别人的面玩起了"悲情"戏码。

"唉，今天的事，是我的错，我认错！昨天的事，也是我的错，我也认了。但是……窦姜啊，孩子是无辜的，虎毒不食子，六亲不认，这……"

尤迢微微低头，顺过桌面的一张纸，在眼角胡乱抹了一把，样子还挺逼真。

"难道，小贝不算你的孩子吗？

"你以前不是还说，它是你的宝贝，你是它的亲妈吗？"

窦姜已经在风中凌乱。虽然，她是这么和小贝说过，但是，那是在撸猫的时候啊！况且，这能是一回事吗？

在某人的夸大其词下，对面的蒋先生表情已经相当精彩了！

"窦小姐，我没想到你是这样的人……你既然结婚了，就不该瞒着家里。

这实在是……"

"是啊！窦姜，我知道你火，为了照顾粉丝的心情，才选择了隐婚，但是，现在有了小贝，是不是应该公开了。不能见光，这多么令人痛心啊！"

尤迢这个不要脸的，怎么还和蒋先生对上了？

末了，他还很合时宜地又抿了口咖啡："你知道我为什么喜欢喝咖啡吗？"

"你什么时候喜欢喝咖啡了？大哥？"

窦姜又一次被无视。

"因为，咖啡因是我用来麻痹自己的好东西。

"别再欺骗蒋先生了，窦姜……"

蒋先生忍无可忍，终于不耐烦地松了松领带："好了好了，窦小姐，你和你丈夫好好聊聊吧。"

"蒋先生果真是明事理的人啊！我和窦姜……"身边这人已经戏精附体，窦姜终于坐不住了，一巴掌捂住这哥们儿的嘴，把人拖到了店外！

"对不起，我是想今天带他去医院看脑子的，我们先行一步！"

就这样，尤迢被某暴走的女子拖到了咖啡厅外的角落里。

"你哪根筋抽了，你知不知道我在干吗？"窦姜一口老血差点没喷出来，这是要逼死自己的节奏啊。

得罪雷厉风行的亲妈是无疑了……

不料，上一秒还上演悲情戏码的小子竟然跟个没事人似的，强忍心中笑意。

"我当然知道。尤窦姜！"

窦姜女士脸一红，一个巴掌又落在了他背上："呸！你懂什么？我这是迫不得已你知道吗！"

"我也是迫不得已啊。"某人耸耸肩，一副很委屈的样子，分明是不知死活。谁让她说话不算话，转头就去和别人见面去了呢？

窦姜好像嗅到了一丝不对劲。

"等等！是我看错了吗！你刚刚是在笑吗！还是幸灾乐祸的那种？"

尤迢立马捂住嘴，怎奈，心情太过美妙，眼底藏不住笑。

这下，窦姜炸了。

"你绝对是故意的！还小贝爸爸呢，我呸！我妈要是拿我是问，你也要完！"

说完，她撸起袖子开始揍他。

后者一边被暴打，一边呐喊："你听我解释啊！"

天时地利人不和，这个时候，告白还来得及吗？

恐怕……来不及。

"闭上你的臭嘴吧！看来，你是病得不轻啊！"

"我没有。"

"你看，病到已经失去了自我判断了。这么设计我，你究竟是何居心！你说啊！"

"说就说！"尤迢血气上涌，猛地从地上站起来，一把将某人逼到了大树下。

窦姜顿觉这情形不太对劲啊，扬起手就要拍他，怎料，这人认真起来，轻轻松松就接住了她的手腕。

"你到底想说什么？"某人正在气头上。

尤迢却有板有眼，掷地有声："谁让你出尔反尔跑去相亲的？尤窦姜！"

后记

最近的生活很有趣。

杭州的梅雨让熬夜的我脑子也跟着发霉。

今天我也是人群中最瞩目的那个，毕竟，穿着拖鞋赴考不算什么（特殊时期，我一向不修边幅），但突然发现自己衣服穿反了并且已经在外头晃悠了一早上，毫无察觉？这是什么操作……

没关系。

我的生活一直都那么精彩，好像在自导自演狗血剧哈哈！

坐在电脑前，忽然想起我在上一本的后记里提到的一句话，我说，我的"药丸"先生什么时候会降临到我的生命里呢？返过去再看，想表达的其实是"生活"而非生命。

事实上，我生命里已经有一位"药丸"先生了，他很好也很特别，带给我许许多多写作的灵感和源泉，一起走过的岁月里，是他陪我历练、承担，也是他陪我领悟和成长。

写这篇文的时候，心血来潮，又重新把上一部作品《等等，这个婚约有猫腻》读了一遍，读后感自然是——

不足的地方有太多了，实在需要广大读者的海涵与包容，而我也在总结与成长中渐行渐远，原地踏步对我而言也是一种退步。

《喜欢甜甜的你呀》在最初被创作时，还是经历了一些波折的。

好在我没有放弃，越挫越勇，当然，这之中最要感谢的是可敬可亲的若若梨与一直鼓励我为我打 call（实际上是经常泼我冷水鞭策我）的编辑橘子，谢谢她们对我的包容和信任！

校园文其实是我最初就很想写的题材，尤其是高中校园甜文，虽然写作时实在有一些边边角角的限制，比如说大家的确应该在年少时好好学习（虽然我是个早恋仙，目前已修炼到异地恋），或者像我一样，两不误？（别想了，读书去吧！优秀才是你吸引男神的魅力！）

说了这么多，我是想在这里立个 FLAG，比如下一本我要写高中校园的那点儿小甜蜜。

为什么那么想写校园文呢？

我时常在想，从校园走到婚礼的距离是多少？

这个问题我正在实践中，等未来某一天我找到答案了，就——

把答案藏进我的书里哈哈！

这个后记怎么不知不觉就写那么多了？明明还没开始吹爆我的编辑橘子宝贝，还没开始分享我近来的瘦身经历呢！请谨记，早饭是神仙吃的，午饭是人吃的，晚饭是畜生吃的，夜宵是鬼吃的……

我一定会瘦的！

（绝不打脸！欢迎广大群众来监督。）

艾拟

2019 年 6 月

图书在版编目（CIP）数据

喜欢甜甜的你呀 / 艾拟著 . -- 北京：中国致公出
版社，2020

ISBN 978-7-5145-1664-7

Ⅰ . ①喜… Ⅱ . ①艾… Ⅲ . ①长篇小说 – 中国 – 当代
Ⅳ . ① I247.5

中国版本图书馆 CIP 数据核字 (2020) 第 103074 号

喜欢甜甜的你呀 / 艾拟 著

出　　版	中国致公出版社	
	（北京市朝阳区八里庄西里 100 号住邦 2000 大厦 1 号楼西区 21 层）	
出　　品	大鱼文化	
发　　行	中国致公出版社（010-66121708）	
作品企划	大鱼文化	
责任编辑	杨　鸿	
特约编辑	杨吉晨	
装帧设计	蔡　璨	
印　　刷	长沙鸿发印务实业有限公司	
版　　次	2020 年 8 月第 1 版	
印　　次	2020 年 8 月第 1 次印刷	
开　　本	880mm×1230mm 1/32	
印　　张	9.125	
字　　数	240 千字	
书　　号	ISBN 978-7-5145-1664-7	
定　　价	36.80 元	